Collana Prometeo

Il pensiero scientifico
Arte e Scienza

Carlo Bernari

Carlo Bernari

NON GETTATE VIA LA SCALA

Saggi

BeaT

© BeaT entertainmentart
Speicherstrasse 61
9043 Trogen Svizzera
entertainmentart@gmx.net
ISBN paperbook
9783038412427

Non gettate via la scala

Le mie proposizioni illustrano così:
colui che mi comprende, infine le riconosce
insensate, se è salito per esse –
su esse – oltre esse. (Egli deve, per così dire,
gettar via la scala dopo che v'è salito.)
Egli deve superare queste proposizioni;
allora vede rettamente il mondo.
L. Wittgenstein: *Tractatus L.-phil.* 6.54

Lettera postuma a Niccolò Gallo

Amico mio,
vedo il tuo volto mentre sfoglierai queste pagine, forse an-
cora qualche dubbio in fondo ai tuoi occhi aggrottati, in
complesso però una contentezza venata di perplessità, come
solo tu sai esprimere fin sull'ultima bozza di stampa. Per
rinfrancarmi di aver osato mettere assieme questi lavori con
la pretesa di farne quel che si chiama "un libro" devo pro-
prio ridisegnarmi la tua immagine mentre ti riferivo con
quanto calore altri mi avevano esortato a non rinunciare a
trarre dai cassetti alcuni di quei "ragionamenti" che essi,
al pari di te, non avevano dimenticati. Volesti che te ne
elencassi i titoli, uno ad uno, non ero preparato a un'analisi
particolareggiata, ma mi soccorresti con quella tua prodigio-
sa memoria che riusciva a far rivivere la parola scritta dalle
ceneri spente, sollevandola talvolta dai confronti più arditi
su quelle alture culturali, ove cioè un autore non si arri-
schierebbe mai.
È giusto perciò che questi lavori io li dedichi a te – e tu
come sempre stenderai le mani pensoso e sorridente per
trasferirli, ormai divenuti "libro", nella tua biblioteca –
perché tu conosci questi scritti, le occasioni da cui nacquero,
la circostanza che li propiziò. Abuserei del tuo silenzio sol-
tanto se indugiassi a dire qui ciò che ne pensavi. Posso uni-

camente rammentare la simpatia che ti ispirava il titolo che sin d'allora sognavo di dare alla raccolta.

La sola cosa che non conosci è questa lettera, che ora viene ad aggiungersi alla fine come un gradino a una scala; un "ultimo" gradino per ricordare a me stesso che se ci si arrampica fino in cima è bene ridiscendere e riporre l'arnese usato per una prossima scalata.

Non ha altra legittimità la parafrasi della nota proposizione di Wittgenstein che ha dato luogo a tanti "digiuni" filosofici, nonché letterari. Probabilmente essa fu presa troppo alla lettera; o forse si è dato scarso peso all'inciso "per così dire", con cui il filosofo cercava di rafforzare i dubbi suoi e nostri; certo è che è stato tutto un precipitare nel vuoto, nel non-senso, nel silenzio, nell'assurdo, nel non-personaggio, e via enumerando; proprio per dimostrare di aver compreso scalino per scalino le ragioni per cui c'era poco o nulla da comprendere circa il percorso compiuto?

Non voglio accampare giustificazioni sostenendo che forse nasceva proprio da questo breve inciso – "per dir così" – wittgensteiniano, tanto malinteso quanto trascurato, l'incanto che doveva poi farmi cedere alle tue sollecitazioni a non esitare a mettere insieme le mie "ragioni", per eterogenee che potessi giudicarle; perché erano quelle "sacrosante" di un narratore che non arresta i suoi passi davanti ai tabù filosofici e non teme il già detto, il già scritto, il già sistemato; perché tutto si riorganizza, diventa struttura del suo scrivere, che è un "farsi" continuo, tra mille contraddizioni, cui appunto la parola struttura converrebbe, se essa non fosse stata degradata a far da sostantivo, invece che preservata, come osserva Garaudy, alla sua più autentica funzione di verbo.

Il mestiere di scrivere comporta di questi rischi, mettere a nudo le proprie piaghe di pensiero, voglio dire gli stenti *riflessivi, prima che la fantasia possa reclamare qualche indulgenza.*

Ma non c'è scampo, se si vuole obbedire al detto di Kierkegaard che ammonisce ad essere oggettivi con se stessi e soggettivi con gli altri. Pudore o superbia, non so; ma certo ho dovuto vincere molte riluttanze a ricomporre questa "scala"; quando sapevo che per capire come stanno le cose dietro le quinte sarebbero dovute bastare le favole che bene o male contengono quelle "ragioni" che di continuo tento di "sviscerare"...

La risposta è tutta una domanda a cui solo tu – capace di essere soggettivo con gli altri quanto oggettivo con te stesso – sapresti rispondere se una tremenda pietra non ti pesasse oggi sul cuore.

Ma devo rinunciare alla tua voce? O farmela risuonare dentro per echi, per accenti, per assonanze con altri discorsi, o fatti o taciuti, ma pur sempre presenti nelle nostre letture?

Perciò, prima di offrirti queste pagine, ancora una parola, riguardo il rimaneggiamento che alcune di esse hanno subito rispetto alla stesura che tu conoscevi; ma almeno su questo ti so d'accordo per principio: sul dovere di non tralasciare di "rivedere" e correggere fino alla stampa ciò che si considera già "scritto", oggettivato, o, come pure si dice, irrimediabilmente definitivo.

I

Silenzio e
Futuro

La zanzara industriale

Anche la zanzara che mi ronza attorno all'orecchio mentre scrivo è una creatura tecnologica, né più né meno di quanto lo sono io. Al pari di me è una sopravvivenza dell'ultima guerra e dei mezzi di sterminio di cui questa mi ha dotato. Che tale sia, prodotto industriale, me lo conferma il suo molesto ronzare non meno che le sue caparbie punture, malgrado l'insetticida con cui l'ho irrorata. Non mi resta che registrare la mia doppia sconfitta; in quanto individuo tecnologicamente più forte e in quanto programmatore dei futuri rapporti tra uomo e zanzara nel quadro degli equilibri naturali.

In che misura è mutata questa zanzara diditiresistente rispetto alla sua bisavola che alla fine della prima guerra mondiale riusciva a salvarsi dai fumi dello zampirone che mio padre accendeva l'estate nella nostra camera di bambini per farci dormire un sonno tranquillo? E in quale guisa sono cambiato io, rispetto a mio padre, in questa spietata caccia alla zanzara?

Ai due differenti mezzi per sopprimere questi insetti assetati di sangue si oppongono due differenti "intelligenze" per sfuggire allo sterminio deciso dall'uomo assetato di zanzare: tuttavia identico rimane il rapporto fra le due intelligenze, con conseguenze imprevedibili che per ora non ci riguardano.

Ci riguarda invece una certa disponibilità a gettarci per così dire nella mischia, di stare al gioco, debellare la zanzara come c'impone la storia che ci carica d'intenzionalità da far giustizia di tutte le illusioni di erigerci a pacificatori nella lotta ingaggiata tra noi e la natura; dalla quale ciò che veramente sopravvive non è né la zanzara, uscita indenne dallo zampirone 1922, né la sua pronipote diditiresistente; e neppure noi, mio padre ed io, persecutori di zanzare; ma ciò che sopravvive è il "rapporto" stabilitosi tra noi e loro fin da epoche remote, e di cui non siamo che gli umili esecutori nel coniugarlo al futuro.

Letterariamente parlando, posso dare varie colorazioni ai due episodi, sia proiettandomi in un uditorio che voglia specchiarsi in me bambino e in mio padre che s'aggira con un tizzone ardente in un piattino nella nostra stanza buia; sia invece proiettandomi in un uditorio che voglia specchiarsi in me adulto mentre irroro la stanza con un getto asfissiante di disinfestante su cui la zanzara volteggia immortale.

Un passato e un presente cui manca per adesso un adeguato futuro, che può essergli devoluto soltanto dalla scrittura, cioè dal linguaggio. In tutti i casi non ho – narrando i due episodi – contravvenuto a nessun vincolo diciamo così industrialistico, sono stato ai patti: ho delineato con onestà il dramma della zanzara che cerca disperatamente di sopravvivere al dramma dell'uomo che si ostina non meno disperatamente ad ucciderla. Ripercorrendo, prima ancora che il linguaggio ne espliciti le intenzionalità, il processo conoscitivo e insieme operativo attraverso tutti i gradi tecnologici relativi ai diversi stadi di sviluppo.

Sembra così elementare, eppure la nostra letteratura ha voluto ultimamente fare la sua bella apparizione tecnologica con una frustata ai ritardatari che non si sono ancora accorti di vivere la grande era industriale.[1] Legittima perciò la reazione di Fortini che si chiede: « Come si fa a parlare di industria e letteratura senza essere d'accordo almeno su questo (ma è quasi tutto): che cioè le forme, i modi, i tempi della produzione industriale e i suoi rapporti sono la "forma stessa della vita sociale", il contenente storico di tutto il nostro contenuto, e non solamente *un* aspetto della realtà? ».[2]

Occorre forse apporre una data precisa all'inizio della rivoluzione industriale? come sembrano pretendere coloro che vogliono datare una certa qual presa di coscienza del fenomeno; dimenticando che si tratta di un processo e in quanto tale sempre presente, sia come esperienza culturale, sia come esperienza pratica, in ogni nostra operazione. Il neocapitalismo ha portato con sé, oltre alla massificazione dei consumi anche la negazione della società opulenta; è intuibile perciò che assai prima che il nostro paleocapitalismo ci trasformasse, le nostre coscienze erano già predisposte come gelatine di lastre fotografiche vergini a sensibilizzarsi agli eventi. E ciò non solamente per effetto del prodotto industriale di una tecnologia più avanzata che ci perveniva per gli usi quotidiani, ma altresì per effetto delle negatività sociologiche e culturali che quei medesimi oggetti comportavano come acquisizione e insieme rifiuto. Così coll'immagine stessa del benessere registravamo l'immagine opposta, dell'*hipster* e del negro d'America; alla stessa stregua con cui coll'immagine dell'impetuosa ricostruzione del mondo socialista incameravamo inconsapevolmente tutti i motivi negativi che sommandosi dovevano più tardi esplodere in modo clamoroso davanti al XX Congresso del PCUS.

Non ha alcun senso storico opporre al fallimento della previsione di Marx di una proletarizzazione della Londra dickensiana – come ha tentato Calvino – l'avverata (invece) americanizzazione dell'apparato produttivo sovietico. Innanzi tutto perché la zanzara 1950 contiene la zanzara 1922, vale a dire: perché il comunismo non è più quello spettro aggirantesi per l'Europa, ma si è insediato nel cuore dell'Europa capitalistica rodendolo dall'interno e inducendolo a continue modificazioni; così come il capitalismo agendo a sua volta all'interno delle strutture tecnologiche del mondo comunista, lo spinge a nuove modificazioni... E fermiamoci qui, se non vogliamo inseguire Calvino nella fideistica illusione che i futuri siano due, uno per il capitalismo e uno per il comunismo, che finirebbe per soggiacere all'influsso del primo. Poiché ammesso che i due futuri aspettino l'uno e l'altro all'angolo di due storie parallele, per poi fondersi in avvenire in uno solo « esteriormente identico » per entrambi, non sapremo mai decidere quale dei due sia il contenente e quale il contenuto; o se nello stesso tempo non siano contenente e contenuto insieme, l'uno e l'altro.

Dunque del tutto opposta a quella della cultura americana risuona da noi la protesta al benessere programmato, all'imposizione dei bisogni, eccetera. Laddove negli Stati Uniti la poesia comincia a condirsi con marijuana e i Burrough, i Kerouac, i Mailer si suddividono i lembi della protesta a un certo tipo di società industriale, qui da noi si canta l'inserimento industrial-pubblicitario, si postula una "presa di coscienza", con aria straniata di chi sia vissuto finora sulla luna e sceso in terra si chiede stupefatto: ebbene cosa abbiamo fatto fin qui? E tu, scrittore-poeta, vittima e consumatore di tutti quei beni che provengono da oltre quel muro di fabbrica te ne stai lì quieto? Cosa aspetti a inserirti, a oltrepassare quei cancelli?

Le sollecitazioni hanno tutta l'aria di esortare l'artista a mutare rotta, a piantarla con l'*engagement*, una buona volta, a impegnarsi sì, ci mancherebbe, ma per qualcosa di ben più concreto e palpabile, qualcosa che tutti vediamo crescere intorno a noi, siamone degni!

C'è odore di sagrestia in queste esortazioni. L'industria apre i suoi portali come una cattedrale. Il "rapporto" diventa mistico. L'oggetto si mitizza e va adorato.

Di qui forse la perplessità di Sereni che si chiede se per caso non si sia « all'inizio, se non addirittura nel vivo di una serie di successive prese di coscienza, ben al di là dei muri della fabbrica... ». E che tutto possa risolversi in una tautologia, se non si alimenta a « quella realtà tuttora imposseduta o scarsamente posseduta che non tanto sta nella fabbrica o nei suoi dintorni, quanto nella catena degli effetti messi in moto da essa ».[3]

Siamo in crisi, dichiara Enzo Paci che con lodevole ottimismo ritiene sufficiente comprendere questo « per comprendere il senso della crisi e il superamento ad essa immanente »; né più né meno di quanto accade con l'alienazione: « quando l'arte si pone questo compito [l'alienazione] come programma, in realtà si costituisce l'alienazione, nel senso che la si produce nel momento stesso nel quale si opera: non meraviglia allora che l'arte voglia ridursi al grido o al silenzio ».[4]

Il problema ci si ripresenta così come un cappello a tre punte: industrialismo-alienazione-crisi. Quale testa voglia infilarsi in un tale cappello a tre punte non saprei dire sul momento, ma non mi è difficile immaginare teste così universali, per le quali qualsiasi cappello è adatto. Poiché a restringerlo o a dilatarlo provvede la confusione che regna in esse, ora allo stato liquido, ora allo stato gassoso, in espansione. D'altronde il concetto di crisi presenta tante affinità con quello di alienazione; e, insieme, i due ne presentano tante di affinità col concetto di caos; che c'è solo da chiedersi se per caso non stia profilandosi un programma neo-romantico.

La crisi che io attribuisco alle arti sono io; io nella mia impotenza sia creativa che espressiva: non l'io che avverte "una crisi" ne traccia la diagnosi, ne ricostruisce il processo, indica la cura possibile per uscirne; bensì quell'io che tenta tautologicamente di definirla. Perciò, trasferendola in altri, la generalizzo, la dilato in "situazione culturale"; e così credo di trarmene fuori poiché l'ho individuata al momento giusto, ne ho saputo indovinare finanche il decorso, e indicarne le uscite. Ma le possibili uscite dalla crisi che addito agli altri, o le ho già imboccate per mio conto, e allora la crisi è operativamente (artisticamente o criticamente, è secondario) risolta per me e per tutti coloro che partecipano al mio rapporto col mondo; oppure non sono uscite, ma precetti astratti, esorcismi, declamazioni rettoriche e non valgono una cicca. Nel primo caso ne esco senza sapere di uscirne, la risolvo mentre non so che la sto risolvendo; nel secondo ne parlo solo per istituirla in crisi, ne ipostatizzo i sintomi come permanenti riflessi della mia impotenza a creare.

Non meraviglia perciò che le avanguardie si attardino tanto intorno alla crisi fino a coinvolgervi lo stesso linguaggio con cui pretendono di aprirsi uno sbocco per il dopo.

Lo Zen batte alle porte e mette in difficoltà quelle avanguardie che vogliono parlare in termini marxistici di un'anarchia di classe. Taluni risolvono il problema in una sublimazione erotico-viscerale di se stessi, specie in America; altri, specialmente in Europa, dove certe tradizioni di pensiero vanno rispettate, si rifocillano con Wittgenstein.

« Il momento eroico-patetico e il momento cinico [dell'avanguardia], stanno nella verità storica, dentro un solo e medesimo istante, perché sono, strutturalmente e oggettivamente, una sola e medesima cosa. » [5]

Isolo quest'asserzione di Sanguineti per avvalorare il sospetto che quanto più s'insiste sull'unità, vuol dire che si avverte che la scissura è divenuta irreparabile; nella fatti-specie, fra i due momenti, l'eroico patetico (neoromantico, decadente) e quello cinico, il momento cioè espressivo, che si serve delle spinte del primo per esplicitarne la sostanza; in altri termini, se ne avvale criticamente, impiegandolo per determinati fini espressivi. E che altro sarebbe, questo momento cinico, se non il linguaggio che le avanguardie adottano via via con lo stesso cinismo e lo stesso accani-mento con cui il letterato d'altri tempi studiava e si appli-cava a cavare, da un certo linguaggio, quale strumento ma-gico, una falsa profondità?

Chiamando in causa Wittgenstein e il suo *Tractatus*, là dove il pensiero del positivista logico più si avvicina alle posizioni Zen, giustamente Umberto Eco avverte « il para-dosso di un'intelligenza sconfitta da buttar via dopo che è servita, da buttar via quando si è scoperto che non serve... » poiché mostra la via che attraverso il silenzio conduce alla contemplazione mistica.[6] « La soluzione del problema [si legge nel *Tractatus*] della vita la si scorge nello svanire di questo problema... Le mie proposizioni sono esplicative in questo senso: colui che mi comprende le trova alla fine in-sensate, dal momento in cui si è sollevato attraverso di esse, oltre di esse. (Egli deve, per così dire, gettare via la scala dopo essersi arrampicato fino in cima.) »[7]

Ecco ciò che troviamo dietro il pensiero che vuole an-nullarsi; distruggere cioè i pioli sui quali è salito; non più la verità per la quale è montato fin lassù, ma il silenzio, che tuttavia "ha parlato" per arrivare a tacere; e insieme la contemplazione, nell'unione mistica con la vacuità dell'at-tesa.

Fatale quindi che dal silenzio o dall'inanità della parola (Beckett, Jonesco) si precipitasse nell'esaltazione per lo sguardo, la cosa che parla da sé; sembrano due momenti di estasi diversa, e hanno invece la stessa radice, e direi lo stesso destino. Ciò che Norman Mailer chiama « muta e fredda rinascita religiosa » trova ovunque appigli e pretesti; ma è altresì vera: « l'insanabile incompatibilità » che viene a crearsi fra « vita interiore e vita violenta » tra « l'orgia e il sogno dell'amore, il desiderio di uccidere e il desiderio di amare » come una dinamica esistenziale da psicopatici con frequenti ricorsi a Dio: « quel Dio che ogni *hipster* considera situato nei sensi del proprio corpo, quel Dio che è... energia, vita, sesso, forza, il prana dello yoga... non il Dio delle chiese ».[8]

Un Satana, insomma; o un Dio drogato e malvagio; e che, come il Maligno nel secolo scorso si travestì da frate e da brigante per affascinare le anime belle, si ripresenta meno gaglioffo, ma assai più perverso, come un surrogato delle perfidie del mondo, come una supposta di paura. Un siffatto Dio-Satana cui ultimamente si è voluto conferire – da parte soprattutto della generazione *hipster* – tanta wagneriana astuzia da intimidire critici e tribunali, in verità sembra un manichino smesso, buttato nei depositi di un grande magazzino che qualcuno ha creduto di rispolverare – letterariamente parlando – tante volte potesse servire per una nuova vetrina; e che tenutolo esposto per qualche tempo lo si stia riponendo di nuovo nei sotterranei, sfiduciati.

Nella domanda che Robbe-Grillet ci rivolge c'è già la risposta alle nostre inquietudini, quando accenna al problema a proposito di *Aspettando Godot* di Beckett: « Non vedete la radice God che l'autore prende a prestito dalla lingua materna?... Godot è Dio... Ideale terrestre di un ordine sociale migliore. Godot è quel personaggio che due vagabondi aspettano sull'orlo di una strada e che non viene ».[9]

E come mai non viene? – chiediamo a nostra volta. Semplicemente perché è già venuto, è già nel cuore, e nei sensi soprattutto, dei due, rassegnati ad aspettare "l'ordine sociale migliore"? O forse perché la sua astuzia a-storica consiste esattamente in quel "farsi aspettare" per dar tempo ai diseredati di smaltire sul ciglio di un qualunque marciapiede la loro sbornia di angosce? Si faccia attendere, è questo il suo ufficio, incomba come puro silenzio oltre la parola parlata. Ciò che conta alla fine non è certo che un tale Dio si prenda la briga di venire a liberare i compagni di tante sconfitte; ma che non arrivi importunamente a interrompere questi silenzi tanto a lungo parlati.

Siamo ben lontani dalla dostoevskiana « trasmutazione dei valori »[10] che caratterizzò un secolo addietro quella problematica religiosa di cui il Dostoevskij appunto fu uno dei fondatori con la sua concezione della religiosità come simbolo di libertà contro i simboli delle religioni. « Solo allora l'attività artistica apparirà con gli aspetti del dramma, e i suoi confini saranno determinati, come da un'immagine negativa da quelli della religione. »[11] Una negazione cioè liberatrice per ritrovare quella concretezza storica che il De Sanctis voleva scoprire nel libro di Giobbe, al di là, cioè, dei simboli che quel libro evocava.

Ma eravamo alla vigilia del '48 europeo; e quei simboli dovevano di lì a poco concretarsi, per così dire, nei morti sulle barricate erette qua e là dagli oppressi popoli europei; come alle soglie della prima conflagrazione mondiale Lawrence ed Hesse, nel battere i sentieri del buddismo, finivano col rintracciare un filo di concretezza storica, unicamente nelle trincee che divisero in due il vecchio continente per colmarsi di cadaveri.[12]

In una prospettiva del genere non è da indovini scorgere – esaminati i residui di questo misticismo corporalizzato, visceralizzato, Eros sedentario rispetto a quello che il Sellière rintracciava nel vitalismo imperante fra il '20 e il '30 – il grigio fungo atomico.

Così, tra un non-eroe personaggio, e un non-personaggio eroe, esaltato nelle sue possibilità conoscitive, si fa strada un antropocentrismo di nuovo conio che prende dimora non già al posto d'onore, nello spirito, ma nel corpo, grazie a una operazione altrettanto mistica; pur se si tratta di un misticismo assunto come droga; o, più esattamente, di una droga assunta come mistica congiunzione col nulla.

Stando così le cose, attardarsi ancora attorno ai muri di cinta delle fabbriche, lungo le periferie industriali, alla ricerca di contenuti infallibili capaci di sostituirsi alla decomposizione della mitologia umanistica, mi sembra un voler mettere in tuta di lavoro il Dharma dell'estasi buddista; o mettere alla catena di montaggio la ragione, che come un'irriducibile cosa in sé sfugge a qualunque tipo di scalata; tanto più rapidamente quanto più rapidamente gettiamo via la scala appena raggiunto l'ultimo piolo

Arte androgina

Costi quel che costi, devo risalire agli anni del mio novizia-
to giornalistico per rintracciare il filo che collegava ogni
giorno "il mestiere" a quel progresso scientifico che il mio
caporedattore aborriva dal profondo dell'anima, perché
sentiva che ne era la diretta emanazione. Nemico giurato
delle "umane sorti e progressive", egli declamava ad ogni
istante la sua avversione alle scienze, dalle quali discende-
vano secondo lui tutti i mali del mondo. E i notiziari delle
agenzie di stampa erano l'occasione quotidiana per rammen-
tarmi: « Morte a colui che inventerà la ruota rotonda! ».
Giuravo: « A morte! ». E forbici e colla, colla e forbici, ri-
ducevo i fogli in articoli o notiziari per la tipografia; obbe-
diente tutto sommato a quel "dannato progresso" che ci permetteva di tradurre gli sgangherati dispacci in pagine ele-
ganti per un pubblico « inconsapevolmente dotto perché
convive fra innumerevoli cose che sono nate dotte ».[1] Per
quell'uomo di qualità, rovesciando l'immagine di Musil, la
ruota doveva essere quadrata, esagonale, ottagonale tutt'al
più, mai però tonda! La circolarità era, nel suo furore antiscientifico, il simbolo dell'irreparabile decadenza in cui
stavamo affondando: poiché essa permetteva all'uomo di
procedere baldanzoso sopra la natura, incurante di ciò che
andava travolgendo.

La celia del mio caporedattore nascondeva un sogno spengleriano di dittatura totale per fermare la macchina del progresso, affinché il cammino dell'uomo fosse rallentato, fatto a sbalzi, asmatico, sofferente; e questo era possibile solo con l'avvento di ruote quadrate. Ecco come egli intendeva vaccinarmi al "mestiere" sempre fatto di corsa: inocularmi germi di dubbio, di pessimismo, in definitiva: di cinismo. Il che comportava innanzi tutto diffidare di ciò che agevola le comunicazioni fra gli uomini e ne facilita le relazioni.

Immagine ideale dell'essere che Spengler avrebbe collocato nel suo faustiano paesaggio, egli ricalcava la visione panica della civilizzazione per cavarvi l'ideale *rigor mortis* provocato dalla sclerosi del divenire, oramai irrimediabilmente divenuto.

Era l'epoca: in essa si recitava quel credo con cui tanta « gente dalla professione incerta, poeti critici, donne, e coloro che son di professione "i giovani"... accusavano la scienza pura di essere una cosa nefasta che faceva a pezzi ogni altra opera dell'uomo senza saperla mai rimettere insieme, e chiedevano a gran voce una nuova fede umana, il ritorno a tutti i valori primordiali, originali, sorgivi, il rinascimento spirituale (eccetera...). E la scienza non fu più considerata attuale, il tipo di uomo impreciso che domina il tempo presente aveva cominciato ad imporsi ».

L'uomo senza qualità ci era allora ignoto, ma può aiutarci oggi a ricostruire l'atmosfera di quegli anni; in cui la restaurazione dei valori spirituali doveva servire da viatico alla costruzione dei campi di sterminio: poiché non si fa mai tanto spreco di spiritualità, non si consuma mai tanta anima come quando spirito e anima son chiamati a far da carnefici con roghi, deportazioni e camere a gas.

Del progresso perciò se ne accennava quasi a malincuore, come di qualcosa posta a nostra disposizione da prendere o lasciare, a piacimento: o addirittura rinnegare, come pure avvenne. La condanna *des savants bêtes* era già vecchia di qualche lustro; risaliva però agli anni in cui Clifford – nato dopo e morto assai prima di Hugo e che precorse la teoria di Einstein – già aveva annunciato che « il pensiero scientifico non è un accompagnamento o una condizione del progresso umano, ma il progresso umano stesso ». Cosa volesse intendere Clifford fu ripetuto in varie formulazioni; e una presa a caso ribadisce proprio che « l'uomo è l'essenza che fa se stessa ». E la cultura e con lei la tradizione, insieme fanno se stesse. Perché « se l'uomo si fa coi materiali fisiologici della specie che l'evoluzione naturale gli fornisce, anche la cultura e la tradizione si fanno coi materiali della cultura e della tradizione ».

È quest'"insieme" che forma l'ethos del tempo. Se io mi applico a interrogarlo – onestamente, s'intende, con tutte le facoltà cioè di cui dispongo – devo convenire che l'ethos del mio tempo è scientifico, scettico, critico, eppure utopistico, cioè teso verso il futuro; vale a dire verso un orizzonte d'attesa gremito sia di speranze che di orrori. Mi rendo conto, certo, di aver ammassato antinomie inconciliabili, quasi al limite dell'inconiugabilità al futuro; ma so altresì che è sempre andata alla stessa maniera; sempre l'uomo si è trovato diviso fra verità ed errori: fra una tradizione pronta a convalidare e a difendere gli errori – come insieme di valori eterni e immutabili – e una ricerca tanto più valida in quanto si avventura fra territori inesplorati, verso regni utopici. Oggi, più di ieri, il conflitto tra scetticismo e tensione al futuro, che taluno traduce in termini più semplicistici, quali paura e speranza, forma il substrato psicologico di ogni nostro operare; da cui non è esente nemmeno la scienza che, nei margini dei propri errori, per eccesso o per difetto, coinvolge l'intera umanità.

La macchina del tempo di Wells, a rifletterci, non è invenzione assurda: assurdo è l'inventore che vi viaggia dentro, dal passato al futuro 802.701, senz'accorgersi che la macchina davvero portentosa non è quella su cui è imbarcato, ma lui stesso: lo scienziato-viaggiatore che, scomparso il suo velivolo, osa ancora chiedersi "perché", sino a disperare dei destini dell'uomo.

Fra le proposte pervenute alla rivista « Kursbuch » di Enzenberger, che aveva bandito un premio di mille marchi destinato al miglior progetto per il futuro, non poche furono le risposte che criticarono la stessa impostazione del concorso; tranne una, in cui si difendeva la concretezza dell'utopia, « in quanto non può restare puro contenuto di pensiero ma deve diventare contenuto dell'azione... ».

Chi vola in un supersonico non si avvede quando il velivolo rompe il muro del suono, se il pilota non gli annuncia che stanno per superare il Mach. Soltanto allora il passeggero si accorge che il Machmetro segna Mach uno, punto uno, cioè la velocità del suono più un decimo. È in questo decimo che avviene il bang che gli aviatori non avvertono ma conoscono bene coloro che abitano ai margini degli aeroporti sorvolati dai jet. Se ci si potesse immaginare fermi, sulla terra cosiddetta ferma, come nelle costruzioni metafisiche, mentre, volando, provochiamo il bang nello spazio, vi sarebbe forse speranza di guarire parte delle nostre ansie. Ma la metafisica non aiuta: siamo dannati nel velivolo che provoca il bang, al pari del pilota, ma ne siamo anche il motore, le ali, la fusoliera, e infine il Machmetro che registra i Mach raggiunti. Anzi siamo nello stesso tempo nel velivolo e nel bang: vale a dire provochiamo il bang e siamo il bang.

La questione dunque non sta nel margine d'errore, oggi

dilatatosi per effetto della prodigiosa avanzata delle scienze (per anni abbiamo ignorato che la terra poteva andarsene "pacificamente" in giro per lo spazio scortata come Saturno da una corona di satelliti artificiali carichi di testate nuclea- ri) ma sta alla fonte degli errori, alla quale si attinge come alla fonte delle verità, oggi con maggiore consapevolezza di un tempo, in quanto l'oggettività è tutta inquinata dalla scienza e ogni sua conquista comporta più di sempre il ri- schio della sua stessa distruzione.

L'arte segue un uguale destino. Nel suo saggio sopra gli errori popolari degli antichi Leopardi che enumera una gran quantità per concludere con derisione che se « ciò è proprio dei fanciulli, noi possiamo considerare tali gli antichi vol- gari, allevati in una religione che dava peso ai loro errori, e autorizzava i loro spaventi ». Ebbene, fra i tanti errori il poeta ne indica uno che definisce superstizione: quella cioè che faceva ritenere la crescita delle seminagioni favorita dall'acqua piovana mentre tuona e saetta. Ma per la genetica che oggi studia, anzi provoca tali fenomeni coll'impiego de- gli isotopi nelle culture, l'errore torna a riproporsi come un'intuizione felice, ricca di future promesse.

Un esempio a caso di errore, o di superstizione, se si pre- ferisce, raccolto nelle storie dell'universo stellare, riguarda la millenaria tradizione di Venere il cui potere consisteva nell'infiammare i cuori degli innamorati. Ma già nella *Com- media* quel mito è adombrato come un "antico errore", e con consapevolezza critica Dante considera un limite di co- noscenza il culto pagano di Venere. Ciò non gli impedisce però di ravvisare in quel culto una sorta di verità rovesciata, che lo induce ad ammettere la dottrina degli influssi astrali sull'animo umano; ipotesi che accetteremmo ancora oggi:

> Solea creder lo mondo in suo periclo
> che la bella Ciprigna il folle amore
> raggiasse, volta nel terzo epiciclo,
> perché non pur a lei faceano onore
> di sacrifici e di votivo grido
> le genti antiche *nell'antico errore*.

"L'antico errore", dunque, non avrebbe dovuto, in quanto tale, mai più diventare oggetto di poesia; eppure esso riaffiora nei versi del Petrarca che chiama nuovamente Venere con l'appellativo "amorosa".

> Già fiammeggiava *l'amorosa* stella
> per l'Oriente, e l'altra che Giunone
> suol far gelosa, nel settentrione
> rotava i raggi suoi lucenti e belli.

L'errore che in Dante sta cercando di definirsi umanamente torna a mitizzarsi in Petrarca; poiché, avverte De Sanctis « il tempio gotico si è trasformato in un bel tempietto greco, nobilmente decorato... con perfetta simmetria ispirata da Venere, dea della bellezza e della grazia... L'artista gode, l'uomo è scontento ». In quanto « l'uomo è minore dell'artista... svanisce nell'artista », gli manca cioè « quella fede seria e profonda nel proprio mondo, che fece di Caterina una santa e di Dante un poeta ».

Al poeta non è necessario sapere se è vero che il periodo di rotazione di Venere dura all'incirca qualche settimana, per cui l'anno su quel pianeta si riduce a pochi giorni; egli può perfino ignorare che esso emette radiosegnali originati dalle scariche elettriche prodotte dall'intensa radiazione corpuscolare del sole; ma la domanda che dobbiamo rivolgerci è fino a che punto è consentita all'artista una tale ignoranza, dal momento in cui parla di Venere, del firmamento o di un viaggio interplanetario. A patto che non voglia cavarsela come Chénier, il quale rovesciando "pensieri nuovi in versi antichi" rappresenta il suo genio come una meteora (o un astronauta?) staccato dal suo corpo mentre « ... *suives le detours de la voie argentée, / soleils dans le céleste azur / où le peuple a cru voir les traces d'un lait pur... »*.

Nessuna statistica farà mai d'un'opera umana un'opera artistica, d'accordo con Wilson [2] aggiungerei che nessuna legge d'indeterminatezza sarà mai capace di produrre pari pari un romanzo o un poema: in sostanza l'uno e l'altro possono tranquillamente non saperne nulla di statistica e di probabilità; ma ciò che è assolutamente impossibile, al romanziere come al poeta, è ignorare d'ignorare. Perché è di questo che si nutre l'antiscientifismo: che si presenta sempre con due volti: della denigrazione del sapere scientifico, la cui esistenza e i cui effetti risaltano anzi sempre più quanto maggiore è la violenza con cui viene combattuto; e del rifiuto puro e semplice, regolato da una predisposizione diciamo così culturale che permette l'accesso alle profondità della coscienza soltanto ai prodotti letterariamente quintessenziati.

È appena il caso di rammentare che questi materiali che si presentano così depurati da ogni influsso scientifico provengono essi stessi da depositi culturali in cui l'alchimia del tempo ha debitamente provveduto a mescolare arte e scienza, sì da renderle quasi indistinguibili fra loro. E il dandysmo antiscientifista è così servito: voglia o no, è pur sempre condannato, se intende operare, ad attingere a quei magazzini dove le miscele furono conservate. Solo che in esse, mentre la poesia continua a rinnovarci i suoi valori, la scienza vi risulta esausta, moneta ormai fuori corso.

Scorazzando come si fa in questi casi fra scienza e arte è inevitabile il nome di Empedocle che neppure Aristotele sa dire con sicurezza se sia da considerare più poeta o più filosofo o addirittura mago per le sue molteplici conoscenze. È evidente che la mira è la Saggezza, il Sapere, ancor più che la Poesia. Difatti Filippo il Macedone scrivendo al filosofo la notizia della nascita del figlio Alessandro si lamenta che non gli resta ormai alcuna superiorità sugli altri uomini, ora che lui, Aristotele, ha pubblicato i suoi scritti. « Le alte scienze che tu mi hai insegnato diverranno bene comune, e tu non ignori tuttavia che io preferirei cento volte sorpassare gli uomini con la scienza delle cose sublimi che non con la potenza.» Quale favola, rapportata ai giorni nostri! – sogghigna D'Alembert. Nulla di stupefacente, tutto sommato. Lo stesso Empedocle ci mette sull'avviso: « Chi cerca un saggio dev'essere saggio lui stesso ».

Il problema comunque si ripresenta con Esiodo, con Lucrezio, per poi disperdersi nella scia dei poemi didascalici fra il XIV e il XVIII secolo, nei quali le api come la coltivazione, la versificazione come la nautica, la vaccinazione come la pedagogia, non vi sarà ramo delle umane attività che non troverà una dignitosa veste poetica. Enciclopedismo e illuminismo faranno il resto; finché il romanticismo non interverrà a sua volta a riprecipitare il tutto negli strati più profondi dell'individuo; dove, rimescolandosi nell'ebollizione dei sentimenti, le forme finiranno per esplodere.

Il bardo gaelico Ossian può ormai mirare soddisfatto, dalle soglie del XVIII secolo, ciò che il suo canto ha prodotto sugli spiriti europei. Dal suo influsso non si salverà neppure il più cauto e discreto dei suoi ascoltatori; quel Leopardi che dalle pendici dorate di ginestre cerca ancora di ammonire l'uomo, il quale, volgendo...

> ... addietro i passi
> del ritornar ti vanti,
> e procedere il chiami.

Quel che conta è che *les savants bêtes* siano state finalmente domate; al punto che Hugo possa tranquillamente desumere la figura del romanticismo fra il *Cromwell* ed *Hernani*. L'operazione per sostituire la ragione, così cara agli illuministi, con il genio, la forza primigenia, quel *thymos* in cui i greci condensavano un determinato sentimento di avversione o di amore, è cosa fatta, e la natura, ormai, è messa in disparte.

Ma di cos'è fatta questa natura? Fiedler che si era barcamenato sino allora sulla separazione delle due sfere del sapere, la scientifica e l'artistica, per concludere che mentre sui contenuti della prima si è abbastanza d'accordo, sulla seconda invece regnano disordine e confusione d'idee, ricordava che Pope soleva dire che « Shakespeare non imita la natura, quanto piuttosto è la natura che parla attraverso di lui »; e a titolo di commento riporta l'opinione di Goethe, secondo il quale « ciò che rimane eternamente misterioso è in che cosa consistano inizio e fine di ogni scrivere; cioè la riproduzione del mondo che ci circonda, attraverso il mondo interiore che tutto involge, collega, riunisce e modella nella propria forma e nella propria maniera. Grazie a Dio non sarò io a svelarlo agli oziosi e ai chiacchieroni ». E invece eccolo pronto a spiegare, agli oziosi e ai chiacchieroni, di che si tratta: « Per nessun'altra via ho meglio imparato a conoscere gli uomini che per i miei tentativi scientifici. Mi è costato molto e ne ho sofferto assai; ma infine sono contento di aver fatto quest'esperienza ». E subito aggiunge: « ciò che non mi ha bruciato le unghie... non l'ho espresso mai ».[3] Ma Fiedler non può rassegnarsi a una dichiarazione così semplicistica: da filosofo crede gli spetti dir « chiaro che cosa sia questa "forma" della natura che l'arte porta all'espressione e alla rappresentazione ». Ebbene, per lui tale "forma" altro non è « se non il complesso della natura rappresentato secondo le leggi della nostra facoltà di rappresentazione visiva », leggi, cioè, che « l'arte non può ricevere dal di fuori, come per mezzo di un confronto... Noi stessi ci possediamo solo attraverso tali forme ».

In questo, forse ancora immaturo tentativo fenomeno-
logico, dilaniato fra un accesso romantico e uno positivisti-
co, Fiedler dimentica che il mito ha accecato Omero appunto perché non veda lo scempio che le sue creature compiono sulla natura nello sforzo di strapparsi dal suo dominio.

Rivoltare la frittata, ovviamente, per concludere che se
l'arte rispecchia la natura, anche la natura rispecchia l'arte,
non esaurisce il problema. Quando si sarà assodato che tanta arte si è trasformata in natura, quanta natura si è trasformata in arte, non avremo fatto che chiudere il cerchio, lasciando fuori proprio ciò che si vuole spiegare, e intorno
a cui si continuano a versare fiumi d'inchiostro: poiché
rimane pur sempre da chiarire quanta scienza è diventata
natura e quanta natura è diventata scienza; e quanta scienza e quanta arte si sono allo stesso titolo reciprocamente
influenzate, riversandosi nell'oggettività. In tal modo ci si
ritrova nuovamente di fronte al problema delle due culture,
paralizzati.

La storia dei difficili rapporti fra le due culture va ricol-
legata al fallimentare rapporto fra le scienze positive e la
filosofia. Dalla fondazione del pensiero moderno, da Hume
a Kant, fino ai giorni nostri, è stata una lotta continua (appassionata, direbbe Husserl) per rintracciare una unità fra
due elaborazioni del sapere, se non opposte, necessariamente distinte. Mi guarderei tuttavia dal confondere tale
inconciliabilità con una incomunicabilità perenne fra le
due culture. Innanzi tutto perché non si tratta di due strati,
ma di due linee che s'intrecciano e si dipanano di continuo;
e che, proprio da questo loro fronteggiarsi, entrambe trag-
gono coscienza della separatezza che presiede alla loro
convivenza e ne governa le rispettive leggi.

Tornando a Schiller e al suo concetto di uomo non più
schiavo della natura, ma dominatore di essa, ancora Fiedler

concludeva con eccessivo ottimismo che entrambe, scienza e arte, hanno una parte ugualmente significativa in questo dramma. « Conoscere il mondo e porre a se stesso il mondo come oggetto è la medesima cosa... Ora, la scienza ci fa conoscere il mondo da un lato, l'arte dall'altro... [Ma] nessuna delle due esaurisce interamente il contenuto del mondo. ».[4]

A tanta rassegnata fiducia uno scrittore odierno come Queneau, con aria inquietante può giustamente opporre: « *La science prise en elle même comme connaissance se trouve dans la même situation que l'Art que l'on veut faire parfois aussi passer pour une sorte de connaissance: tous deux sont "fictifs", alors que le jeu est "factif" et que la technique est "effective". On peut encore dire, en donnant à l'Art son sens ambigu, que la Science oscille de l'Art au Jeu et l'Art du Jeu à la Science* ».[5]

In questo, che può sembrare un paradosso, si coglie tutta l'ambiguità dell'arte, nelle sue oscillazioni fra scienza e natura: per cui, quando si insiste sulla sua funzione di "rispecchiamento" altro non si fa che privarla di ciò che costituisce la sua – forse unica – ragion d'essere. Che non risiede tanto nel "fatto", ma proprio nel "farsi", fra cose diverse se non opposte. In altri termini, non specchio stendhaliano, ma riflesso a doppia faccia, o duplice riflesso, legato da un rapporto mutevole quanto inafferrabile.

Non amareggiatevi, non avete perso niente: non rimpiangerete l'oggettività perduta, avverte Husserl, perché in essa ritroverete una intersoggettività in cui risolvere « quelle esperienze e conoscenze che ancora ci attardiamo a chiamare oggettive ».

D'altronde è durata fin troppo l'illusione che alla letteratura, per dirsi in linea coi tempi, bastasse fornire qualche

buon contorno a un sostanzioso arrosto filosofico o scientifico. Sklovskij a giusta ragione torna sul concetto che sovente nei racconti a cornice non vengono inseriti aneddoti,
ma complicazioni di carattere scientifico. Ad esempio, « nel
georgiano *Libro della saggezza e della menzogna* – egli ricorda – sono inseriti problemi aritmetici, mentre nei romanzi di Jules Verne troviamo informazioni su questioni
scientifiche... Anche il romanzo di Cervantes contiene ve-
nature di materiale siffatto... ».[6]

Cosa c'è dunque dentro questa cornice? Digressioni,
peripezie, ritardi. Stranamente, questa concezione della narrativa, come la bella cornice per racchiudere una qualsiasi
"complicazione", la si incontra ancora in Huxley quando
sostiene che se in un dramma si vuole far posto a un discorso che riguardi « la ragione e la consapevolezza disin-
teressata, a qualche riferimento alla scienza come base di
una filosofia generale, bisogna che ciò avvenga nel corso
di "digressioni" dal tema fondamentale del conflitto »; mentre tali riferimenti scientifici possono trovare più spazio in
un saggio o in una narrazione di trecento pagine. Da notare: più spazio. E benché Huxley precisi poi che « la letteratura dà alla vita una forma, ci aiuta a sapere chi siamo,
come sentiamo, e qual è lo scopo di tutta questa faccenda
indicibilmente scombinata » – rimane pur sempre dubbio
che tutto possa ridursi a una questione di spazio e di dige-
ribilità delle digressioni che allungano l'opera e la sua ipotetica durata di lettura. Tuttavia, è la sua amara conclusione: « la scienza come corpus sempre crescente d'informazioni, la scienza come sistemi di concetti... in una parola,
in quanto scienza, non appare quasi mai nei poeti contemporanei; dagli scritti dei quali non sarebbe facile dedurre
il dato storico elementare che essi sono contemporanei di
Einstein o di Heisenberg... dei computers e dei microsolchi,

nonché della scoperta del fondamento molecolare dell'ereditarietà, dell'operativismo ecc. ».[7]

Dovrebbe invece esser chiaro che la questione non può ridursi a innesti più o meno fecondi, sia pure in narrazioni di tipo saggistico sufficientemente estese da sopportarne il peso; operazioni queste che presuppongono una letteratura disposta a far da cavia tra una scienza e una filosofia così come sono, mentre i dottori intorno a lei continuano a chiedersi ansiosi: fin dove vuole arrivare l'arte d'oggi?

In uno dei suoi suggestivi *Pretextes*, Gide scoraggia coloro che, con l'interrogativo facile, si chiedono a spron battuto: « Fin dove andrà l'arte? ». In estetica, egli suggerisce, bisogna contentarsi di approssimazioni come: dove andranno la musica, la pittura, la letteratura. « Poiché nelle manifestazioni dello spirito la parola "progresso" perde ogni significato. Diversamente dalla scienza, per la quale non è mai troppo azzardato fare previsioni azzardate. » A ironica conferma del suo asserto Gide si avvale dell'esempio di Comte, il quale – nel suo *Corso di filosofia positivista* – fa una professione di fede scientifica piuttosto singolare: poiché « vi loda un poco il passato, un po' di più il presente, e quasi illimitatamente il futuro ». Dico quasi – avverte maliziosamente Gide – perché a un tratto « per salutare orrore dell'iperbole, e per amore di precisione, dopo aver vagamente abbozzato quel che l'avvenire sembra poter sperare e pretendere dalla scienza, Comte aggiunge che pretese e speranze non potrebbero (però) essere illimitate ». Comte scrive pressappoco che è molto facile prevedere fin d'ora i limiti della scienza e dire quali campi le resteranno per sempre preclusi: per esempio si sa che la scienza non scoprirà mai... Vale la pena di sapere che cosa la scienza non scoprirà mai: la composizione chimica degli astri. « Doveva passare una generazione; poi, con semplicità, senza far chiasso, l'analisi spettrale si impadroniva degli astri e la scienza andava oltre i limiti fissati. » [8] Fissati naturalmente da Comte.

Siamo dunque avvertiti: ogni previsione può tradursi in uno scacco. Anche la scienza è pronta a darcene l'avviso. Secondo il principio d'indeterminatezza, che ispira tutta la meccanica quantistica e guida la ricerca nel mondo submicroscopico, la posizione di una particella non può essere mai precisata con esattezza, insieme con il suo movimento: quindi se ne conosciamo il presente non ne possiamo conoscere il futuro. Ma poiché nel mondo macroscopico questa incertezza si riduce a valori minimi risulterebbe inutile rifarsi all'indeterminatezza per combattere la scienza e svogliarci dal congetturare sul futuro dell'uomo. Proprio Heisenberg, che è il fondatore di quella legge d'incertezza, suggerisce un'immagine seducente dell'uomo quando lo rappresenta « solo sul nostro pianeta, senza un avversario e senza un alleato ». È fin troppo facile estrarre da questo uomo, un altro uomo che avverte tutta la stanchezza di stargli di fronte a ripetergli la sua "solitudine", in altri termini a rappresentargliela in una qualche maniera intelligibile. E non è da escludere che il primo "solitario" faccia altrettanto al secondo... così che entrambi finiscano per narrarsi a vicenda le rispettive "solitudini".

Occupandosi di una stagione letteraria come quella simbolista Edmund Wilson ha potuto dimostrare che le due grandi personalità che vi dominano incontrastate, Proust e Joyce, rivelano nelle loro opere una profonda conoscenza scientifica; che permette al primo di costruire, come Einstein, una struttura assoluta per sostenere un mondo di apparenze; e al secondo di rappresentare un mondo – al pari di Whitehead e di Einstein – in una processualità in cui

« ogni cosa vi è ridotta al ruolo di "eventi" simili a quelli della filosofia e della fisica moderna ».[9]

Si parla della *Recherche* e dell'*Ulysses*, ovviamente; in cui, nonché la contemporaneità coi fondatori del relativismo, del positivismo logico, dei quanti o del principio d'indeterminazione, sarebbe ravvisabile, secondo Wilson, addirittura il risultato fecondo di tali conquiste del pensiero moderno.

Già Maurois, presentando ai lettori francesi la traduzione di *Punto contro punto*, di Aldous Huxley, uno scrittore cioè scientifista per elezione, gli antepose Proust, proprio nella cultura scientifica, poiché le metafore di fisico e di biologo dello scrittore francese sono fra le più belle. Siamo ancora in tema di metafore e di bellezze; mentre Edmund Wilson avanzando alla ricerca di equazioni scientifico-letterarie vuol sostenere con una immagine piuttosto ardita, che « la nonna (del narratore Proust) assume nel racconto la stessa importanza che per Einstein ha la velocità della luce »; vi diventa cioè: « l'unico valore costante che rende possibile il resto del sistema... [Perché] Proust ha ricreato il mondo del romanzo dal punto di vista della relatività [e non diversamente da Joyce, da Whitehead o da Einstein] ha dato per la prima volta alla letteratura un equivalente totale delle nuove teorie della fisica moderna ».

Più cautamente un critico recente interrogando i segni su cui si fonda la *Recherche* proustiana conclude che qui non si tratta di un'esplorazione della memoria, e che il termine "ricerca" va inteso nel senso della "ricerca della verità" rivolta perciò verso il futuro, non verso il passato.[10]

Tuttavia, si tratti di belle metafore di fisica oppure di un vero e proprio relativismo in termini narrativi, per Proust; si tratti oppure no di scomposizioni molecolari del quotidiano, in Joyce; sta di fatto che ha ripreso vigore una polemica sulle due culture che sembra resuscitare i fantasmi delle antiche dispute sul sapere degli antichi e dei moderni, quelle dispute che trovarono nella *Battaglia dei libri* dello Swift la loro satira più gustosa.

L'ignoranza dei poeti, o meglio le vanterie dei poeti ignoranti fanno storia a parte nella storia della letteratura. Nell'invettiva contro gli amici averroisti Petrarca difende la sua ignoranza scientifica. Blake non ha mai perdonato, ricorda Huxley, agli scienziati di aver analizzato nei suoi elementi meramente fisici e misurabili il divino mistero dell'esperienza immediata.

Swift tratta la scienza, nei *Viaggi di Gulliver*, come uno dei più comici inganni; mentre Pope e Gay deridono i cacciatori di fossili e farfalle: e se Keats brindò alla soppressione di colui che aveva distrutto con la descrizione scientifica dell'arcobaleno il suo incanto poetico, Hugo dal canto suo non si mostrava meno scettico nei riguardi della *science des savants bêtes*. Anatole France confessa che, quando incontrò a Berlino Einstein e il grande fisico cercò di spiegargli che la luce è materia: « la testa cominciò a girarmi e mi congedai in fretta... ». Di esempi sull'antiscientifismo dei poeti se ne possono ammucchiare a dozzine; ma anche di esempi opposti se ne potrebbero portare tanti da pareggiare il conto. Per ogni Eliot indifferente, quando non avverso ai contatti con le scienze, vi è sempre un Valéry pronto ad opporgli il suo disegno di un'impossibile ma sempre tentante identificazione fra scienza e arte.

Contro il « senso di una fatalità assoggettata a un calcolo di dadi » invocata come fonte d'ispirazione della sua poesia c'è, nello stesso Montale, « anche il senso della contingenza... Da giovane ho letto Boutroux », egli dichiara con perfetta coerenza.[11]

La filosofia della contingenza, che vuol sostituirsi al principio della necessità delle leggi scientifiche, opponendo al loro determinismo il valore del libero sforzo della volontà umana verso la perfezione, come ognuno sa, conviveva con la critica della scienza del Poincaré. Ma quando ben bene si sarà stabilito che questo era il clima culturale al tempo della formazione di Montale, non si potrà certo dedurne che egli sarebbe stato più poeta se vi avesse opposta un'adeguata reazione d'ordine antiscientifista. Non sono queste le scelte che contano, pro e contro la scienza, quanto piuttosto il grado di consapevolezza con cui questo o quell'atteggiamento si estrinseca. Quel che conta in sostanza è la quantità di coscienza (di conoscenza) che accompagna il rifiuto o l'accettazione. Insomma, ripeto, se è consentito all'artista di ignorare le scienze, quel che gli è assolutamente negato è di ignorare di ignorarle.

Quando Suvorin consiglia Čechov ad abbandonare la professione di medico per dedicarsi unicamente alla letteratura, in Čechov non è il medico a ribellarsi, bensì il letterato: « La medicina è mia moglie! » esclama. « La letteratura la mia amante. Quando l'una mi stanca, vado a passar la notte con l'altra. Può darsi che tutto ciò non sia perfettamente "come si deve", ma per lo meno uccide la noia, e inoltre resto fedele a tutte e due. » La battuta nella sua fatuità apparente è rivelatrice di ciò che Čechov considerava fondamentale funzione dell'arte dello scrivere. « L'artista, » spiega a Suvorin « lungi dal risolvere questioni angustamente specialistiche, osserva, sceglie, intuisce, compone, e già questi atti presuppongono fin dall'inizio un problema. E se l'artista non si pone fin dall'inizio un problema, non c'è nulla da intuire, da scegliere, da comporre, eccetera. » Quel che interessa all'arte ovviamente, non è « la soluzione del problema, ma la sua conoscenza e la sua giusta impostazione ».

« Le scienze naturali » scriveva nel 1894 « fanno oggi miracoli, e, come Mamai, potrebbero abbattersi sul pubblico con la loro mole e la loro grandiosità. » Una fiducia così cieca nella ricerca positiva ci autorizzerebbe a sorridere, se non sapessimo che su di essa sono lievitate tante intuizioni geniali. Come ad esempio quella battuta delle *Tre sorelle*, che trepidamente annuncia un avvenire, fra due o trecento anni, quando « la vita sarà bella sulla terra, così bella da non immaginarsi neppure. L'uomo ha bisogno di questa vita; e se per il momento gli è negata, deve presentirla, attenderla, sognarla; prepararsi. Per questo deve saper vedere più del nonno, più del padre ».

E ancora. Parlando della giovinezza di Poe, Baudelaire rammenta i suoi « progressi incredibili nelle matematiche... aveva un'attitudine singolare per la fisica e le scienze naturali, cosa questa che è opportuno notare di passata, poiché in molte delle sue opere si rileva una grande propensione scientifica... ».[12]

Con Musil finalmente il trapianto avviene a cuore aperto: in quel palinsesto di esperienze, vera *work in progress* all'infinito che è *L'uomo senza qualità*, lo scrittore torna a tuffare tante volte le mani sino a perdere tra le dita il filo per operare la sutura definitiva che gli porge la ragione. « Nella scienza egli fa dire a Ulrich, tutto è forte, disinvolto, splendido come nei racconti di fate... » E ribadisce: « L'uomo scientifico è oggi una cosa inevitabile; non si può non voler sapere!... ». Per concludere: « Come ci si può immaginare che l'uomo avrà ancora un'anima quando abbia imparato a capirla e a trattarla perfettamente sotto l'aspetto biologico e psicologico? ». Ma insoddisfatto del suo destino si chiede ancora: « un uomo che vuole la verità diventa scienziato; un uomo che vuole lasciare libero gioco alla sua soggettività diventa magari scrittore; ma che cosa deve fare l'uomo che vuole qualche cosa d'intermedio fra i due, cioè fra scienza e letteratura? ».

Le difficoltà che Ulrich incontra nel rispondersi sono insite negli stessi interrogativi: poiché ciò che forma l'essenza della letteratura non è "rispondere" – avverte Barthes a proposito di Robbe-Grillet – ma è "domandare".[13] Infatti le domande di Ulrich sono lo stesso romanzo; e la risposta ai suoi interrogativi è lui stesso, nel suo inseguirsi fino agli ultimi gradini del misticismo.

Tuttavia lo scrittore non può assistere impassibile al dualismo scienza-filosofia, indifferente al vario modo di attrarsi e di respingersi delle due discipline, ora col prevalere della pretesa filosofica di sistematizzazione delle scienze particolari, ora col prevalere delle scienze nel riconoscersi sotto il segno comune di un linguaggio unificato, prestato dai fisicalisti o dai matematici. I fallimenti di *Monsieur Testa* da questo punto di vista non sono certo incoraggianti; e tanto meno le inquietudini scientifiche di un Queneau invogliano ad addentrarsi in un territorio dove la matematica « si cerca attraverso le "Scienze" particolari, come le Scienze [anzi, precisa: la Scienza] si cerca con la Matematica; che ne è insieme l'organo di azione e il modo di percezione ».[14]

L'errore consiste proprio nel voler far dipendere l'unità delle due culture dall'unificazione dei linguaggi particolari all'una o all'altra sfera. Ciò che non avverrà mai. Ci si deve render conto che un linguaggio decodificato, decifrato nei suoi simboli algebrici, richiederebbe per contropartita un'analoga decodificazione del linguaggio letterario che tende a purificare la lingua della tribù e talvolta a depurarla sino a renderla essa stessa espressione di un'altra algebra. Si tratta e sempre si tratterà di due linguaggi di gruppi che non saranno mai intercomunicanti se non nelle premesse, nella fondazione dei loro ragionamenti particolari. « Il matematico non ragiona per formule » asserì Einstein: e, soprattutto « scrive formule dopo aver fondato la sua scienza nel discorso comune » rammenta acutamente Lucio Lombardo Radice.[15] Similmente si potrebbe dire del poeta; che non ragiona in versi quando espone la sua poetica, o quando fa critica. Non dovrebbe perciò sembrare illogico, in queste fasi che precedono l'operatività scientifica o letteraria, pretendere linguaggi accessibili al senso comune, proprio mentre il senso comune avverte che una più profonda unità va formandosi nella conoscenza dell'universo, sia macroscopico che sub-microscopico; e dal momento che le difficoltà derivanti dalla separazione fra conoscitore e cosa conosciuta vengono superate nell'unione di questi due momenti nell'atto della conoscenza.

La scienza sempre più minuziosa nell'analisi del sempre più piccolo, ritrova, al di là della sua stessa ricerca, una sintesi o meglio una visione sintetica della "funzione". Sono nate – ripete la pubblicistica di divulgazione – la tendenza e l'attitudine a sempre nuove e più vaste generalizzazioni: tutto ciò proprio nel momento in cui l'analisi della forma raggiunge il punto limite, oltre il quale si è potuto studiare il "processo". Vale a dire: si è cominciato a intravedere « l'unità di tutti i viventi quando allo studio della forma si è sostituito lo studio del processo biochimico; la teoria dell'unità cellulare e la teoria dell'unità biochimica si sono incontrate nella citologia biochimica, e le strutture cellulari sono state interpretate come sedi di processi biochimici... ».

Lo scopo non è dunque scavalcare d'un balzo la separazione – o, come si diceva all'inizio, la separatezza – fra le due culture; ma è quello di riproporre uno dei temi più correnti nella ricerca scientifica, che in biochimica indica un'unità dietro l'osservazione submicroscopica. Trattandosi del destino dell'uomo e della ragione del suo esistere sulla

terra fra altri viventi, lo scrittore ne è direttamente inve-
stito; anche se per lui il problema del linguaggio, in cui
si esprimeranno le scienze, risulterà insoluto e tale resterà
forse per sempre.

Poiché il suo comportamento, davanti al conflitto che
vede opposta la cultura scientifica a quella letteraria, dovrà
essere forzatamente androgino; nel senso che coesistendo in
lui due metà, sono queste che si cercano in una rincorsa
a riconoscersi e a scindersi, a fondersi e ad opporsi, in
una continua tensione che non si deciderà mai e che pure si
rinnova ad ogni istante.

Così, fra la scienza che chiude in linguaggi incomunicabili i risultati delle sue ricerche, e la fantascienza che
incurante del linguaggio riduce ad archetipi la stessa scienza
e la sua mitologia, per erigervi le sue storie popolari, la
letteratura è l'unica che possa riproporre il suo carattere
ambiguo, oscillante fra le opposte tensioni del suo tempo.

« Lei sa che cos'è un enzima? O un catalizzatore? » domanda Ulrich a Leo Fischel. E siccome non ottiene risposta, Ulrich gli spiega che « né l'uno né l'altro cooperano
materialmente, ma mettono in moto il processo. La storia
le avrà insegnato che la vera fede, la vera morale, la vera
filosofia, non sono mai esistite; tuttavia le guerre, le infamie, e gli odi che si sono scatenati in loro nome hanno frut-
tuosamente trasformato il mondo ».

In questa definizione bisogna cogliere innanzi tutto il
significato negativo attribuito alla storia, subito risollevata
però al suo fruttuoso destino di mutamento: e se Musil la
fa pronunciare a Ulrich, che non nasconde la sua vocazione
scientifica, è perché sente che nel mondo oggettivo così come in quello soggettivo, il processo – vale a dire ciò che
perennemente cambia – prevale su ogni ipostasi di fede,

morale, filosofia, e, perché no, di letteratura e scienza.[16]
Il processo rappresenta tutto ciò che di negativo genera il
mondo (conflitti stragi calamità naturali; e, più hegelianamente, l'intera realtà) ma, al tempo stesso, ne rappresenta
pure tutta la positività, espressa questa nella sua capacità di
trasformare le trasformazioni.

È quanto emerge dall'*Uomo senza qualità* in tutto il ventaglio delle sue allegorie: vi è qui rappresentato il dramma
che oppone lo scienziato allo scrittore, attraverso gli appelli
che il primo rivolge al secondo in nome dell'ordine, della
chiarezza, dell'ottimismo, della scienza; cui il secondo – da
poeta – non sa rispondere se non con dubbi, cristalline confusioni, pessimismo. Rinnovellandosi così di pagina in pagina, il conflitto rimane irrisolto. Ma non è forse questo il
senso più autentico di tutta la storia? Rifiutare "una fine"
per riproporsi come lo stesso processo che intende rappresentare all'infinito?

Né tale processo può considerarsi concluso con l'ince-
stuoso finale che sembrerebbe indicare una sintesi mistica
in cui vengono ad esaltarsi in uno tutti i contrasti. Semmai, l'incestuosa unione sublima emblematicamente uno
pseudo-contrasto che fa parte della natura androgina della
poesia; e conferma nel contempo che il grande dilettante di
scienze – quale fu il Musil – l'assiduo frequentatore del
Circolo Viennese dei positivisti logici, ha premeditatamente
dissipato le sue esperienze scientifiche soltanto per assistere
poeticamente a quella dispersione: da agente-agito, attore-
spettatore, nella rincorsa a un'impossibile unione, che è insieme coscienza di separatezza e bisogno d'unione, in cui
nessuna delle due culture può rinunciare all'altra.

Silenzio e futuro

Il fiume dell'oggettività scorre sotto gli occhi dello scrittore odierno e scompone la sua immagine assorta, nell'attimo stesso che la sta rispecchiando; e lo scrittore si sente acqua nel suo torbido fluire, rete calata nel fiume, pesce all'amo; mentre l'eros sedentario che ha sopraffatto i suoi istinti lo tiene avvinto in una rete di "perché".

Anche Tolstoj doveva sentirsi assediato da infiniti "perché", quando sedeva ai piedi di un albero di Jasnja Poljana, come lo sorprese una volta Gorkij; così fermo da somigliare ad una pietra. Ma l'incanto era nel fisico, dentro gli si muoveva un mondo. Sinceramente egli credeva che l'anima fosse una cosa talmente visibile e avesse una fisionomia così identificabile che si sarebbe dovuta iscrivere nei documenti; nei quali – egli si lamentava – non si parla mai dell'anima.

Se un fiume scorreva ai suoi piedi egli poteva trarre proprio dall'acqua fluente l'immagine dell'eterno fluire delle cose e insieme la certezza che l'universo fosse esattamente l'opposto di sé; ciò che trascorre, da contemplare dall'immobilità; e che la vita, nel suo divenire, fosse un processo tanto esterno, da non sfiorarlo neppure. Se l'idea della morte angustiò i suoi ultimi anni, essa si trasformava in un vitalismo cui non repugnava l'immortalità. Perché la vita non poteva dimenticarsi del signor Lev Tolstoj e renderlo immortale? Tutti i "perché" acquistavano così in lui un segno positivo; si caricavano cioè, anche se dolorosamente, di una tensione al futuro; quel futuro cui Čechov poteva dedicare forse la più ispirata battuta delle *Tre sorelle*.

Lo scrittore d'oggi, invece, vuol riconoscersi in quel fiume, nel pesce che vi alligna, nelle acque contaminate da mille scoli e da mille cloache; vuole sentirsi lenza e rete calate in quelle acque che si disperdono in mare: e se ritrova ancora in sé una densità capace di promuoversi in una serie di domande, queste saranno sempre contraddittorie: Perché sono qui? Perché credo ancora che abbia un senso riconoscermi e domandarmi "perché"?

I "perché" che assillano la coscienza attuale trovano lo scrittore già paralizzato, prima ancora che egli abbia formulato un "perché". Ormai persuaso che sia perfino inutile domandarsi "perché", egli continua tuttavia ad interrogarsi al fine forse di scoprire dai "perché", per chi scrive; e così facendo ritrovare il senso di una mediazione fra la scrittura e colui che la riceve (o la consuma, come si dice) ossia quel lettore che fa della scrittura ciò che essa è da secoli: letteratura.

Un tempo questa coscienza ricevente si trovava agli antipodi; o almeno per assuefazione tradizionale lì eravamo abituati a collocarla, all'opposto della coscienza produttrice, come un punto da raggiungere, superato che avesse una certa distanza accidentata e disseminata di pericoli e di trabocchetti.

Grazie invece a una serie di manipolazioni politico-industriali, lo spazio del consumo artistico si è assottigliato; fra l'atto del creare e quello del godere l'opera artistica, non vi è più distacco apprezzabile: e se si verifica un ritardo tra creazione e godimento, è solo per un intervento falsificatore dell'apparato politico-industriale; che provoca la letteratura a proclamarsi in crisi, prima ancora di operare sulla crisi; alla stregua di quelle speculazioni che intanto si riconoscono filosofiche in quanto conducono all'asserzione che la filosofia, dopo essercene serviti, non serve, poiché lascia tutto come si trova; o alla stregua di quelle speculazioni che si pongono come "pazienti", e non "agenti" della crisi, per ripetere la nota distinzione di Della Volpe.

Se questo orizzonte lo si allarga ai problemi di linguaggio, alle angosce metodologiche, quale fu definito il travaglio che accompagnò per un buon tratto di strada lo sviluppo delle scienze, ebbene bisogna convenire che la letteratura, tra le operazioni culturali, è quella che ha più sofferto dello strappo nell'ethos dei valori costituiti.

Incoraggiata da un antiumanesimo che aveva tutte le ragioni di rifiutare l'Uomo ricevuto dalle mani della storia, la letteratura ha finito per rifiutare se stessa, sconfessando ogni dimensione ontologica come mistificazione della sua vocazione umanistica.

Una testimonianza di ciò la troviamo nelle pagine di Vittorini raccolte nel volume postumo: *Le due tensioni*.[1] La lacerazione vi è delineata perfettamente, fra una tensione umanistica, che si ricollega alla civiltà contadina, promotrice di un'arte arcadica, di una letteratura espressivo-affettiva; e una tensione razionalistica, filiazione della cultura del XVIII secolo, e come questa disposta ad integrare nel suo sistema di rappresentazioni una visione del reale valido al pari di quella promossa dalle scienze.

Non sono molti i libri di critica in cui si avverta, come in questo del Vittorini, un pari sdegno iconoclastico contro una cultura rivelatasi da secoli conservatrice e oppressiva; bisogna però affrettarsi ad aggiungere che poche pagine di critica sono percorse, come queste del Vittorini, da uguale amore verso l'oggetto che promuove quell'indignazione: la letteratura. Detto questo, tuttavia, non avremo ancora abbastanza chiaro cosa fu che indusse lo scrittore al silenzio.[2] Anzi, più ammucchieremo spiegazioni psicologico-esistenziali, su quel silenzio, più ci lasceremo sfuggire la vera causa di esso: che è essenzialmente di ordine logico-razionale.

Vi è al fondo del ragionamento di Vittorini un'aporia che lo scrittore aggrava via via che vi ragiona, come chi continua a scavare attorno a un buco per volerlo colmare. L'origine dell'aporia vittoriniana consiste nel fatto che egli, avendo impostata una dualità dialettica fra le due tensioni, opta, fin dall'enunciazione, per una delle due, quella razionalista. È indubbio che ad una delle due tensioni, nella fattispecie quella razionalista, lo scrittore attribuisce un ruolo di negazione. Negazione di che cosa? Ovviamente di quella cultura che egli colloca lungo l'arco della tensione conservatrice-umanistica (espressivo-affettiva per valerci delle sue parole). Si potrebbe però formulare anche una diversa distribuzione di negatività; attribuendo cioè alla "tensione umanistica" una funzione negativa, e alla "tensione razionalista" il ruolo di negazione della negazione, con un procedimento approssimativamente hegeliano.

Ma lo scrittore sa – e con lui lo sa il filosofo – che in realtà le cose si svolgono in modo assai più complesso di quanto non indichino queste schematizzazioni; e che, in definitiva, la sua opera creativa, lungi dall'essere un punto di arrivo, una sintesi che placa la conflittualità, costituisce un punto di partenza per sempre nuove negazioni, e quindi per nuovi conflitti all'interno della stessa cultura.

Optando per una delle due tensioni, quella razionalistica, Vittorini attua una scelta, sì, razionale, quale momento di negatività, precludendosi però in tal modo ogni sbocco ulteriore nel processo delle negazioni. Di qui la crisi, e non sua soltanto, di tanta antiletteratura odierna.

Di conseguenza, la scelta di Vittorini si tramuta in una drammatica attesa nel deserto della ragione: munito di un cilicio (il cilicio della tensione razionale) egli si fa anacoreta di un credo antiletterario da professare con il rifiuto di scandire letterariamente il proprio essere nel mondo sui modi d'essere delle realtà.

Più o meno – ad eccezione forse di quelle letterature appena uscite dal loro medioevo coloniale – la malattia che conduce alla paralisi letteraria è riscontrabile un po' ovunque; mentre emerge sempre più chiaro che gli strumenti usati per analizzarla provengono dai più aggiornati gabinetti letterari. Il che legittima dopotutto il sospetto che per distruggere la letteratura occorra produrne altrettanta.

« L'assassino si trova convertito nello scrittore »; quello scrittore – si direbbe con Barthes – il quale, partito per uccidere la letteratura, la letteratura finisce sempre per recuperarlo.

Sembra così riabilitata la secolare disputa dei metafisici che accusano gli antimetafisici di fare pur sempre della metafisica nei loro tentativi di detronizzarla; o quelle dei razionalisti, pronti ad accusare gli antirazionalisti di ricorrere pur sempre alla ragione in ogni loro tentativo di sbarazzarsene.

A differenza però dell'antimetafisica o dell'irrazionalismo, il problema dell'antiletteratura odierna si presenta in forma più drammatica; dal momento che essa non si contenta di riformare la letteratura, ma mira al suo annientamento; cioè al silenzio.

Se per settant'anni si è scritto « allo scopo di "consumare" il mondo » osservava Sartre dalle soglie del surrealismo, « dal 1918 in poi si scrive per "consumare" la letteratura; si dilapidano tradizioni letterarie, si sciupano le parole, si gettano le une contro le altre per farle scoppiare. La letteratura, come negazione assoluta, diviene antiletteratura; e mai essa è stata più letteraria ».

Quel surrealismo che servì all'antropologia sociale e all'etnologia per scoprire il mondo antico con "lirismo e probità", per dirla con Lévi-Strauss, lo si ritrova alle origini dell'antiletteratura odierna. Nel che potrebbe rinvenirsi la conferma che non si parte mai da zero; e che comunque il presente lo distinguiamo dal passato e dal futuro, solo in quanto contiene « passato-come-tradizione » e futuro come qualcosa di irriducibile: un "non ancora" cioè quale attesa, promessa e tensione.

Si aggiunga pure a queste osservazioni di Bloch,[3] che la negatività letteraria, l'antiletteratura di cui si parla, proprio in quanto "assenza", ci appartiene come dimensione del nostro spazio mentale; entra in ogni combinazione di giudizio, in ogni operazione critico-creativa, è il sottinteso, logico e fantastico – persino con accentuazioni ironiche – di ogni discorso che abbia per fine la letteratura: come il non essere di qualcosa che fu; e di cui – proprio perché fu – avvertiamo la mancanza.

La scena stessa in cui si svolge questo dramma del silenzio, ne caratterizza la letterarietà fondamentale. Come in quei teatri che, per fondali, spezzati e quinte, si valgono dei ponteggi, delle carrucole, delle bilance, della attrezzeria di palcoscenico; così l'antiletteratura, non contenta di ritrovare il suo scenario naturale fra i congegni della più complessa e perfezionata attrezzeria letteraria, si dispone essa stessa a farsi congegno, a rivelare cioè le sue interne strutture, o del tutto ferme o moventisi solo per rivelarci la loro incapacità di articolarsi e funzionare a dovere.

Si vuol dire che il dramma si svolge proprio mentre la linguistica libera i linguaggi, strappando finanche le grammatiche dai loro sonni secolari, grazie all'analisi strutturale, e mentre emergono nuove forme di ricerca, come la semiologia, l'antropologia culturale, la cibernetica, o come l'etnologia e la psicologia sociale, che sorprendono la psicanalisi in crisi scientifica; per non enumerare che quelle scienze le quali, per un verso o per l'altro, intervengono o fanno del fenomeno letterario quel che esso notoriamente è.

Si ripeterebbe così ancora una volta quanto già si verificò con l'esistenzialismo, che la sovrastruttura cioè si fa paziente e non agente dello strutturalismo: quasi avvertisse il pericolo di una compromissione "politica", nella scala delle approssimazioni democratiche, lungo la quale anche le arti, (lo sostiene Marcuse) diventano « ingranaggi di una macchina culturale che riforma interamente il loro contenuto ».

L'assottigliamento, sino all'annullamento, dello spazio fra produttore e consumatore dell'opera, fa scoprire quest'ultimo nell'area stessa della creazione estetica. In tale assimilazione il consumatore è posto in grado di ottenere il massimo godimento col minimo sforzo: gira una manopola e ti ha o non ti ha; ti gode o ti cancella; ti compera o ti distrugge. L'alternativa, in altre parole, si svolge sempre in termini drammatici, poiché, se non elimina, è in grado di imporre in forma terroristica l'accettazione di qualsiasi prodotto; ivi compreso lo stesso silenzio, come prodotto privilegiato di consumo, pur se "espresso" in forma libertaria ed eversiva del potere conservatore, cui spetta invece dir sempre la sua.

Nella scala delle approssimazioni democratiche verso i cosiddetti valori estetici esiste un più scritto e un meno scritto, un più leggibile e un meno leggibile, sino alla carta bianca. Ma quando si oppone la chiarezza, la leggibilità dell'arte tradizionale, all'oscurità, all'illeggibilità, o al minaccioso silenzio dell'arte di avanguardia, bisogna non lasciarsi tentare dalla facile antinomia leggibile-illeggibile per fondare su di essa il giudizio estetico; in quanto nulla è più fallace di simili pseudoconcetti. Anche accettando il criterio di massima che i miti legati alla conservazione sono sempre espressi in segni chiari e inequivocabili, non ne discende necessariamente che soltanto ciò che è ambiguo, oscuro, indecifrabile, contaminante, è capace di abbattere quei miti e quindi di liberarci dai loro significati oppressivi. Poiché anche nell'arte più oscura e indecifrabile, se di arte si tratta, vi è sempre una promessa futura di significato. Oppure non vi è nulla, ed è fatica sprecata cercarvi qualcosa. L'arte cioè si dispone, pur nell'oscurità, in forme sempre più significanti. Il silenzio naturalmente va ad aggregarsi a questo sistema di oscurità come un insieme di promesse progressive di segni significanti.

Tra il "meno" e il "più" significante si viene dunque a distendere quella corda che un linguista potrebbe definire "linguaggio chiuso", quel linguaggio cioè che la "buona coscienza" adopera come linguaggio della verità, in quanto è il linguaggio dei poteri? Basta seguire Barthes quando sostiene che ciò che vi è in esso di fraudolento, abbellito da predicati surrettizi che ne camuffano l'utilitarismo politico, può essere contrabbandato come valore: « La forma diventa un oggetto autonomo, destinato ad indicare una proprietà collettiva e protetta ».[4]

Aggiungerei che nella scrittura letteraria quella forma divenuta oggetto può ripresentarsi sì come contestazione, ma nello stesso tempo anche come continuazione del potere: paradossale, se si vuole, decurtata o ampliata, ma pur sempre repressiva e oppressiva: proprio in quanto proveniente dal potere e tendente a sua volta a poterizzarsi, cioè a farsi privilegiata. Nell'impossibilità di verificare se il contenuto di una certa espressione è vero o falso, poiché tutti i termini di confronto che le vengono offerti dal linguaggio chiuso del potere, asseriscono che quella verità, se è dominante, è vera, alla letteratura non resta altra difesa che riconoscersi e consolidarsi in una sorta di epistemologia delle scienze letterarie; vale a dire in quell'insieme di ricerche sui modi di manifestarsi dei fenomeni letterari, da studiare distintamente dall'arte; come suggerisce il Frye quando ricorda che il fisico impara la fisica non la natura.

Riconosceremo così allo scrittore, oltre al compito precipuo per cui si chiama "scrittore", o descrittore del mondo, quello di filosofo culturale; che scavalca i confini di conoscenza e di rappresentazione dell'oggettività, sia pur fecondata, come oggi si pretende, dalla scienza e dalla sociologia, per estendersi alla conoscenza (critica, selettiva) degli strumenti della sua ricerca nella loro applicabilità creativa; o viceversa, come insegna il Rousseau, che Lévi-Strauss colloca tra i maggiori fondatori dell'etnologia.[5]

Non mi preoccuperei troppo di stabilire analogie o differenze fra gli assunti preminenti dello scrittore (come filosofo culturale) e quelli che per tradizione si attribuiscono al filosofo vero e proprio; c'è comunque qualcosa che fondamentalmente li assimila: sia lo scrittore che il filosofo – diversamente da quanto accade allo scienziato – il quale può modificare o addirittura capovolgere una conoscenza, servendosi di mezzi linguistici, formule e simboli già codificati – sia lo scrittore che il filosofo, ripeto, fondano innanzi tutto un loro linguaggio particolare per esprimere verità nuove; e attraverso il linguaggio entrambi procedono alla riforma della cultura. Azzarderei che, se differenze o somiglianze dovessero in qualche modo stabilirsi, esse andrebbero ricercate nella quantità e fors'anche qualità di futuro estraibile dalle loro operazioni culturali.

Una dimensione, questa del futuro, oggi più facilmente di ieri, misurabile; in quanto, grazie alle nuove postulazioni filosofiche e ai nuovi orizzonti aperti dalla scienza, una tale misurazione viene universalmente accettata, anche se con sottintesa ironia. Non appena però ci si prova a dare a questo futuro un significato morale, nel senso di volervi scoprire il contenuto di vitalità e di ottimismo utopistico con cui l'uomo tende all'avvenire, i sogghigni si moltiplicano, l'ironia diventa sarcasmo.

È invece proprio alla logora speranza che s'intende alludere; indifferenti al fatto che l'arte procede, se procede, spinta dalla disperazione e dalla paura, non dalla gioia e dall'ottimismo.

Il futuro della letteratura, essendo lo stesso futuro del mondo, senza un domani, oltre il domani, tutta la luce che esso riesce a proiettare davanti a sé non è sufficiente a illuminare *il buio oltre*.

Eppure, a questo estremo parapetto che affaccia sulla fine, ciascuno è sicuro di giungere per ultimo: in altre parole, vuol essere tanto più se stesso quanto più vede l'*Altro*, diverso da sé, già avviato verso la fine; "quella fine" che lui ha in tempo vaticinato e della quale vuole ergersi a testimone, cioè a "narratore" del come "andrà a finire".

Disintegrate pure il mondo! – sembra che dica. – Voi perirete in quest'ultima *manche* della sfida al nulla! Io ne son fuori: io so cosa c'è dietro il sipario, conosco il domani che ci aspetta e mi ci preparo per benino per potervelo poi raccontare, se ancora ci sarete ad ascoltarmi.

Per paradossale che possa sembrare, devo avvertire che il problema attorno al quale mi aggiro costituisce la vera spina di questo discorso, e riguarda l'attesa, la speranza quale contenuto utopistico dell'operare umano, punto d'incontro tra letteratura, scienza e fantascienza.

Tutt'e tre difatti postulano un possibile, si attuano come

tensione, nel senso suggerito da Bloch, tra un *hic et nunc* e il non ancora; e sebbene con diversi gradi di intensità, tutt'e tre, ciascuna a suo modo, lavorano al futuro.

L'attesa del possibile, che un tempo nutriva la speranza, si è già fatta scienza; e per i futuribili che la professano, l'oggetto non è il contenuto utopistico di un certo operare, ma già il risultato di una serie di previsioni fondate su basi statistiche secondo un certo programma previsionale. Ciò che interessa i futuribili, più del futuro è la futuribilità, cioè la rispondenza del possibile allo schema predisposto della possibilità statisticamente accertata; dove al "dopo", già programmato "prima", è stata sottratta l'"attesa" che ne costituiva la principale sostanza.

È evidente che il futuribile sceglie tra i vari futuri quelli la cui attuabilità o futuribilità, oltre che prevedibile, risulta anche rassicurante per il potere. Adottando certe previsioni, a prescindere dai modi di prevedere – modi che potrebbero in definitiva capovolgere gli stessi risultati utopici che i futuribili pretendono raggiungere – si rinuncia così proprio a quel futuro che essi vorrebbero anticipare; poiché lo si blocca in una previsione data.

Si viene a scoprire in tal modo una disposizione sociologica comune tanto ai futuribili europei quanto agli americani, di assoggettamento incondizionato a quel gigante tecnologico che si va sostituendo alla pubblica amministrazione e ne regola i meccanismi in modo da estraniare sempre più l'uomo, strumento già alienato, e porlo alla mercé di un'*Autorità centrale*. Davanti a questa tecnologia metafisica del potere, l'uomo dal colletto bianco che ci viene incontro dal mondo neocapitalistico descritto da White pare già un sopravvissuto.

Se è accettabile come assioma che il mondo, iniziato senza l'uomo, finirà presumibilmente senza l'uomo, è tuttavia legittimo chiedergli, giacché c'è, se è felice. E se la risposta è ambigua, ci si affretti ad insinuargli che se felice non è, egli deve questa sua infelicità soltanto al fatto di essere stato defraudato dal sentimento del lavoro espletato. Il problema si ridurrebbe perciò all'estendersi del tempo libero come tempo di colpa: da cui sarebbe in grado di riscattarsi a patto di recuperare il sentimento del "dovere compiuto", grazie ad una nuova alienazione. E infine la gioia, tutta capitalistica, del lavoro eseguito per bene sino in fondo, potrà proiettarsi sul suo futuro, prefigurandolo in modo che infelicità e angoscia non troveranno alimento se non nella reminiscenza nostalgica del passato.

La falsa coscienza in tal modo è servita: le si fornisce l'alibi di un futuro prefabbricato, secondo regole programmate, in vista del raggiungimento di "quel determinato risultato", e secondo cioè una linea di progresso esterna alle modificazioni, infischiandosene del processo per arrivarci; il quale non promette mai arrivi, ma sempre nuove partenze, cioè nuove modificazioni, all'infinito.

In vista forse di questa stagnazione, Bloch chiamava la speranza ad un concreto ruolo dialettico; quale attesa « intenzione di una possibilità non ancora verificatasi... disposizione fondamentale all'interno di tutta la realtà oggettiva ». E ancora: « In forma originaria l'uomo vive unicamente teso al futuro; il passato giunge solo più tardi, e il vero e proprio presente si può dire che non è ancora giunto ».[6]

E non era forse questa l'occasione propizia per la fantascienza – forte delle sue origini avveniristiche – per presentarsi come la vera letteratura del futuro?

Sia consentito qualche dubbio. Innanzi tutto le rappresentazioni del futuro della fantascienza non sono tensioni al possibile: il suo mondo avvenire è sempre già avvenuto.

Anzi sovente da quel "domani" in essa rappresentato, vi è già un ritorno al presente o ad un ieri ancora più remoto del presente. Sono casi, ma sintomatici. Anche se ha capovolto la fiaba dal « C'era una volta » al « Ci sarà una volta », una costante nostalgica, passatista e conservatrice, è sottesa alle più ardue costruzioni fantascientifiche; ma si badi bene che trattasi di un passato inteso nel modo più tradizionale, quello che si ritrova dall'altro capo della corda temporale, all'opposto del futuro: quando non si tratta addirittura di un moralistico rimpianto del Paradiso Perduto.

La stessa struttura del racconto di fantascienza è rivelatrice del suo ancoramento al passato o al presente come passato del futuro da rifiutare.

Per lontani che possano apparire i legami fra la fantascienza e le satire e le utopie da Swift a Butler, è innegabile una certa parentela fra loro. Da ciò si dovrebbe dedurre che anche per la fantascienza, così come per la letteratura in genere, è valido il criterio del passaggio da una concezione del mondo dominato dal principio di causalità a una concezione del mondo basata sulle leggi d'indeterminatezza. Ora, se è possibile avvertire questa mutazione scientifica in un certo periodo della letteratura (col simbolismo, ad esempio) si dovrebbe poterla avvertire assai meglio nella fantascienza. Taluno osserva che gli strumenti critici, di cui disponiamo, somigliano troppo a quelli che adoperati per la letteratura tradizionale, si dimostrano inadatti a giudicare una letteratura in gran parte fondata su previsioni e ipotesi scientifiche, e nella quale i confini tra il possibile e l'immaginario puro sono diventati alquanto incerti, come ritiene Solmi. Mentre per Butor la fantascienza è: « Un fantastico inquadrato nel reale », e aggiunge che rappresenta: « Una rivincita degli autori contro la loro incapacità a dominare l'insieme della scienza moderna...

[Eppure] se potesse limitarsi e unificarsi [la fantascienza] sarebbe suscettibile di stabilire sull'immaginazione un potere aggressivo, paragonabile a quello di non importa quale mitologia classica ».[7] Per Bergier, che del genere è storico e critico insieme, sarebbe da rimettere in discussione il nome stesso che le si è attribuito, un nome « deplorevole, poiché lascia supporre che si tratti di opere romanzesche in cui la ricerca scientifica rappresenta la passione dominante dei personaggi, come l'amore, l'ambizione, e l'odio lo sono negli altri romanzi ».[8]

Ecco dove la fantascienza, così come oggi la concepiamo e la consumiamo, mostra, più chiaramente, che non nei suoi presupposti filosofici, il suo distacco dalle matrici classiche. Fino a Verne incluso, la letteratura di fantascienza accoglieva la scienza come una sorta di digressione in una cornice avveniristica; da un certo punto in poi essa incorpora la scienza come una sua propria mitologia; diventando così una letteratura popolare, con tutti i pregi e tutti i difetti della letteratura popolare; o, come Yeats diceva: di letteratura della nonna.

Con ciò non si vuole svalutare la fantascienza, ma individuare, tra i suoi infiniti destini, quello sociologicamente a lei più congeniale; e che con ogni probabilità le garantirà un avvenire.

È già possibile oggi intravedere, nei suoi processi narrativi, un ricorso a mitologizzare certe formule, certe qualità metapsichiche, certe risorse o certi poteri; per cui prospettarsi la questione unicamente in termini di profezia (come tendono a fare Blanchot, Mascolo, e da noi Solmi), si rischia di perdere la bussola di fronte alla contraddittorietà delle infinite ipotesi e dei tanti futuri che la fantascienza propone. Può essere invece di qualche utilità considerarla come la fiaba dei nostri tempi, dove la mitologia scientifica si sostituisce a quella naturalistica e ne surroga e ne ripete il meraviglioso o il tenebroso in un sorta di remoto capovolto, o ridotto in paura.

L'ipotesi, gettata così, oltre il muro della ragionevolezza, cerca qualche appiglio strada facendo: e il primo che le viene incontro è strutturale: ma è rinviato al momento in cui se ne potranno studiare le basi storiche, come il Propp fece per la fiaba – e scoprire nella fantascienza un'inversione, un capovolgimento della realtà, o addirittura un processo di negazione dei riti che tale realtà comporta.

Il potere che nella fiaba era delegato alla fata, al mago, alle creature soprannaturali, ai mostri che la fiaba governava come forze terrifiche e tenebrose, ordinando l'universo al di fuori delle leggi spazio-temporali, raddoppiando il singolo, unificando il doppio – quel potere è stato restituito all'uomo. Grazie a questo potere, l'uomo è in grado non solo di fuggire verso il futuro, ma da questo tornare al presente e scoprirvi coll'esperienza del poi orrori e assurdità tali da renderlo infelice e paralizzato.

La stessa struttura del racconto di fantascienza è rivelatrice di un ancoramento al passato, o al presente visto però come passato da un futuro da rifiutare.

Prendiamo ad esempio un libro di Ostbaum, l'*Affare Herzog*, dove in un apocalittico ritorno dell'umanità a un medioevo barbarico, rivivono istituzioni oscurantiste, legate alla superstizione, alla schiavitù, al vassallaggio, agli scambi chiusi entro le mura della città; oppure l'ancora più noto *Adriano VII* del Rolfe (il Baron Corvo) che giustamente Spagnoletti ascrive « fra i capostipiti della narrativa di fantascienza di contenuto religioso » [9] sino al recente *Cantico per Leibowitz* di Walter Miller jr. dove si postula addirittura l'ipotesi della sopravvivenza della chiesa cattolica alla totale distruzione del mondo, è un susseguirsi di esempi di questa fatta. Il racconto di Miller è ambientato all'inizio della terza èra (3781) quando un gruppo di monaci, raccolti attorno ad un fisico nucleare che è per l'appunto Leibowitz, avendo salvato libri e relitti dell'antico sapere, cerca di seminare fra le rovine del rimbarbarito medioevo post-atomico, i semi della fede; allorché, col sopraggiungere di un nuovo terrificante conflitto nucleare, quei monaci senza la guida dello scienziato, si vedono costretti a evadere su un altro pianeta fuori del sistema solare; ove riescono a mettere in salvo, insieme alla fede, anche qualche reliquia delle remote umane scienze.

Non sono pochi neppure i romanzi di fantascienza che rappresentano la vita attuale come un futuro che è già iniziato, quasi a prefigurare l'abisso verso cui ci siamo allegramente incamminati. Tuttavia sia nei primi (futuro come passato), sia nei secondi (presente come passato visto da un ipotetico futuro) persiste una vocazione al passato quale predisposizione regressiva, o più semplicemente: prepotente nostalgia di un mondo passato. La scelta fra un futuro apocalittico e un presente desolato e a sua volta condannato, non può generare perplessità di sorta. Il passato diventa così una scelta ideologica.

Lungo questa strada il futuro della fantascienza si avvicina a quello postulato dai futuribili: realtà già tutta dispiegata, sottratta a ogni principio di probabilità. Ma così facendo la fantascienza viene a rinnegare gli stessi presupposti su cui vuol fondare la sua ricerca: quell'insieme cioè culturale, con forte accentuazione razionale, che si è soliti chiamare "conquiste della tecnica e della scienza" e che son tali perché ricche di incognite e di possibilismo.

La mistagogia della fantascienza è pseudoscientifica: come nelle antiche fiabe essa si carica di una tensione al passato e con l'aria di correre verso il futuro, che è l'area delle scienze, si attua come una delle operazioni più suggestive della conservazione.

In questa prospettiva la letteratura fantascientifica ripete che le conquiste tecnico-scientifiche, sfuggite dalle mani degli uomini, trascinano il mondo verso la catastrofe; per cui all'uomo (sempre però rappresentato nelle comuni dimensioni psico-fisiche) non resta che o saltare sulla prima galassia, come sul primo tram che passa; oppure progettare il suo ritorno nel tempo, verso quell'isola aurorale del passato, dove né scienza né tecnica potranno più molestarlo.

Un esempio, *Gli anni del rogo* di Bradbury, che tutti ricordiamo almeno nella versione cinematografica che aveva per titolo *Farenheit 45'* (il grado di combustione della carta). Vi si narra ciò che accade in un paese in cui i detentori di libri sono perseguitati e le loro biblioteche bruciate per legge da organizzate squadre di pompieri. In una civiltà, se tale può chiamarsi quella supposta dall'autore, è proibito al cittadino rivolgersi ai libri per ottenere risposte agli inquietanti interrogativi: quando cominciò? A che punto fu che dirottammo verso la catastrofe? In questo quadro appare il protagonista Montag: pompiere, perfettamente integrato nel sistema, che compie il suo dovere dando alle fiamme la carta stampata. Eppure a Montag basta vedere una donna perire nel rogo dei suoi libri, basta averne salvato o letto qualcuno perché la sua anima ne rimanga scossa. Ed eccolo, da conformista a ribelle; denunciato, uccide il suo capo e fugge; braccato, riesce a scampare in un punto selvaggio – un equivalente dell'isola di *Erewhon* del Butler, o dell'*Isola dei selvaggi* del *Mondo nuovo* di Huxley – dove vive una colonia di lettori sfuggiti alla strage; ciascuno dei quali ha imparato a memoria un libro, è diventato quel libro. Con i titoli dei libri appunto si riconoscono e si chiamano l'un l'altro, gli abitanti di questa utopia, e ciascuno recita il proprio contenuto ai compagni, in un disperato tentativo di salvarne il messaggio e la bellezza, ove mai sopravviveranno alla fine.

La prima osservazione che suggerisce questa storia è

che Montag è un alienato a quel sistema di capitalismo totalitario, ma appunto per questo è un eroe positivo e, nella sua eversione "esemplare", è anche un tantino oleografico. Egli agisce cioè nostalgicamente; vale a dire la sua rivolta ha un fondo conservatore in quanto mira a difendere proprio quella cultura che invece un'altra cultura contesterebbe *hinc et nunc*, con tutti i rischi che una tale contestazione comporta. Pensate, sembra udire Montag, mentre ascolta un *Don Chisciotte* o un *Amleto*, pensate com'era bello quel tempo quando si poteva essere Cervantes o *Don Chisciotte*, Dante o la *Divina Commedia*, Shakespeare o l'*Amleto*! Bastava scrivere i loro versi, o addirittura bastava recitarli... essere Shakespeare o lettore di Shakespeare, e tutto andava nel migliore dei modi possibili! Ma di quali rivoluzioni fossero protagonisti Dante o Cervantes, Montag non se lo chiede. Non incomoderei il candido *Candide* volteriano per dimostrargli quanto ingenua sia la sua illusione che nel passato e nei libri risieda il bene, mentre il male starebbe in quel futuro privo di libri presentificato dal racconto. Non bastano intere biblioteche, – quelle biblioteche messe a soqquadro dalla satira di Swift – né tutta la scienza – che proprio il Micromegas volteriano, disceso da Sirio sulla terra, distrugge – a fare di un libresco passato qualcosa di decente e di sopportabile da prolungarsi come un presente all'infinito. A che servirebbero libri e saperi murati nel loro passato,[10] se poi si rinunzia ad enuclearne tutti quei grani di futuro irrisolti che essi contenevano quale carica di contestazione al loro presente e promessa di svolgimento verso l'ulteriore, il "non ancora", come direbbe Bloch? Cioè come contestazione del nostro stesso presente mentre sta diventando futuro?

Ciò invece appare estremamente chiaro alla coscienza del professor Kien; il protagonista dell'*Autodafé*, di Elias Canetti. Anche Kien è un incendiario di libri e di carta stampata; non in obbedienza a un'*Autorità centrale*, ma per una scelta consapevole, morale prima che scientifica. Dando alle fiamme i suoi preziosi venticinquemila volumi, raccolti con tanto amore, egli non brucia soltanto passato e sapere, ma il presente, cioè la reificazione del sapere attuata dal presente. In sostanza, il suo gesto eversivo, nei riguardi del presente, è proiettato verso un "dopo". Da questa visuale l'atto di Montag, pur nell'apparente positività (in quanto salva i libri), denuncia una posizione regressiva, conservatrice riduzione ad un prima aurorale perfetto, eternato dai libri; mentre quello di Kien, pur nella sua apparente negatività, riassorbe una spinta positiva per un "verso dove". Nonostante tutte le suggestioni nostalgiche, il gesto di Kien – al contrario di quello di Montag che salva invece il sapere – rappresenta un rifiuto del presente, per il futuro.

La mitologia del futuro nella fantascienza si è rovesciata in mitologia del passato perché il futuro vi è postulato sempre in forme aberranti; l'ideologia che vi domina dunque è quella d'una democrazia totalitaria – mi si consenta il bisticcio – in cui il singolo è l'oggetto di un cieco disegno deterministico, sottratto a ogni calcolo di probabilità, d'indeterminatezza, quindi sostanzialmente antiscientifico. In queste città mostruose la legge protegge i diritti astratti, non le vittime; e i servo-meccanismi di difesa vi continueranno ad agire impedendo il ritorno dell'uomo sulla terra anche quando la guerra batterica e nucleare sarà finita e i pericoli cessati.

Né abbandonando la terra per più remote galassie, il problema cambia: fra quelle rovine di miliardi di soli spenti e di pianeti rotti giacenti nella polvere astrale, se fosse possibile ancora incontrarvi l'uomo solo, ultimo testimone sopravvissuto alla catastrofe, secondo la visione di Heisenberg, non sapremmo che cosa raccontargli della sua solitudine. E se per caso ricorressimo alla fantascienza per ausilio potremmo solo raffigurarlo mentre si chiude nel suo passato o mentre da questo passato sta saltando in un'altra galassia di passaggio verso un altro passato assai più remoto...

Così la « vera soluzione della lotta fra esistenza ed essere » secondo le previsioni di Marx, viene ancora una volta rinviata. L'uomo esiliato su Omega, la colonia penale della terra (come nel primo romanzo di Sheckeley: *Gli orrori di Omega*) perché si è sottratto alla Legge, sconta nella reminiscenza del passato (la terra cioè), il suo bisogno di libertà e di anarchia.

Al pari dell'antica fiaba, dunque, la fantascienza feticizza il passato: e come falsa coscienza del futuro predispone una morfologia dei mondi e della vita avvenire in forme chiuse, rinnegando gli stessi presupposti scientifici su cui fonda la sua narrativa. Spetta pertanto alla letteratura ravvivare quel divenire che nella fantascienza ha proceduto tanto innanzi solo per fermarsi ad un anno Mille della Apocalisse atomica e regredire: spetta in una parola alla letteratura ricuperare il continuo-discontinuo come dimensione del reale; rappresentando cioè non già le forme compiute che non le interessano, ma le loro strutture, la formazione delle forme; in altri termini, le relazioni tra le forme e il processo del loro formarsi. Ciò che implica un "verso dove" e un "a che scopo", secondo la nota formulazione di Bloch.

Quando la memoria ritrova il suo "verso dove", anche l'arte più evocativa del passato si mostra proiettata al futuro, quale tensione per un "non ancora", che si attualizza ad ogni lettura. Così si realizza quel processo, grazie al quale passato e futuro convivono irrisolti in un continuo-discontinuo sempre presente in ciascun segno e nell'insieme dei segni. Per cui potremo anche accettare l'ironia leopardiana rivolta al futuro del mondo come un marchio d'infamia: « queste reliquie e questi segni / delle passate età / forza è che impressi / porti quella che sorge età dell'oro ».

Non è dunque azzardato supporre che a mettere in crisi la letteratura fino a ridurla al silenzio abbiano contribuito in egual misura e per vie diverse sia le scienze che la fanta-scienza; quest'ultima, come presunta accaparratrice e mediatrice di tutti i "possibili" che la scienza promuove, in una riduzione mitologica che alla letteratura *tout-court* sfugge o repelle; quelle, le scienze, come fonti di conoscenza dei processi a confronto dei quali la letteratura si sente impotente e si scopre oggi colpevolmente in ritardo.

L'arte è paura,
ovvero
la realtà della realtà

Chi ha paura d'ogni figura, dice un proverbio toscano, spesso inciampa nell'ombra. L'ironia cui si è ispirato il senso comune può guidare con qualche utilità chi voglia capirci qualcosa in quel ginepraio che l'arte suscita nei suoi complicati andirivieni, appunto fra ombra e figura. Diciamo subito a scanso di equivoci che l'opera d'arte considerata come perfetta esecuzione (figura delineata) di un progetto (ombra) ci ha sviati dal porre attenzione a ciò che avviene nello scarto fra quanto l'artista si proponeva di raggiungere e quanto è riuscito a conseguire; ma sarebbe più esatto dire, fra quello che immaginava di fare e quello che ha poi effettivamente concluso.

L'opera d'arte compiuta non è mai la vittoria del disegno ideale, piuttosto il fallimento del progetto dissolto nelle spire dell'esecuzione: la vera opera d'arte consiste in ciò che si svolge nella tensione a realizzarla, vale a dire: si distende in quello spazio assurdo, cieco, non privo di angoscia che si apre davanti all'intelletto alle prime avvisaglie, per dissolversi insieme al progetto eseguito.

In questo canale buio, dove passano tutte le scorie dell'intelletto e tutti i relitti dell'immaginazione, fanno da chiuse e da salti tutti i simboli allusivi a un'altra realtà, tanto più profonda e irraggiungibile quanto più le acque montano vorticosamente. Perché è lo stesso fiume creativo che spinge quegli ostacoli davanti a sé, quali sempre nuovi progetti: "projetta", è la parola, per un suo scopo, misterioso finché l'opera non sia compiuta, che è quello di ritardare la fine del fluire, la caduta cioè del potenziale che assicura la durata del processo.

Il vero momento emozionale, creativo, si prolunga così in una successione di modificazioni e deviazioni, imposte come condizione del processo: di qui la paura come spessore dell'opera d'arte; non quella, beninteso che con artifici e mistificazioni va a sovrapporsi alla realtà per suscitare stupefazione o dolore o terrore in chi la subisce; ma la paura che forma la sostanza stessa dell'operare artistico. Incommensurabile e irraggiungibile; sia dal metro dell'esteta che si accosta ad essa a cose fatte, sia dallo scandaglio del teologo che vuol cavarne la carota dagli strati più profondi per rivendercela come dio.

Va precisato altresì — anche per chi sa tutto su quella paura che riempie secchi di vernice e calamai d'inchiostro in cui imbianchini e untori vanno a intingere pennelli e penne nei loro affannosi restauri di questure, ospedali, tribunali, carceri, campi di sterminio — che tale paura non è mai chiusa nella durezza di un enigma inesplicabile, ma è disseminata in una catena di durate, lungo un processo allucinante; per cui trova i suoi più accaniti oppositori proprio fra gli imbianchini e gli untori, sempre pronti a dare una patina avvilente o esaltante a una qualsiasi realtà.

Mentre ciò che costituisce il vero problema di ogni discorso intorno all'arte è rintracciare quel filo d'Arianna che può aiutarci ad attraversare il labirinto, fino alla paura, essenza della realtà, realtà della realtà. Che non è certo quella che cerca l'Edouard dei *Falsari*. Quando egli dichiara a Sophronisca che il suo romanzo non avrà un piano prestabilito, ma sarà invece la realtà che dovrà prendersi la briga di dettarglielo, Sophronisca a quella dichiarazione, ovviamente sorpresa, attribuisce al romanziere-protagonista l'intenzione di sbarazzarsi della realtà. Ma il romanziere gidiano insorge: Allontanarmene io? Nemmeno per sogno. È il mio romanziere, sostiene il romanziere Edouard, che vuol farla fuori, mentre io continuo a tirarvelo in mezzo. Per essere più chiari, è proprio questo l'argomento: il conflitto tra i fatti quali ce li propone la realtà e la realtà ideale.

Non ci siamo ancora; la realtà della realtà, quell'essenza cui si accennava, non può esser questa che appariva già dubbia e piuttosto stantia al Forster;[1] il quale opponeva al romanziere gidiano: via, siamo alle solite, la verità della vita in urto con la verità dell'arte! Unica novità « il tentativo di combinare le due verità: la proposta che gli scrittori si mescolino col proprio materiale, che li va sballottando di qua e di là... ».

Continuando a pedinare Forster nella sua analisi si è indotti pure ad escludere, da questa sfera che costituisce la realtà della realtà, il "mistero" come esce malconcio dalla ritardata risposta ai perché delle vicende: « Un mistero è una sacca nel tempo, e lo si può produrre in maniera elementare, per esempio con: "Perché è morta la regina?", o, più sottilmente, con gesti e parole non spiegati per intero, il cui significato si troverà chiarito soltanto dopo un certo numero di pagine ».

Diciamo ancora che neppure "il male" può essere di qualche utilità come ingrediente per costruire la paura, in questa sua incarnazione per dir così tanto ambigua quanto evanescente, poiché esso ci si presenta sempre come un « dato o sessuale o sociale, o qualcosa [di ancora più] vago; e a cui lo scrittore ricorre con astuzie e sottintesi poetici » affinché il male li aiuti gentilmente a tirare avanti la vicenda.

Neppure la "disgrazia" come compagna indissolubile, (anzi attributo della bellezza la concepiva Baudelaire) del bello in arte può consolidare in qualche modo questa astratta paura che regola le alterne tensioni della creazione artistica: « al punto, soggiungeva il poeta francese, che io quasi non concepisco un tipo di Bellezza dove non ci sia "disgrazia"... Assediato da queste idee, si comprende che mi sarebbe difficile di non concludere che il più perfetto tipo di bellezza virile è Satana... ».

La visione è miltoniana, ma pur sempre proiettata verso l'esterno, investe quello spazio che dal romanticismo in poi fino al simbolismo è stato popolato di fantasmi più o meno addomesticabili, cui era estraneo però il processo; mentre alla paura sono indifferenti i materiali, i simboli appunto, ma non gl'infiniti procedimenti per accostarsi ad essi.

Forse il surrealismo si avvicinò, più di tutte le speculazioni sull'arte, al processo, o meglio alla definizione della paura che lo accompagna, anzi ne è anima e guida; per quel suo tuffarsi nell'automatismo dell'inconscio. Ma cominciò a deviare quando per sostituire qualcosa di analogo al "mistero", di cui fecero largo uso i simbolisti, ricorse al "meraviglioso", investendolo della responsabilità di farsi rispettare come la legge stessa della vita. E non contento di averne affidata la gestione ai mostri scatenati dell'inconscio, gli pose al fianco un'alleata scontrosa ed esigente: la rivoluzione proletaria, fonte perenne di meraviglia, non solo, ma ancora di paura.

Ciò che indusse i surrealisti ad esteriorizzare il problema – i cui incentivi e le cui motivazioni non riguardano l'opera eseguita ma il tempo-spazio per arrivarci – sino a disperderne, di scissione in scissione, il messaggio, rimarrà forse per sempre uno dei misteri più appassionanti delle vicende delle avanguardie. Ma non è questo il punto da mettere a fuoco: il surrealismo poteva anche sottoporre il meraviglioso a un servizio di vigilanza rivoluzionaria, come difatti fece, con risultati che non è il caso qui di analizzare; ma non doveva mai smettere di contare i fili che formano la trama di un processo creativo il cui esito fatale è l'opera compiuta e mai finita; a patto che non si voglia considerare finito ciò che comporta una conclusione comunque.

Su questa strada così accidentata troviamo i protoesistenzialisti (Nietzsche, Kierkegaard, Dostoevskij, Kafka) intenti a convogliare il mondo esteriore in quello individuale: ma ne furono straniati dal dio che trovarono in fondo alle disperate solitudini delle loro anime; un dio che come era stato sollecito a sospingerli in quella foga interiorizzatrice, ora si ripresentava al termine della corsa con coppe e medaglie, per ricucire in fretta gli strappi prodottisi sullo striscione del traguardo, simbolo dell'attesa, dove più tardi dovevano giungere le sparse pattuglie degli attuali esistenzialisti, senza trovarvi però nessun premio d'arrivo.

Neppure un dio a riceverli! – con una gratuità che rasenta il castigo, chi ha partecipato alla corsa sa che deve procurarsi a sue spese il premio finale: così nello *Straniero*, nel *Malinteso* o nella *Peste* ciò che si offre a chi ha frugato nelle ombre e le ha inseguite per i sentieri del tragico quotidiano è semplicemente il mare, o meglio: il ristoro di un bagno di mare.

Tuttavia, se l'opera compiuta è un fallimento, vale a dire la dissipazione del progetto per compierla, vano è aspettarsi una premiazione al termine della corsa, perché l'opera non finisce mai dove finisce; e ciò che apprendiamo intorno alla sua esistenza compiuta è zero rispetto a ciò che è rimasto impigliato nella trama del processo che ne ha determinato la nascita: quella paura, vale a dire, trasferitasi di tappa in tappa, nelle alterne tensioni tra false partenze e ancora più falsi arrivi.

Non ci lasciamo ingannare circa le propensioni che la paura manifesterebbe verso un genere piuttosto che verso un altro. La paura di cui parlo non ha predilezioni particolari, qualunque spazio estetico le si confà a meraviglia, poiché in effetti essa non ha dimensioni, se mai le si potesse attribuire una dimensione essa sarebbe di durata, ossia puramente temporale.

È da ricordare a tal proposito quanto sosteneva Goethe in un colloquio con Eckerman; quando questi lo sorprese nella lettura dei *Promessi sposi*; e cioè che il romanzo italiano gli aveva ispirato molte idee; e particolarmente una: quella che Aristotele affermava a riguardo della tragedia: che per essere buona deve suscitare paura. Però, aggiunge ancora, « questa massima non vale solo per la tragedia, ma anche per altri generi poetici. Essa la trova nella mia poesia *Dio e la Bajadera*, e la trova anche in ogni buona commedia, sì, persino nelle *Sette fanciulle in divisa* [una pochade francese di L. Angely] perché noi non possiamo sapere come andrà a finire lo spasso di quelle buone lane. Ora questo timore può essere di due specie: può consistere nell'angoscia o semplicemente nell'inquietudine... Manzoni fa uso di questa angoscia con una mirabile felicità, risolvendola in commozione; e portando per tale via alla meraviglia ».[2]

In altre parole, scoperto il come va a finire si esaurirebbe ogni incertezza, e insieme con l'angoscia dell'attesa si dissolverebbe qualsiasi meraviglia. No, la paura invece non può costituirsi come uno scopo o essere essa stessa uno scopo. Quella che si estrae dalle viscere della creatività non è raggiungibile con nessuna scala di angosce, non può manifestarsi per accumulo di terrori, anzi la "mirabile felicità" che Goethe attribuisce al Manzoni, meglio di qualsivoglia predisposizione alla tragedia, ne può essere la matrice. Non è, per essere chiari, una camicia da indossare quando occorre, è il camice di Nesso intriso di sangue che si apprende alle carni di Eracle bruciandolo vivo.

In una parola, è l'ombra che l'arte getta davanti a sé,

essendo di per sé un'ombra. Paradossalmente si potrebbe adottare la definizione semiseria di Maeterlinck quando sostiene che « ciò che si dice non è che l'ombra di ciò che si pensa; ciò che si pensa non è che l'ombra della nostra anima; e l'anima non è che l'ombra di un'ombra... ». O ancora più umoristicamente rifarci a quel francese parodiato da Dostoevskij, quando riemerso dall'inferno descrive quel che ha visto laggiù: « *J'ai vu l'ombre d'un cocher qui avec l'ombre d'une brosse frottait l'ombre d'une carrosse* ».

Insomma, l'*Ouverture tragica* di Brahms non è tragica perché così volle intitolarla il compositore o perché tale voleva si rivelasse alla fine all'ascoltatore; ma perché tale *doveva* essere prima che l'intero tessuto melodico svolgesse tutti i suoi temi: in quanto lo era già prima, in quella serie di vuoti, di assenze, di rinvii, di sospensioni che costituiscono il manto di Nesso, quell'insieme di maglie che brucia e consuma; esaurisce cioè in tutti i suoi gangli l'invenzione.

D'altronde, e lo ripete spesso Feuerbach, io non comincio a pensare dal momento in cui distendo i miei pensieri sulla carta: vuol dire, non si comincia a poetare, musicare, dipingere o scolpire, dall'istante preciso in cui si allineano i versi sulla pagina, le note sul pentagramma, e via discorrendo. In certo qual modo so già tutto ciò che non devo sapere e non posso sapere intorno alla cosa che so. E se uno scopo mi prefiggo di raggiungere, consiste proprio nel liberarmi via via di ogni scopo, cioè di quell'infinità di scopi che si presentano per tenere in allarme la realtà del mio essere empirico. Se ogni scopo è un trabocchetto in cui rischio di cadere, ogni passaggio dall'uno all'altro trabocchetto comporta una paura; eppure, l'*horror vacui* mi spinge sempre più innanzi, di paura in paura, di vuoto in vuoto, sino all'assolvimento, che è in sostanza un "dissolvimento" del progetto iniziale e che si completerà fuori di me, solo quando incontrerà l'altro che se ne sappia servire: se accettiamo quel che sostiene Brecht, che la verità in sé e per sé non conta nulla, è indispensabile indirizzarla a qualcuno che sappia servirsene.

È da qui che, a conti fatti, inizia e mai termina la paura, quale unica autentica anima della realtà dell'arte, o come si diceva, la realtà della realtà.

Il male dei mali

Non troveremo d'ora in poi nessuno più disposto a dirci
che il male è un male. Il timore di passare per codini alla
ricerca di una goethiana salute ci rende persino insopportabile un discorso che s'avvii per la strada dei rimedi opportuni. Tutti saturninamente infedeli, in una cosa restiamo
fedeli, nel piacere di trastullarci coi malanni per allenarci
al clima febbrile che ci attende: è il segno del tempo, e non
riguarda l'individuo nella singolarità del suo operare, ma le
collettività, per le quali è valido solo il criterio della sopravvivenza alla contaminazione. Immersi, sprofondati, è il
caso di dire, in questa marmellata infetta, se ne tiriamo fuori
il capo è solo per predicare che è vano andare in cerca di
medicine e l'unica cosa che possiamo fare è quella di limi-
tarci a levare qualche grido e a imbrattare con la stessa
marmellata l'ultimo atto del dramma: la nostra irrimedia-
bile condanna.

Siccome poi ogni ricetta è una delazione contro l'universo sbagliato e infermo, il massimo ardimento sembra ridotto
al margine di una nuova disposizione a perire col tutto, e
buonanotte! Non prima però di aver avuto il tempo, o addirittura l'agio con i relativi agi, di imprecare alla bestia-
lità del mondo, per le sue tragiche buffonerie come qual-

cosa che non ci appartiene, non è opera nostra, e come tale non ha valore.

Un modo come un altro per chiamarsene fuori, estraniarsi. Ora, contrapporre a questo mondo senza valore, comunque, un io-valore, equivale, tutto sommato, a ristabilire una attempata antinomia; quella fra me e la realtà: restaura in altre parole un rapporto che mi restituisce magicamente – in quanto valore – a questo mondo ripudiato e che mi respinge.

Non era forse ciò che volevo? Isolarmi in una sprezzante solitudine, e dal mio deserto ripagarmi di questa forzata evasione dal tutto, restituendovi del vostro marasma un'informe protesta fatta di gridati silenzi? E giacché ci siamo, vi riconsegno anche il vostro dio, che è un buon a nulla, finora ci ha saputo dare solo delusioni e dolori: me ne fabbrico uno per mio conto, lontano il più possibile dai vostri falsi paradisi.

Diversamente da quel che avveniva una volta, allorquando contro i sorpassati valori si scatenava l'aggressione di nuovi valori che riconoscendosi per tali si coalizzavano per mettere in crisi l'intero apparato delle idee dominanti a cui obbedivano le arti del tempo, oggi si assiste all'insurrezione di nuovi non-valori contro i non-valori conformisti, in virtù della quale gli eversori pretendono, e il più delle volte ottengono, un reinserimento nel mondo rifiutato. Dunque per curarne i mali? O quanto meno per tentare di modificarlo agendo dall'interno? Non sia mai detto. Per rappresentarne il disfacimento al suo culmine, per restituirne i relativi non-valori in una duplice negatività.

Se si confrontano le mortificazioni, le persecuzioni e le punizioni cui soggiacquero le avanguardie storiche nei loro assalti all'arte ufficiale, e il fagocitamento continuo che il neocapitalismo fa dei supposti avversari, sorprende non tanto il coraggio degli eversori, quanto la prova di pazienza, di tolleranza, di astuzia, se si preferisce, di cui dà prova la borghesia nei suoi vari travestimenti di potere.

Lo Straniero – come C. Wilson battezzò lo strano avvoltoio [1] – andato a posarsi sulle ali della borghesia in quel momento preciso in cui essa cominciava a librarsi verso i dorati cieli delle borse e dei mercati mondiali – aggredì demonicamente, con furia anarchica e devastatrice, la pacifica convivenza fra arte e potere, a rischio di rompersi il collo. Difatti, da accusatore ad accusato, respinto ai margini, vilipeso, affamato, ignorato, ebbe quale orizzonte sicuro il tribunale, l'alcolismo, il suicidio. L'attuale Straniero invece, più si mostra aggressivo e blasfemo, tanto più è pagato; più è oscuro, tanto meglio è appetito e compreso. E questo è il risultato di quella duplicazione di negatività che si diceva prima, in cui finisce per sfociare la negazione della negazione; una qual si sia positività, che si rivela alla fine come un conformismo di nuovo tipo.

Che altro potrebbe significare l'insistere tanto sugli scopi e le premesse di un'arte che scaturisce dall'immersione dell'artista nel caos del suo tempo, come se egli vivesse a parte, in un'altra sfera? – per assumervi « dall'interno le condizioni di crisi » – come se l'artista non fosse egli stesso un momento di tale crisi – e usando « per descriverlo lo stesso linguaggio alienato in cui questo mondo si esprime; ma portandolo a condizione di chiarezza, ostentandolo come forma del discorso »? [2] Se non altro è una precettistica – assimilabile a quei processi chimici in cui il corpo reagente si dissolve nel corpo dissolvente, – che si esaurisce in un nuovo conformismo.

Avvenne lo stesso col realismo socialista, che prescriveva obbedienza a contenuti e a forme prestabilite; non diversamente da quanto succede oggi che, al contrario, si raccomandano contenuti caotici nelle forme caotiche in cui il mondo esterno li porge al mondo delle arti. Il risultato, in sostanza, è pur sempre un "rispecchiamento", però sottratto ad ogni incertezza dialettica.

Definire l'area di una tale incertezza vuol dire già delimitarne le insite incertezze e descriverne *ab-ovo* gli sviluppi; che è il modo per bloccarla, sottraendola alla dialettica che ne presiede gli imprevedibili risvolti. Ed è ciò che non faremo. Ma possiamo tuttavia indagare in ciò che incertezza non è, e che continua a mostrarsi sotto quelle vesti soltanto per ingannarci, per trasformarci in valletti di una qualche morale imperante: e consiste nel precorrere il momento della creazione con poetiche che dettano il modo di formare senza prevedere il modo di deformare le cose; o addirittura il modo di intenzionare le cose prima di una qualunque scelta d'intenzionalità;[3] e ancor prima di sapere in quale maniera, istituendo quel "rapporto" d'intenzionalità, ne siamo già rimasti deformati e oggettivati.[4]

Così si spiega in parte il malinteso che ha degradato l'artista impegnato a un ruolo subalterno nella storia, e cui per delega si assegna il compito di "illustrare" con belle frasi e bei colori i momenti salienti delle lotte civili; ancora una volta negando all'artista la consapevolezza di una scelta che presiede ogni suo manifestarsi, senza la quale egli non saprà mai "trasfunzionare" le cose, in rapporti, il fatto in farsi, il mondo in "modo" d'intenzionare se stesso conflittualmente con il mondo sociale.[5]

Dunque la "scelta" s'impone comunque quale atto preliminare -- adialettico – di ogni momento "artistico", e l'artista lo assolve, talora nei modi più inconsci, ma ad esso non potrà mai sottrarsi se vorrà poi veramente sfuggire alla tirannia dei simboli divenuti merce, i quali bloccano in lui quelle oscillazioni che sono – essi sì – la risultante dialettica di ogni sviluppo ulteriore.

Solo questo può voler dire "intenzionare le cose", strapparle cioè dalla contaminazione dei simboli codificati e mer-

cificati per restituirle a una nuova concretezza storica. Se
« gli emblemi ritornano come merci » – è nota l'avvertenza
di Benjamin [6] – qual è dunque quell'emblema non ancora
divenuto merce; dentro il quale, voglio dire, la nostra coscienza può tuttora cogliere qualche granello di verità, capace ossia di resistere alle alterne tensioni e alle laceranti
incertezze dell'universo?

Rispondere a tale domanda equivale al tentativo di tracciare una mappa di contenuti possibili; o peggio: significa
pretendere di indicare un simbolo che li contenga tutti. E
ce n'è da scegliere. Innanzi tutto: il fungo atomico, nel
quale si addensano infiniti significati, dalle conquiste della
scienza al loro annichilimento? Oppure il mondo della tecnologia, con tutte le sue implicazioni industriali che arri-
vano fino alla distruzione atomica? O ancora la biologia,
che ha acciuffato la sintesi della vita? E perché non più
semplicemente la plastica, quei megameri cioè che stanno
invadendo l'universo a partire dagli organi umani?

Ma se io affermo che il nostro mondo è fatto di plastica,
non ho detto ancora nulla, se non aggiungo che è fatto di
isotopi: se i megameri ci agiscono, non diversamente ci
agiscono gli atomi bombardati da neutroni lenti.

Esortare l'artista a non rimanerne fuori, cioè a lasciarsi
agire, dicendogli che così sarà all'avanguardia, si rischia
di fargli perdere tempo prezioso, poiché egli vi è già dentro; è nell'uovo di continuo agitato. Vivesse oggi, Goethe
non avrebbe incertezza a dichiararsi "agito" da questo mondo, che egli definì natura e noi scienza, per tutto ciò che
di naturale essa si trascina nei suoi processi. « Ho fiducia in
lei [natura = scienza]... faccia di me quello che vuole; non
potrà odiare la sua opera. Non sono stato io a parlare di
lei; no, il vero e il falso, tutto è stato detto da lei. Sua
tutta la colpa, suo tutto il merito. » [7] Ciò malgrado, lo stesso Goethe non esiterebbe a saltare sulla corda intrecciata

con cartesiana fiducia per dar prova del suo equilibrismo, prima con un salto mortale; vale a dire con una "scelta" di tempo e di spazio, in virtù della quale scelta egli dimostra di saper sfidare quella medesima natura così idolatrata da considerarsi suo strumento; ma agendo poi su di essa a rischio di rompersi il collo.

Oggi come oggi, chi ridarà più al poeta quell'incantevole verginità d'animo, quella purezza di sguardo, tali da renderlo capace di riprodurre il suo rapporto con la natura nel modo più innocente, scevro da ogni contaminazione tecnologica o scientifica; avulso cioè dalle coordinate che scienza e tecnica frappongono fra noi e il mondo esterno come un reticolo proiettato sull'universo dalla nostra stessa pupilla?

Romanzo quale antiromanzo

A quante manipolazioni è servito il triangolo Manzoni-Nievo-Verga! Oppure: Manzoni-Svevo-Verga? O addirittura il quadrilatero: Manzoni-Nievo-Svevo-Verga? Vi si aggiunga un nome, se ne sostituisca un altro, il gioco non cambia, poiché sottintende non solo rispetto per la tradizione, ma un'abdicazione altrettanto tradizionale a ogni coraggio critico. Da tutte le inchieste sul romanzo, anche recenti, se ne ricavano interminabili rotoli alessandrini, in cui ciascuno aggiunge le sue ragioni "sotto quelle di un altro", ma con difficoltà si troverà chi le sue ragioni le grida "contro quelle di un altro". Manca in queste inchieste proprio ciò di cui dovrebbe essere fatto un dibattito: un vero contrasto di idee. Così riesce difficile spiegarsi il motivo di tanti convegni e tavole rotonde e interviste, quando tutto lascia supporre che si è convinti di una sola cosa, che la polemica è inutile, in quanto è inutile l'argomento su cui essa si svolge. Nemmeno la critica, quando vi si è mescolata, si è dimostrata all'altezza del suo compito, smarrendosi a sua volta nella foresta di totem, che ciascuno aveva inalberato davanti alla propria tenda.

Rispettando i totem non si fa storia, si destorifica, si innalzano a verità le superstizioni, per cui non è difficile immaginare che buona parte di questi "interventi" andrà persa come tutte le discussioni che da decenni insorgono sulla "crisi del romanzo" in attesa di più meditate riflessioni critiche. Giustamente Sergio Solmi intervenendo in una delle più recenti inchieste su questa crisi e sul linguaggio del romanzo asseriva: « Troppe volte l'evocazione della crisi appare un modo comodo di eludere il problema affogandolo in un'apocalittica indeterminatezza ».[1] Ma da che cosa deriva il disagio della critica, quel disagio che spesso le suggerisce immagini apocalittiche di crisi? Dalle "troppe idee" che stanno sotto il nostro romanzo, dal contrasto cioè delle ombre e delle luci nel nostro panorama letterario? O non piuttosto dal numero sempre crescente di romanzi, pallida proiezione di ciò che potrà produrre fra breve la gigantesca macchina editoriale (a cui bisogna collegare la macchina di diffusione e propaganda) messasi in moto da qualche decennio?

Inclino più per la seconda che per la prima ipotesi: anche perché una certa critica tace sempre più colposamente, davanti a un'altra critica che trova invece sempre più larga ospitalità nei facili canali della propaganda: cinema, rotocalchi, Radio-TV.

Spesso si tratta di due tipi di lettura conviventi nello stesso critico: una per il giornale (che brucia gli argomenti mentre li va esaminando) e un'altra per il libro (che pretende invece giudizi più filtrati). Ma quante volte non si è verificato che l'affrettato giudizio del giornale si è trasferito pari pari in libro, dando vita ad una saggistica che non è fatta di saggi, ma di intuizioni, magari folgoranti, prive però di profonde radici ideologiche ed estetiche.

Mi guardo bene dal sostenere che "prima era un'altra cosa"; si deve tuttavia tener presente che "prima" non esisteva una macchina per la stampa così vorace, da incoraggiare qualunque apprendista, romanziere o critico che fosse. Il dilettante di un tempo, o meglio (se vogliamo considerarci tutti dei dilettanti più o meno riusciti) il principiante di un tempo, dava spesso vita ad una infinità di piccole iniziative editoriali, umili tipografie che a loro volta costituivano tanti "centri culturali" disseminati nell'intero paese. L'attuale accentramento capitalistico, non soltanto ha sostituito un'industria potente ad un artigianato più connaturale al lavoro "rischioso" dell'artista (e spesso artigiano e artista si dividevano oneri e onori), ma ha dilatato (e questo è un vantaggio) il ciclo delle vendite, plasmando nello stesso tempo (e questo è il male) il cervello dei lettori a seconda delle necessità del mercato e di una poderosa organizzazione propagandistica che da mille bocche ripete lo stesso slogan. I pericoli e i costi si sono dilatati, in compenso però sono aumentate le *chances* di guadagno in quel caso (su 10, su 100, o su 1000) in cui l'operazione riesce. Perso ormai il gusto di scoprire da sé il "suo" libro, il lettore sa già in anticipo quale è quello che stanno confezionando per lui: e, come lo spettatore, salito sul palcoscenico ad invito del mago, prega, cammina, mangia gli spaghetti che gli vengono offerti nella bombetta del prestigiatore, così lui legge. Tutto a comando e a tempo giusto. Perché la catena non può fermarsi ad ogni sua perplessità: insomma non gli dà tempo di riflettere, deve funzionare, e per funzionare bisogna che sia carica di parole, milioni di parole, tonnellate di piombo che dall'altra parte usciranno allineate e impacchettate in cellophane. Questo non è fenomeno solamente capitalistico; ovunque l'editoria è diventata industria avviene suppergiù lo stesso.

E non si tocca neppure il tasto della "narrativa" di consumo o rosa; anche se ai giorni nostri son più facili le occasioni al romanzo "tirato già alla brava", perché la catena è più scorrevole, non può dirsi però che il fenomeno sia di oggi soltanto. Fin dai suoi inizi il romanzo ha conosciuto le varie Madame de Genlis e de Ségur con la loro sterminata bibliografia pedagogica; i Pierre Camus (il famoso vescovo di Belley), con i suoi fatui ammaestramenti utili, sparsi in una cinquantina di romanzi fra i più inutili si siano mai scritti. Tali stakanovisti della penna ci son sempre stati e forse sempre ci saranno. Perché stupirsene? Stupefacente invece è che fra tanta abbondanza di pagine inutili siano nate e cresciute le *Pamele* e le *Clarisse* (con le quali il Diderot soleva disputare « lodandole e biasimandole... come personaggi vivi, che si fossero conosciuti e ai quali si prestasse il più grande interesse ») e le *Nuove Eloise*, e le *Manon* e le *Moll Flanders*.

Per giunta, contemporaneamente al romanzo, ha sempre prosperato, a cominciare dal XVIII secolo, l'antiromanzo, non solo sotto le mentite spoglie del romanzo educativo e agiografico, arrivato fino a noi attraverso i vari travestimenti del fumetto, del romanzo rosa, del romanzo di propaganda religiosa o socialista, ma altresì attraverso le migliaia di pagine in cui, dal suo apparire, si estrinsecava e prendeva forma la lotta ora pratica e religiosa, ora ideale ed estetica, che da varie parti si muoveva al romanzo.

Il romanzo che esce dalle disperse ceneri del poema eroico in versi (per diventare dapprima poema eroico in prosa "sdegnoso della rima e del ritmo" o "poema epico delle nazioni moderne", come fu a volta a volta definito) si afferma e si diffonde, malgrado il numero stragrande di brutti esempi che fan dire a Lenglet Dufresnoy: « Sembra che la maggior parte degli uomini si sia accordata per screditare il romanzo ».[2]

Da qualche parte ci si domanda pure se il romanzo, chiuso ormai il suo ciclo, non stia per avviarsi per la stessa china del poema eroico in versi. Moravia respinge l'accostamento dei due generi: « Il paragone con il poema epico » egli sostiene « non è probante appunto perché il poema epico morì proprio per mancanza di sviluppo e di crisi, allorché si era fossilizzato in forme immutabili e convenzionali. Del resto il poema epico è durato più di duemila anni e il romanzo, nella sua forma attuale, conta appena trecento anni di età ».[3] Ma perché non dire anche che il poema epico durò tanto in quanto le forme feudali di vita a cui esso si ispirava, benché sclerotiche, sopravvissero al tempo loro? La questione quindi non può ridursi al numero d'anni. Il romanzo "nella sua forma attuale" potrebbe sparire anche domattina – difatti ogni giorno sparisce un po', nel senso che perde ogni giorno qualche connotazione tradizionale – a patto però che spariscano in una notte le strutture dell'attuale società borghese che gli fece da nutrice; cosa, questa, che non accade mai dall'oggi al domani. Ma ammesso pure, per dannata ipotesi, un tale radicale e repentino cambiamento, non si può escludere che dalle nuove forme di vita nascano nuove forme narrative: per quella "narratività" che è una forza della stessa natura, ed è sottesa ad ogni operazione umana. Ripeteremo dunque, senza esitazioni, col Vico che la favola è alle radici delle nazioni civili. Fin da quando ebbe uso di parola l'uomo sentì il bisogno di narrarsi le lotte sovrumane degli dei, e poi i conflitti leggendari fra i figli del mito, e così via via, fino alle vicende del comune mortale in lotta contro la famiglia e la società.[4] Il romanzo dunque non nasce nel '600 o nel '700, non è né l'invenzione di Madame de La Fayette né di Richardson: la narratività nasce con la favella, si modifica con l'uomo che modifica le sue forme di vita adattandole agli strumenti che egli stesso si crea per attuare queste trasformazioni. Lo stesso romanzo in prosa, nelle sue forme attuali, non è neppure un genere fisso; basta pensare a ciò che è seguìto ai romanzi di Richardson in dieci volumi – che l'abate Prévost, nel tradurli, scorciava sempre di un terzo. Dai romanzi epistolari di due secoli fa, ai romanzi dei naturalisti, a quelli di Proust, di Joyce, di Musil, è un perenne "ritorno di crisi" che non son crisi, o lo sono come possono esserlo il succedersi degli stadi della crescita di un bambino o di una pianta.

Certo, oggi più di ieri, è difficile distinguere i brutti dai buoni romanzi; ma quali sono i romanzi e quali gli antiromanzi? Dico antiromanzi, non esclusivamente nel senso indicato da Sartre, nella prefazione alla Sarraute; ma nel senso dei brutti romanzi e dei romanzi falliti? E il realismo, è veramente morto come si pretende? Alcuni (ad esempio Moravia, Piovene) si chiedono se il romanzo deve continuare per la strada del realismo, oppure svoltare verso il romanzo d'idee... Ma francamente non vedo come si possa stabilire un'antinomia tra romanzo realistico e romanzo d'idee: a meno che non si assumano ad esempio, da una parte le scorie del realismo – quelle che oggi gli epigoni raggruppano sotto l'etichetta del neorealismo – e dall'altra il romanzo a tesi – che si perpetua da sempre con fini pedagogici, moralistici, per esaltazione o propaganda – non riesco a capire come si possa tracciare una linea di demarcazione fra romanzo realista e romanzo di idee. La scelta dello scrittore realista è già una scelta ideologizzante; si può dunque convenire con Piovene, quando sostiene che « le due fasi, valutazione intellettuale e partecipazione attiva, si possono distinguere solamente in astratto, valutare i fatti è già agirvi, e una letteratura veramente attiva è sempre una letteratura d'idee. E non so come » egli precisa « uno scrittore d'oggi possa rinunciare ad essere, nel tempo stesso, un moralista, uno psicologo, un sociologo, uno storico, ecc. E ad esserlo in maniera esplicita ». Mi trovano perciò favorevole tutti quei tentativi atti a dare consapevole pienezza di pensiero alla rappresentazione del reale. E quando avrò aggiunto che le mie preferenze vanno a Lucrezio, avrò spiegato sufficientemente cosa intendo quando mi oppongo a coloro che cercano di sottrarre dal romanzo realista ciò che ne forma la sostanza. Chi si attenterebbe – oggi come oggi – a sostenere che la *Recherche* proustiana è pura evocazione, flusso di memorie e di affetti, nata nell'assenza delle idee?

In questo senso devono intendersi realistiche opere come la *Princesse de Clèves* o *Guerra e pace*, o *Delitto e castigo*. Mi guarderei bene dal definire realistica – avverte Brecht – soltanto una determinata forma storica del romanzo di una determinata epoca – diciamo quella di un Balzac o di un Tolstoj – elaborando così per il realismo criteri puramente formali e letterari. « Non parleremo di stile realistico soltanto quando... sia possibile odorare, gustare, sentire "tutto", quando ci sia "atmosfera"... Il nostro concetto di "realismo" dev'essere largo e positivo, liberale da un punto di vista estetico, sovrano di fronte alle convenzioni. »

Al contrario, tuttavia, avviene nel romanzo filosofico; il quale può anche rinunciare al vero, al reale, servirsi di simboli, di allegorie più o meno confrontabili col reale, ma non necessariamente confondibili col reale; direi anzi che la fortuna del romanzo filosofico risiede proprio in questo suo procedimento astrattivo che può lasciare in disparte la realtà oggettiva come un presupposto da riconquistare "dopo", alla fine della lettura.

La falsa coscienza si è ultimamente smarrita davanti all'avanzata trionfale, oltre che della scienza e della tecnologia, del saggismo sociologico; che si è impossessato del territorio su cui il neorealismo esercitava da tempo il suo dominio.

Gli anni cinquanta si aprono con un suicidio che mette la parola fine a quel realismo a cui lo stesso Pavese aveva dato avvio con Moravia oltreché con me. Le date sono note:

Gli indifferenti, del '29; *Tre operai*, del '34; *Lavorare stanca*, del '36; e la fila si chiude con *Conversazione in Sicilia* che in volume reca la data del 1940. In questi undici anni di fascismo quello che fu poi definito neorealismo esaurisce la sua carica di ribellione (di usurpazione), e la mano passa al cinema che, nel dopoguerra, eredita la lezione per dilatarla poi con furore propagandistico fino al più esasperante conformismo.[5]

Spesso la critica ha confuso i due neorealismi, attribuendo i passi falsi compiuti dal secondo, al primo; e, non di rado, i meriti del primo al secondo. In questa confusione si è potuta inserire tanta produzione letteraria che ormai rifaceva stancamente il verso al cinema e ne era lautamente ripagata con riduzioni "memorabili" in film di romanzi nati invece per esser dimenticati.

Dopo aver tanto sopportato e perdonato, quando non esaltato, ora la critica si va facendo di giorno in giorno sempre più guardinga, per cui sembra essere d'obbligo rivolgersi al narratore come a un petulante, a un pazzo inguaribile che continua a raccontarci le sue avventure. Così, occupata com'è a demolire il romanzo, questa stessa critica non si accorge che quel saggismo da lei invocato e lodato come contropartita riparatrice, non potrà mai rinunciare alla stessa narrativa quale oggetto della sua ricerca e della sua rappresentazione. Certo, fra narrativa e poesia *tout-court* ce ne corre, specie se si considera la prima sotto il profilo della produzione di consumo; ma è compito proprio della critica scegliere, esercitarsi cioè saggisticamente "dopo la poesia", "sulla poesia" « come forma intermedia tra la filosofia e l'espressione letteraria ». Difatti, avverte Lukács: « anche nel saggio si svolge una lotta per la verità, per dare corpo allo spirito vitale che qualcuno ha creduto d'intuire in un uomo, in un'epoca, in una forma... Ecco la grande differenza: la poesia ci dà l'illusione dello spirito vitale dell'oggetto rappresentato e non è pensabile che ci sia qualcuno o qualcosa che costituisca il termine di misura per valutare l'oggetto rappresentato. L'eroe del saggio invece ha già irradiato in passato il suo spirito vitale e questo spirito deve aver già ricevuto una forma, ma esso è tale solo all'interno dell'opera... Tutte queste premesse per l'efficacia e la validità del tema trattato, il saggio deve crearsele da sé ».[6]

Ma ammesso pure che il saggio debba compensarci della perdita del romanzo, esso sarà sempre chiamato a risponderci circa i modi e i perché di tale perdita; dovrà pur sempre chiarire in termini sociologici o critici come mai, fra tante opposizioni al romanzo, si producano ancora tanti romanzi, brutti o belli non conta, come non conta se gialli, rosa o neri o di fantascienza, per un lettore oppure per una moltitudine disposta a sacrificarvi le ore libere; e deve pur sempre continuare a spiegarci come mai vi siano tutt'oggi schiere infinite di perdigiorno capaci di qualunque sacrificio pur di comporne qualcuno che gli dia o notorietà o ricchezza, o entrambe le due.

Direi che l'insofferenza al racconto del dramma altrui sia tipica degli italiani; per i quali il "dir male del Manzoni" ha le stesse radici nella neurosi politica che porta al "dir male di Garibaldi". Il nostro antiromanzismo è solo larvatamente critico; il fondo è moralistico; e può assomigliarsi per qualche rispetto all'opposizione di un Abate Jacquin che nel '700 scriveva i suoi *Entretiens sur les romans* al fine di convincere i lettori a non occuparsi più di romanzi. Siamo dunque nipoti dell'Abate Jacquin. Difatti, contro un Pecchio imbevuto di cultura anglosassone, il quale, nell'accettare i romanzi di Scott, di Cooper o di Goethe, avvertiva: « fra cinquant'anni saremo più dotti, ma sempre fanciulli, e non mancheranno mai scrittori che ci narreranno delle fiabe », in Italia già si elevavano anatemi come questo: « Il romanzo... se la poesia non lo soccorre... ceda libero campo alla storia, alla biografia e alla scienza ». Sembra di udire uno dei tanti critici che oggi avversano il "genere" in nome di un'insofferenza tutta moderna, e si tratta invece di un bacchettone; il quale, pur scrivendo una storia del romanzo non può perdonarsi l'attenzione che ha dedicato ai contemporanei: « il romanzo moderno, il romanzo intimo, il romanzo sociale... è venuto a noia, perché riproduce a sazietà lo stesso caso psicologico e patologico, la stessa avventura domestica o sociale ». Ebbene il moralismo di De Gubernatis, anche quando si colora di ragioni estetiche o scientifiche, è il più codino che possa immaginarsi. Ciò che lo irrita sono i "sentimenti" del Rousseau, non meno delle "idee" dello Zola; egli prova uguale orrore per gli eroi romantici pari a Saint-Preux, come per René e per Werther; tutti « perché malati dello stesso amore malsano rappresentato come romanzesco... una letteratura [cioè] che appar sentimentale ed è semplicemente corruttrice ».[7] Manca a questo sermone assai poco per assimilarlo alla precettistica zdanoviana che aiuta meglio a capire il senso storico di certe "opposizioni" alla libertà d'espressione: e individuarne la radice in quel fanatismo fideistico che, da varie parti e per opposti motivi, perseguita ogni ragione laica di liberazione di cui il romanzo può essere il vessillo.

Radunati ora intorno al "Mostro" ammalato – Mostro perché malato, o malato perché Mostro – sono in tanti ormai che predicono la sua prossima fine. Eppure ancora fingono d'interrogarsi sui mali di cui soffre e perché: tracciano diagnosi, prescrivono cure, suggeriscono medicamenti sempre più aggressivi, s'invoca l'avvento del saggista come l'erede legittimo, poiché oltre tutto costui possiede un linguaggio adeguato. Dimenticano semplicemente che lo scrittore è ancora lì fra loro: vive in quello spazio che intercorre fra il mostro e loro che lo attorniano; ed è già all'opera mentre essi tracciano diagnosi e cure; o meglio si spartiscono l'eredità mentre disegnano l'ambito delle loro ricerche specifiche. Praticamente, lo scrittore, scriva romanzi o altre narrazioni, coinvolge nelle sue operazioni tutti i medici che assistono alla sua morte. Ovviamente può accadere l'inverso; ma il problema non si esaurisce in questa doppia fagocitazione, in questa duplice "morte": si prolunga e si complica oltre il reperimento dei dati di un'antropologia culturale; per sfociare nella fondazione di un sistema di valori contraddittori, un insieme di dubbi che possono, anzi devono, rimaner tali e mai essere ricondotti alla chiarezza; un sistema, per dirla in poche parole, in cui ciò che conta non è la verità contro l'errore, ma la verità e l'errore, l'uno come faccia dell'altro. Un tale sistema può istituirlo soltanto la letteratura; poiché solamente lei nei suoi artifici, nei suoi infiniti travestimenti può offrire non solo l'"altra" guancia alla critica, ma le facce che stanno all'interno; nel momento stesso in cui le vede e si vede nel vederle.

Dopo la *Nouvelle Héloïse* è stato per il romanzo un correre affannoso dalle lacrime alla tristezza, dalla disperazione alla malattia, dal letto al cimitero; finché Prévost, *homme d'esprit* si fa collocare vivo in una tomba. La tomba di Balzac invece sarà la città; quella stessa che Daguerre col suo *Diorama* dilata in una visione di spazi e di gioia campestri. Il cammino della Fotografia per Benjamin [8] è esemplare: riunirà sulla stessa lastra un discorso alla Camera, la canalizzazione di Parigi, l'Esposizione Universale, dove si glorifica la merce come feticcio e si apre la prima finestra sulle lotte di classe. È nato così il romanzo naturalista, mentre l'*art nouveau* sta richiamando le narrazioni impegnate all'intimità del *boudoir*, alle frenesie dei salotti liberty; perché, richiusa la finestra che affacciava sul crudo verismo dei mercati generali, dei mattatoi, della vita dei campi o del mare in cui affogano pescatori perseguitati dalla malasorte, vi si possano ricostituire le vicende psicologiche fatte a misura di una borghesia che vuole godersi nei suoi *intérieurs*, tranquillamente, il proprio trionfo mercantile...

Sono tanti i moduli romanzeschi, nel volgere di due, tre generazioni! E benché l'uno sembri soppiantare contraddittoriamente l'altro, in ciascuno sopravvive qualcosa del precedente. Ma poiché è sempre più facile individuare l'archetipo tradizionale, da cui una certa narrativa discende (« per quella tendenza conservatrice » che Jacobson individuava all'interno della concezione dello stesso realismo) che non l'elemento nuovo, che distrugge lo schema tradizionale mentre vi si sta adagiando dentro, ne deriva che lo scrittore sta continuamente davanti al critico, lo precede sempre di un passo, la sua vocazione essendo quella di lacerare ciò che analizza, di distruggere per costruire, come il fanciullo dell'esempio freudiano che frantuma il giocattolo per conoscerlo, per vedere com'è fatto. Il vero conservatore è dunque il saggista che lo segue per indagare, lo arresta per scoprire, lo fruga per cercare le costanti, e accertarsi quanto di vecchio sopravvive nel nuovo. Il saggista raduna gli schemi, li confronta l'uno con l'altro, li riunisce e li classifica; in una parola codifica in un ordine astratto ciò che l'altro ha declassificato, decodificato, e suddiviso, sparpagliandolo in un "concreto disordine".

L'abuso del disordine conduce certamente al peggio; dalla letteratura può straripare nell'antiletteratura, dal romanzo al metaromanzo, all'antiromanzo; che si scrive cioè solo per rinnegare se stesso. Tuttavia, Sartre ha ragione quando sostiene che se « la letteratura come negazione assoluta diventa antiletteratura, mai essa è stata più letteraria ». Ecco allora un punto da segnare a vantaggio della letteratura; alla quale è concesso di giungere fino al rifiuto di sé, fino al silenzio, che paradossalmente può continuare ad essere "scritto"; mentre al saggio rimane impedito questo percorso; esso non può rinnegarsi, perché non gli è possibile esercitarsi sul nulla: deve sempre dire qualcosa sopra qualche cosa.[9]

II

Rispondenze

1

Corno per corno

Dedicato al corno. O per essere esatti a coloro che tuttora
credono nel potere magico del corno, e ancora se ne ador-
nano, oppure lo appendono al cruscotto della propria auto-
mobile contro malocchio, fatture e derivati. Nascosto o in
vista, esso dovrebbe propiziare la buona sorte; o meglio
scoraggiare il maleficio.

Corno è vocabolo, lo sanno tutti, che designa non solo
quella protuberanza che cresce sulla fronte di certi animali e che finiva sulla capanna del cacciatore, che lo aveva
riportato come trofeo dalla caccia, per tenerne lontani gli
spiriti maligni; quando addirittura non adornava la fronte
stessa del cacciatore-guerriero nei suoi riti stregoneschi non
dissimili dagli esorcismi odierni; ma corno designa altresì
la materia di cui son fatti molti oggetti in uso nella vita
domestica.

Per la foggia che assumono le corna, il termine è finito
nelle locuzioni, quali: prodursi un corno, far le corna, aver
le corna, dir corna, o scornare; come nelle metafore che la
lingua familiare forgia nei « trasporti » li chiama Vico
« d'intorno a cose inanimate »: i corni di un fiume, di un
monte, la cornucopia, o addirittura, i corni del problema.

Ebbene, questi modi di dire, in cui il termine torna con
frequenza, resuscitava in me la vista di un carretto che

attraversava le strade di un paesino del Sud, carico di utensili di plastica, fra cui spiccavano alcuni oggetti di varie dimensioni di un rosso vivo che colpiva: erano corni. Il venditore tralasciava volentieri di decantare prezzi e pregi delle concole e dei bacili e delle brocche, per proclamare le virtù miracolose dei suoi corni. I quali, ahimè, erano di plastica, come tutto il resto d'altronde.

La magia coi suoi esorcismi l'aveva dunque spuntata sulla tecnologia più avanzata? La domanda mi turbava; tuttavia non riuscivo a respingere da me le infinite astuzie che la storia aveva posto in moto per operare la contaminazione; voglio dire per far sì che la superstizione avanzasse di quel tanto, quanto la tecnologia arretrava, affinché potessero incontrarsi in quel crocicchio, quasi a rendere in me, disinteressato osservatore, più che mai sospetto l'entusiasmo di Vittorini per quella « narrativa che concentra sul piano del linguaggio tutt'intero il peso delle proprie responsabilità verso le cose », come che: « oggi più vicina ad assumere un significato storicamente attivo di ogni letteratura che abbordi le cose nella genericità di un loro presunto contenuto prelinguistico ».[1]

Mi chiedevo, in altre parole, se esistevano davvero – o siano mai esistiti – di tali contenuti prelinguistici, preesistenti cioè al linguaggio che li esplicita e li rappresenta.[2] Al cospetto di quei peperoni rosso vivo, che erano poi dei corni, che erano però di plastica, separavo istintivamente i due momenti, benché avessi a portata di labbra la parola adatta a indicare l'unità dell'operazione: ripresentifica o basterebbe: presentifica. Per di più, quel carretto che mi passava dinanzi sostando ad ogni cantonata me ne sollecitava l'adozione! Quale occasione migliore di quei corni per dar concretezza al verbo e al suo sostantivo: presentificazione! Cominciava difatti da quei corni quel processo di ripresentificazione di un contenuto antico-pratico – in un contenuto nuovo – altrettanto pratico; e di una forma astratta – ideale – in una nuova forma – altrettanto ideale. Dunque un contenuto arcaico (prelinguistico) si era travasato in una forma (forgiata da una tecnologia avanzata) per riprodursi in serie infinite, grazie all'introduzione e allo sfruttamento delle macromolecole nello stampaggio degli oggetti di plastica. Vale a dire che pur perpetuandosi come contenuto prelinguistico, quel corno che io continuavo a chiamare corno (al pari del venditore ambulante, quantunque non associassi come lui e come i suoi clienti nessun potere taumaturgico a quegli oggetti di quella determinata forma) si era trasformato in un'altra cosa, di una diversa materia, sollecitando in me altre associazioni e giudizi.

Tuttavia ero ancora lontano dal coinvolgere i corni, la plastica e il carrettiere venditore ambulante, in una visione dialettica, contraddittoria, della realtà che osservavo; e ogni unificazione comporta i rischi della conflittualità da superare. Sicché d'ora in poi non potrò più servirmi del termine corno senza che mi sfiori il dubbio che il mio ascoltatore possa essere indotto a credere che io voglia riferirmi al vero corno di corno, e non già a quello riprodotto in serie da un'industria che fabbrica oggetti di plastica. E non è trascurabile la differenza. Poiché nel secondo caso le implicazioni contraddittorie annunciano tutt'un altro tipo di giudizio.

Lo scrittore che nel '500 o nel '700 si serviva di parole come saliera, insalatiera, campanello, era sicuro di suscitare nella mente del lettore immagini di argenti ben bulinati, o di cristalli operati da valenti maestri vetrai. Similmente, lo scrittore che fino a circa un secolo fa scriveva: « Ella suonò il campanello » poteva esser sicuro che il suo lettore immaginava l'ordigno in argento o in bronzo, con comoda impugnatura a sbalzo, o sospeso a una leva azionata da un cordone che attraversava talvolta più ambienti, quando non l'intero appartamento. Così dicasi di un vocabolo che va sempre più sparendo dall'uso: ventaglio; che un tempo poteva facilmente supporsi come indispensabile nella vita mondana o privata di una dama; e che oggi, se non associato debitamente a un'immagine relativa all'ambiente o alla persona che lo adopera, non si definirà nella mente del lettore, quantunque ancora ricorra nelle sue locuzioni adusate: a ventaglio, sventagliare, eccetera.

« La parola, lungi dall'essere il semplice segno degli oggetti e dei loro significati, dimora nelle cose e trasporta i [loro] significati. »[3] L'avvertenza di Merleau-Ponty se resiste ai processi semantici di parole come ventaglio o tabacchiera, può incontrare un ostacolo proprio davanti al vocabolo corno, così pregno di significati naturalistici, rituali, magici, mai così sconfitti nell'urto con la nuova materia in cui essi vogliono sopravvivere e trasferirsi.

Cosa avviene quando si assumono di nuovo vecchi "significati" da dimenticati miti? Conta di più, in tali operazioni, il vecchio contenuto (Medea, Saul, Berenice) oppure il nuovo linguaggio in cui sono riproposte le antiche avventure di eroi e di dei? O non piuttosto la nuova coscienza che il mito, la leggenda, così rivissuti (ripresentificati) voglion rimettere in moto? Non c'è contenuto della conoscenza che non rechi in sé il proprio simbolo linguistico nella parola che lo definisce. È che i prelievi, diversamente da quanto avviene in altre scienze, sono sempre difficili nel campo della linguistica. Perché bisogna farli in volo: cioè smontando l'apparecchio su cui si sta volando per vedere com'è fatto e dov'è il guasto. Giacché quanto avviene nel linguaggio artistico non è l'aereo ma è il volo a definirlo; in altri termini, è nel processo artistico; ed è nel processo che vanno individuate leggi e spiegazioni di ciò che accade nel linguaggio, che è il mondo, non un serbatoio a cui attingere nel momento del bisogno.

Già tanto, si dirà, che si sia approdato a questa chiarezza; e che dalle questioni di lingua e dalle polemiche che ne derivarono nel '500 (tra il Caro, il Castelvetro, il Bembo) si sia pervenuti a una coscienza del problema linguistico così diffusa da diventare quasi mania. Ma come è possibile attardarci ancora sul valore di un certo abuso metaforico, sull'operazione regressiva della letteratura rispetto a una certa *koiné*, sulla rottura degli schemi linguistici col presupposto che « per far presa sul mondo » occorra assumere « dall'interno le condizioni di crisi, usando per descriverlo lo stesso linguaggio alienato con cui questo mondo si esprime? ».[4]

Slogare il linguaggio dall'interno, calarsi nel disordine per riprodurlo, addossare al linguaggio l'intera responsabilità verso le cose, sono precetti che favoriscono ogni involuzione come ogni tipo di restaurazione; promossi come sembrano tutti dall'illusione che nel linguaggio sia la salvezza, di fronte a contenuti caotici che non si lasciano codificare dal linguaggio comune, perché necessitano di un segno più, visto che il mondo è quello schifo che è, disordinatamente in viaggio verso una lunga notte atomica.

Come se tutto ciò non fosse già parte delle nostre coscienze, e le nostre coscienze non facessero già parte di questo intollerabile disordine, che è poi la vita; della quale è partecipe la lingua come forma e come linguaggio.[5]

2

Con la lingua o col dialetto

In alcune inchieste recenti è riemersa la questione lingua-dialetto con una serie di proposizioni improprie come "impiego del dialetto", "inserimento del dialetto", "uso del dialetto", "traduzione dal dialetto".[1] Si è venuto così creando attorno al problema un clima equivoco, nel quale già in partenza il dialetto era condannato a una funzione subalterna rispetto alla madre lingua: quale espressione di una cultura dai confini ben stabiliti e retta da leggi immutabili. Ne conseguirebbe che la cultura è l'areopàgo che ammette o condanna, a seconda se ciò che accade fuori della sua sfera è oppure no traducibile nel suo sacro idioma. Le lotte sociali, religiose o sportive, le conquiste dell'uomo, inventore o schiavo di nuove tecniche e dei gerghi che vi sono connessi, resterebbero così in una zona metastorica, o disperse secondo una scala di valori dal più colto al meno colto... Da questa visione gerarchica discende quello che chiamerei il *classismo* della lingua. È strano che scrittori veramente dotati, e che vivaddio non han mostrato alcun rispetto reverenziale verso la lingua colta, adottino lo stesso criterio quando sostengono che la lingua è « il linguaggio della cultura e del giudizio morale, mentre il dialetto, quello dell'indulgenza del buon senso e quindi della complicità della decadenza nazionale ». Così, non diversamente da Moravia, Pasolini: « Comunque al buon senso, una volta tanto, mi vorrei attaccare: se il personaggio e l'ambiente scelti sono popolari, il romanziere usi o totalmente o parzialmente il dialetto, se il personaggio e l'ambiente scelti sono borghesi, il romanziere usi la *koiné*: vedrà che non si sbaglia. La lingua è sì il linguaggio della cultura, ma nel suo momento ideologico, scientifico e filosofico: non nel suo momento rappresentativo o stilistico ».[2] A ragione dunque Goffredo Bellonci ha rammentato che anche « il D'Annunzio [per esempio nel *Trionfo dell'amore*] e il Fogazzaro [in tutti i suoi romanzi] faranno parlare in lingua i personaggi principali, in dialetto quelli secondari e i contadini: linguistica di classe ».[3]

Il secondo errore, quando si parla di "uso" del dialetto, è di considerare il dialetto come un fossile negando cioè quel processo di scambi, quel rapporto semantico che forma la struttura d'ogni linguaggio, che o è movimento, o è stagnazione e morte. Tale concezione schematica torna a galla allorché si passa agli esempi: allora i nomi che ricorrono sono il Ruzzante, il Basile, il Porta, il Belli, il Di Giacomo; trascurando cioè che si tratta di scrittori, di poeti dialettali, i quali trasformano il vernacolo, parlato da quella determinata comunità etnica, in linguaggio poetico, creando cioè le basi di una lingua, dall'area ristretta quanto si voglia, ma regolata da sue proprie leggi, come ha rilevato Luigi Russo. Diverso è il fenomeno che ci interessa, che è di natura semantica, perché vuol cogliere quel processo di trasferimento della parola da un ambiente più ristretto a uno più vasto, e viceversa.

« Ogni volta » dice Gramsci « che affiora la questione della lingua significa che si sta imponendo una serie di altri problemi: la formazione e l'allargamento della classe dirigente, la necessità di stabilire rapporti più intimi e sicuri tra i gruppi dirigenti e la massa popolare-nazionale. »[4]

In mancanza di tali "allargamenti" – si può aggiungere – quando cioè la classe dirigente si chiude fra l'indifferenza e la complicità di quella cultura che dovrebbe "attaccarla dal basso", prendono allora il sopravvento i valori formali, e il problema si svuota di ogni contenuto concreto. A tale "formalizzazione" si reca un contributo anche accettando il principio dell'"uso", dell'"impiego" e dell'"inserimento del dialetto", che andrebbe invece combattuto dallo scrittore che non voglia vedersi ridurre sotto le mani il suo lavoro sulla complessa realtà (in cui è implicata anche una ricerca semantica) alla stregua di un divertimento filologico o di un'operazione calligrafica. Né giova a chiarire le cose l'accenno di Pasolini a una certa operazione "regressiva", sia da parte dello scrittore-filosofo, sia da parte dello scrittore-ideologo, al fine di "raggiungere" le cose che si troverebbero alle sue spalle. Piovene può facilmente irridere all'operazione "vernacola", come « parte della tendenza a trasformare la nostra letteratura in una specie di grande Cottolengo delle anime e dei corpi ».[5]

Ci si allontana così dal problema che già si presentò con Verga, in maniera tale che Croce (nel saggio del 1903) pur tessendo un elogio dello scrittore catanese, ne sembra avvertire appena la novità, e solo per rilevare che « si desidererebbe una maggiore sicurezza e proprietà di lingua ». Non so se al Croce sia proprio sfuggito il fatto nuovo che Verga imponeva, o se non preferisse restringerlo al problema dell'unità intuizione-espressione, che doveva trovare la sua sistemazione nell'estetica come linguistica generale, quindi di scarso rilievo sotto il profilo puramente formale distinto dal contenuto (contenuto inesistente "prima" che venisse "intuito" ed "espresso" in "quella" forma), certo che richiedere "maggiore sicurezza e proprietà di lingua" autorizza qualche perplessità circa l'uso di quell'unità teorizzata dal Croce. Da parte sua, lo scrittore quel problema

lo vedeva ben distinto dal mondo da rappresentare, tanto
è vero che ne parla al Del Balzo lamentando che « sino a
quando ci cullaremo nella solita nenia delle frasi lisciate da
50 anni non avremo una vera e seria opera d'arte in Italia ». E a sua volta il Capuana: « dovevamo rimanere con
le mani in mano aspettando la prosa nuova di là da venire?
E ne abbiamo imbastito una pur che sia, *mezza francese,
mezza regionale, mezza confusionale*, come tutte le cose
messe su in fretta ».[6] È probabile che la fretta c'entrasse,
ma c'entrava pure una duplice scelta; circa la realtà e la lingua in cui esprimere "quella realtà": logico che le due
scelte devono coincidere in un punto; e se non coincidono,
quando l'una prevale sull'altra o si hanno opere "contenutistiche" cioè sequela di fatti "informi", oppure opere formalistiche, vale a dire raffinate ricerche calligrafiche, sia
pur scritte nei più rozzi dialetti.

Vi son periodi letterari durante i quali gli scrittori sembrano tutti impegnati in un faticoso lavoro di ricerca linguistica e periodi in cui più facilmente trovano i materiali linguistici di cui disporre; ebbene, quale colpa se essi se ne
servono? « Stiamo discorrendo di cose naturali » avverte
Thomas Mann nell'*Inganno* « e natura e dialetto a mio avviso hanno qualcosa in comune, come hanno a che fare tra
loro natura e popolo. »

I confini della lingua sono più stabili che non quelli dei
dialetti? Chi può negarlo. Ma sono anche, meno di quest'ultimi, suscettibili a fluttuazioni e modifiche. Guai se non fosse così: ossia, che al continuo influsso che la lingua esercita
sui dialetti, non corrispondesse un riflusso da questi ultimi
verso la lingua. Solo grazie a questo duplice movimento
– che più è copioso, più facilmente i dialetti esauriscono
la loro funzione autoctona per isolarsi in residui gergali –
una lingua per colta che sia si apre a nuove determinatezze,
si arricchisce e vive. Se è errato considerare corruzione

l'arricchimento, ancor peggio ritenere che il fenomeno possa arrestarsi costituendo "ronde", attorno alla lingua. Poiché una lingua può dirsi viva solo quando alla sua "vita" partecipa l'intera comunità dei parlanti e se viene "assalita", come ha scritto recentemente Michele Rago [7] oltre che dai dialetti, anche da altri linguaggi specifici, che dialetti non sono: si pensi solamente al "giallo" che arriva a noi tradotto da altre lingue e per necessità espressive, quando non per fretta, gremito di tecnicismi, di slang o di argot d'altri paesi.

Ancora pochi anni addietro, dei meridionali che andavano a servire il re in città del Nord, lontano dalle mamme o dalle spose, si diceva che dopotutto vi andavano a imparare qualcosa, il "qualcosa" era, sottinteso, la lingua italiana. Poiché le civiltà contadine erano così tenaci che l'avvento della borghesia non era bastato a sollevarle dalla loro sottomissione dialettale. Il vernacolo era rimasto attaccato alla loro parlata, come le zolle di terra ai loro scarponi.

Lo stesso accadeva – e forse tuttora accade anche se in misura ridotta – ai nostri emigranti; che, tornati in patria, si esprimevano come quel mio prozio che in Francia aveva imparato l'arte del cemento armato – tecnica a quel tempo avanzatissima per il resto dell'Europa – e non sapeva rassegnarsi alla disoccupazione che lo aveva accolto nel suo paese. Allora, soffiando di rabbia, continuava a progettare annunci economici per il giornale locale dettandoli a noi nipoti che esitavamo con l'astuccio della penna tra i denti: « Dunque, vuoi scrivere?... Betonniere venuto di Frangia, parla frangese e taliano... ».

I livelli linguistici oggi, pur se ancora dialettali, sono assai meno rozzi di un tempo: e chi va al Nord soldato, come colui che espatria alla ricerca di un lavoro, è già preparato a ricevervi "qualcosa" che non è più formato esclusivamente da un altro dialetto, ma altresì da una serie di gerghi per ogni specializzazione tecnica infiltratisi nel linguaggio familiare attraverso il posto di lavoro, come attraverso la politica sindacale.

Occorre pertanto ristabilire un rapporto fra dibattito sulla lingua e quello sulle due culture (tecnologico-scientifica e umanistica). In realtà nella discussione sulla lingua è prevalsa un'indulgenza letteraria, di fondo umanistico, verso la scienza e la tecnica, lasciando da parte un problema da noi ancora vivo, che vede continuamente affrontarsi lingua e dialetti... Ridotti alle linee essenziali i due dibattiti hanno molti punti in comune: ma, innanzi tutto, il vertice verso cui entrambi puntano: la tecnologia cioè che si arroga – quale tecnocrazia – tutti i diritti del potere; di fronte al quale sia la lingua che il dialetto finiscono per denunciare lo stesso disagio che paralizza la cultura umanistica (e le sue espressioni linguistiche) nel mondo moderno.

Poiché l'unità assoluta è irraggiungibile può formularsi soltanto l'ipotesi di lavorare in quella direzione, senza "rifiuti" preconcetti; col fine di unificare, non già i linguaggi particolari, ma una certa "situazione culturale", con spirito democratico che miri soprattutto a ridurre i margini della non-cultura, dell'analfabetismo di ritorno, in cui allignano per mimesi gli stessi dialetti. I quali non sono i soli ad opporre una forza d'inerzia – che è passiva, scarsamente ricettiva, quindi conservatrice nel fondo – ad ogni infiltrazione innovatrice; ma anche la lingua si comporta con la stessa passività come espressione "colta" di una cultura di casta che nasconde, sotto il manto di un presunto nazional-purismo, un atteggiamento classista reazionario.

Quando il problema del vernacolo investe opere teatrali la domanda più frequente è se tradurre in lingua una commedia concepita per esser recitata in dialetto è un'operazione legittima. Direi di no. In questi casi il tradurre si giustifica solo se il traduttore vi si applica per sua vocazione; e, pur sapendo di commettere un arbitrio, egli lo compie con coscienza di creatore; vale a dire con l'intento di aggiungere, anche se in via subordinata, "un'altra opera" accanto a quella originale. Un "arbitrio" dunque che si riscatta soltanto col risultato conseguito, altrimenti è inutile parlare di legittimità.

D'accordo, non ci si deve bamboleggiare coi dialetti; ma da questo a non riconoscere che il momento più alto della formazione della lingua nazionale corrisponderà al momento culminante del dissolvimento dei vari dialetti – e nel loro dissanguarsi nella più grande vena linguistica nazionale – ce ne corre! Bisogna chiedersi ora se per raggiungere questo stadio più alto, questa egemonia della lingua nazionale, sia da agevolare o da ostacolare la circolazione dei dialetti nel corpo della nazione. Io sarei per la libera circolazione, anzi per una "circolazione forzata": favorirei cioè la fondazione di biblioteche specializzate, la diffusione del teatro dialettale, istituirei dei corsi minori universitari, accanto alle cattedre di etnologia, creerei delle raccolte di scrittori e poeti dialettali, spingerei, cioè, in tutti i modi queste lingue locali ad uscire dalle loro "zone" naturali, affinché possano misurarsi tra di loro non solo nei loro singoli rapporti di servitù, ma ancora sul terreno culturale, cioè in quella certa situazione culturale democratica. Dove infinite nuove mediazioni verrebbero a stimolare concretamente la formazione di quella lingua nazionale a cui siamo tutti interessati più spesso in qualità di guardiani di museo che non di uomini vivi o di artisti.

3
Questioni sul realismo

Realismo? O realismo socialista? Se si allude al realismo *tout-court* escludo che i recenti avvenimenti – fatti d'Ungheria, Disgelo, XX Congresso del PCUS – possano averne modificato le interne leggi. Si può dunque parlare tutt'al più di una presa di coscienza, che in definitiva non potrà non influire sull'ethos del nostro tempo, e quindi sui moduli estetici, qualunque essi siano; perché il realismo si trova a dover fare i conti con tutto, anche con le sue negazioni, fra le quali va annoverato innanzi tutto lo stesso realismo socialista: forma aberrante di un'ideologia che impone ottimismo e speranza come Ragion di Stato.[1] Šjolochov è caduto in quest'errore in più d'un'occasione, come scrittore e come ideologo; e non credo che abbia granché da aggiungere alla lezione postuma dei *Disgeli*, Uno e Due.

Non è detto neppure che abbattuta l'estetica del realismo socialista, cara allo Ždanov, si sia smantellata anche l'impalcatura che ne reggeva i destini: parlo di quel telaio di timori, di vigilanze, di pressioni, con cui s'intende perpetuare un dominio politico guidando l'arte dall'alto come se niente fosse successo. Le discussioni al Circolo Petöfi di Budapest ebbero di mira prima le strutture organizzative, poi le sovrastrutture culturali che ne derivavano.

Cambiano le motivazioni se invece si allude al neorealismo, così come s'è venuto configurando da noi negli ultimi anni: rozzo compromesso fra aspirazione al documento e velleità populistiche; tradendo le premesse da cui partì quella letteratura che neorealista fu chiamata solo dopo che ebbe espresso il meglio di sé intorno agli anni '30 per dirsi esausto, se non esaurito, intorno al '40. Perché quella letteratura significò resistenza antifascista, opposizione agli ideali estetici propugnati dal fascismo, tutti miranti alla restaurazione di pseudovalori, col compito, – com'è avvenuto in ogni tempo – ·di deviare la lezione realista insita nella nostra cultura verso l'autoritarismo accademico o verso quisquilie filologiche. Sarebbe invece assai più proficuo, oggi come oggi, chiederci se esiste una "via italiana" al realismo; e in qual modo essa si riallaccia alla cultura passata. Perché è indubbio che dal Boccaccio al Bandello, dal Masuccio al Bruno, dal Manzoni al Verga (per non parlare della letteratura dialettale: Cortese, Maggi, Basile, Goldoni; e per non parlare della rinascita teatrale, le cui impronte furono schiettamente realistiche) i filoni di una tradizione realistica tipicamente italiana sono tanti; da riverberarsi persino nella poesia più colta e fantastica. Ripercorrere questa tradizione con l'animo di un De Sanctis o di un Settembrini, temprati da un nuovo Risorgimento, questo dovrebbe essere il monito; scandagliare i materiali che la storia della letteratura italiana ci mette a disposizione per cercarvi gli esempi di realismo anche laddove si dispera di trovarne; prima di disperderci all'inseguimento di un astratto modello universale di realismo, che non esiste neppure nella più rigorosa formulazione teorica.[2] Qual è il realismo di un Ariosto? O di un Leopardi? Ecco quel che dovremmo domandarci. E a che punto della nostra storia letteraria si produsse lo strappo che ci fece precipitare da un neoclassicismo all'altro? per cui le letterature dialettali dovettero, loro, raccogliere l'eredità realistica e procedere per proprio conto?

Certo, il neo-sperimentalismo di *Officina* ha avuto i suoi meriti, ma esso stesso si propone come una delle punte della crisi del neorealismo; anche se sul piano creativo e all'interno di ogni singola personalità si può avvertire come l'eco di interessi disparati e talora contrastanti.[3] Sarebbe assai più utile stabilire invece fino a che punto il discorso di *Officina* può coincidere con il mio, che come si sarà capito, è indirizzato contro il realismo di maniera, che si è soliti impacchettare nel cellophane del neorealismo; e che consiste nel manipolare contenuti populistici, con lo stesso cinismo e la stessa indifferenza con cui poco dopo si serve di contenuti erotici. Basta che rispondiate alle richieste di un certo pubblico tanto assetato di "novità" quanto incapace di accettarle quando esse siano veramente tali, (ma se sono "novità" lo sono sempre in conflitto con la moda e il gusto correnti). Comunque, la critica di *Officina* può risultare benefica proprio perché incita alla vigilanza contro le assuefazioni scolastiche e perché agisce sul pedale del linguaggio; che non è uno strumento secondario come un certo neorealismo ha voluto far credere sbandierando contenuti pseudorivoluzionari.

Un contenuto artisticamente parlando può risultare prevedibile, quanto invece imprevedibile "deve" essere la forma in cui si manifesterà; poiché tutto alla fin fine è "contenuto"; quel che non "è", per definizione, contenuto, può diventare tale appena "rivelato", sul piano estetico da rifluire sulla stessa realtà da cui proviene, e modificarla.

Escluso che l'arte sia lo specchio stendhaliano, bisogna per coerenza escludere anche che essa sia l'immagine rinviata dallo specchio. Nel primo caso perché lo specchio risulterebbe manovrato dall'artista; e rispecchiando il reale finirebbe per escludere chi lo sorregge; nel secondo, invece, si limiterebbe a essere il riflesso narcisistico dell'artista che si guarda allo specchio, con un contorno di realtà complice

o compiacente; e non modificante-modificato-modificante.
La casa dei Karenin o la Russia invasa dalle armate napo-
leoniche; la casa di Emma Bovary o la Francia invasa dalle
truppe tedesche sono le cornici di quattro vicende, due pri-
vate (Karenin e Bovary) due sociali (Russia e Francia). È
indubbio che le due case sarebbero dimenticate, non torne-
rebbero a essere esemplari ad ogni generazione di lettori
di Tolstoj o di Flaubert se fossero rimaste confinate in due
note di cronaca nera; così pure quei due periodi vissuti dalla Russia e dalla Francia, malgrado tutta l'epicità che essi
comportarono, non resusciterebbero ogni volta nella nostra
mente, come emergono dalle pagine di Tolstoj e di Flaubert, se consegnati a una qualsiasi ricostruzione storica per
appassionata che fosse.

La diaristica vuole colmare questo iato: non limitarsi
a enumerare un repertorio di avvenimenti, privati o pubbli-
ci, ma coonestare i fatti ai giudizi, questi ai sentimenti perché il tutto offra la temperie del tempo: e siano rappresen-
tativi, oltreché del singolo che ne ha registrato gli eventi,
del modo di interpretarli da parte di una collettività. Fascismo, antifascismo, guerra e disfatta, resistenza e mafia, scuola ed emigrazione, eccetera, sono gli incentivi che la realtà
propone alla diaristica, come forma mediatrice fra saggio
e romanzo.

Di fronte ai conflitti che dilaniano il mondo, – questo in
cui bene o male viviamo, e di cui ciascuno si sente un po'
figlio e un po' orfano – c'è chi si rifugia nella propria infanzia, chi nel sesso. Due fughe, due autocastrazioni, anche se
vogliono sembrare l'opposto; rappresentano due regressioni
nel limbo aurorale dove si è al sicuro da sorprese e da ingiurie. Non occorre la psicoanalisi per rintracciare analogie
fra le due scelte: entrambe cercano un'isola del tesoro su
cui sia possibile scaricare le proprie angosce, e ritrovare
una inalterabile aurorale felicità.

Una fanciullezza (felice o infelice, non importa: è sempre felice dall'istante in cui è riassunta in servizio permanente di rievocatrice) e un sesso (integro o corrotto, non conta, purché racchiuda in sé l'intera vicenda della realtà) finiscono per essere due ipostasi incoerenti dell'oggettività; perché l'individuo non si riconosce mai tutt'intero nel limbo della sua fanciullezza, così come non si ritrova mai interamente in quello spicchio della sua esistenza, per quanto globale ce lo rappresenti la psicoanalisi, che è la sua vita erotica. Indubbiamente, il romanzo ha risentito di questa regressione riduttiva nell'alveo materno, anche se ha cercato di tutto per camuffarla con appelli a più alte e solenni ragioni rivoluzionarie.

Si rifletta solo per un istante a tutto ciò che è seguito alla seconda guerra mondiale: la fine del fascismo e del nazismo, l'erosione del concetto stesso di democrazia in paesi di vecchia e nobile tradizione democratica; il crollo del mito dell'unità del mondo socialista, la nascita del Terzo Mondo; il riproporsi della Chiesa cattolica al ruolo di grande potenza, la conquista degli spazi che ha portato l'uomo sulla luna; la minaccia atomica quale eccipiente delle prescrizioni in cui tutt'ora si dibattono le avverse ragioni di vita e di morte... Ebbene chiediamoci, in quanto scrittori, se questi elementi che compongono il tessuto della realtà storica del nostro tempo, sono stati (o lo sono oggi), presenti alla nostra coscienza mentre decidevamo se, e in quale direzione operare.

Tra l'immagine del cane che si morde la coda, e l'immagine del cane che insegue la propria ombra, non saprei proprio scegliere quella che più si addice al caso nostro.

Qualcosa di nuovo è avvenuto, indubbiamente; fin quando però la cultura italiana non si riconoscerà in un comune fronte laico, ma continuerà a manipolare le "verità complici", (con la complicità della Chiesa innanzi tutto, e delle chiese in genere, ognuna delle quali sa trovare, per proprio conto e tornaconto, un'unità confessionale) non vedo vie d'uscita entusiasmanti; non vedo cioè come questa cultura possa sottrarsi all'azione corrosiva della controriforma che insidia, anzi è il presupposto permanente di ogni mistificazione conservatrice. Altro che realismo e neo-realismo!

4

La "pugnalata",
o del gattopardismo

Innanzi tutto occorrerebbe chiarire che cosa s'intende per cultura e per ideologia. Troppe approssimazioni, troppi malintesi hanno favorito un certo possibilismo che oggi risuona come un appello all'ordine. I tentativi di restaurazione si sono sempre definiti bilanci; come per dire: tiriamo le somme e chiudiamo baracca.

L'operazione non è di ieri o dell'altro ieri, ha radici più lontane nel tempo. Da quando si diceva "cultura meridionale" un po' per privilegiarne l'aspetto critico-filosofico, un po' per isolarne la letteratura ad esso congeniale come fenomeno complementare, aggregato alla letteratura nazionale. Vizio arcadico, retaggio di una tradizione che si è svolta sempre su due linee, una maggiore, cui spettavano lodi, una minore che doveva contentarsi delle briciole.

Da qualche tardiva riscoperta andrebbe semmai isolato e precisato il momento "meridionalistico" di una certa cultura, che non riguarda solamente la cultura prodotta nel Mezzogiorno, ma anche quella che si è caricata di una tensione critica rispetto allo Stato Unitario, contro cioè l'Unità imposta con procedimento colonialista; di conquista regia.

Si vedrebbe allora che questa cultura abbraccia opere di varia indole e di diversa provenienza: l'inchiesta del Galanti come quella SonninoFranchetti, opere come quelle del De Sanctis, del Settembrini, del Fortunato e del Dorso; del Gramsci persino, ma non quelle del Croce o dell'infinito stuolo di eruditi crociani; include scrittori etnologi e etnologizzanti, quali De Martino, Fiore, Levi, Degli Espinosa, Dolci, ma può escluderne tanti altri che, pur nati tra Vesuvio, Etna e Stromboli, nulla hanno da aggiungere a quel patrimonio di esperienze, di lotta e di tradizioni tradite, di miti ristudiati e abbattuti, di linguaggi scabri ricondotti alla dignità di una realtà conflittuale che chiedeva soltanto d'essere riconosciuta e storificata.

In quest'arco si possono caricare tante frecce, (Verga, Pirandello, De Roberto) si possono adottare punte di diamante (Jovine, Sciascia, Brancati, Vittorini) l'importante non sta nel disporre di tante frecce, ma di sapere con esattezza quali di esse centrano il bersaglio che si definisce meridionalistico.

Si è lasciato fuori un nome, facciamolo subito, Tomasi di Lampedusa, che di quella vocazione traccia l'epicedio, e la seppellisce sotto la cenere del rimpianto per ciò che poteva non essere e fu – che è ben diverso dal lamento per ciò che poteva essere e non fu; di cui forse ha persin troppo abusato la cultura meridionalistica.

Mi sembra che Sciascia abbia ragione da vendere a obbiettare a Bassani che, se Verga fu separatista « perché Lampedusa no? Io invece dico: o *Il Gattopardo* è, nel senso di Bassani, separatista, o è niente. Anzi: l'operazione di Lampedusa è veramente separatista, di un separatismo radicale e definitivo. Ha separato per sempre la Sicilia dalla Storia, il destino di un gruppo umano da quello dell'umanità ». Giudizio che sottoscrivo, anche per quel che riguarda il « rifiuto del Risorgimento », che non veniva dai *Malavoglia*, sibbene dalla letteratura della cosiddetta Nuova Italia, che si pavoneggiava meglio in Carducci e in D'Annunzio che non in Verga. « Perché quella Nuova Italia [soprattutto nel senso crociano, aggiungo io, come si evince dall'acuto saggio su Croce di Michele Abbate] aveva già scelto: il fascismo. » E se la tradizione verghiana, da questo punto di vista, ha uno scopo e ha una ragione d'essere, questi consistono nel rifiuto del rifiuto, cioè in un Antirisorgimento di quel Risorgimento come fu inteso dalla borghesia italiana; che, manipolandolo ai suoi fini, doveva cercargli i simboli e gl'ideali più consoni al suo modo d'intenderne la funzione reazionaria; e li poté trovare solo in quella cultura già disponibile all'operazione di recupero gattopardesco.

Per cui *Il Gattopardo* può interpretarsi anche quale operazione regressiva – a parte i valori poetici che contiene – se rispecchia un tipo di polemica storico-sociale che *I Viceré* avevano già consumata. Riproporne i motivi a circa settant'anni di distanza poteva costituire incentivo per un nuovo separatismo. Cosa che invece non mi sembra sia avvenuta col *Gattopardo*; giacché lo "spirito pubblico" non fa col Lampedusa un passo avanti; semmai arretra, e non per condannare il tradimento degli ideali del Risorgimento, bensì, se mi è lecito scorciare, per condannare la condanna; quel tipo di condanna dell'antistoria, che ripropone incessantemente i suoi schemi sociologici come successive innovazioni tradite. E non mi riferisco al tanto citato Tancredi, quando sostiene che « se vogliamo che tutto rimanga com'è, bisogna che tutto cambi »; che potrebbe ancora confondersi col detto di Consalvo dei *Viceré*; ma a quel sentore di morte – forse la cosa più bella (non nego) di questo racconto assai discontinuo, che anche nel linguaggio mostra crepe e scadimenti di sottolinguaggio popolaresco che non diventa stile (già fu notato da altri) – che circola per tutto il libro, persino nei passi in cui il Lampedusa pesantemente ammicca e ironizza e fa la parodia dei racconti delle pene dei suoi personaggi. Il suo don Pirrone direbbe: « perché (essi, queste persone importanti dell'Antistoria d'Italia) hanno raggiunto una tappa verso la quale tutti coloro che non sono santi camminano, quella della noncuranza dei beni terreni mediante l'assuefazione ». Come se tutto gli fosse dovuto: *ab aeterno*, gattopardi compresi.

Il Gattopardo come epicedio della resistenza fallita; questa l'opinione di Bassani. È giusto dire: la Resistenza fallita – obietta Gioacchino Lanza Tomasi – ma tutto è visto come diario di una propria esperienza, come un empirismo. Se intendo correttamente l'obiezione del nipote del Lampedusa, devo ritenere l'autore del romanzo una specie di savio che nel momento decisivo del giudizio – o storico politico, o letterario – mette da parte i pregiudizi culturali assorbiti attraverso le svariate ed estese letture che era avvezzo fare, per appellarsi alla saggezza del contadino: tipo don Pirrone, ad esempio. E invece tutto il romanzo traspira qualcosa di più esistenziale: in cui predomina la morte, come fatto religioso più che politico. E in questo unico senso religioso si può accogliere il termine "resistenza".

Più che di rifiuto, perciò, sarebbe meglio parlare del mutato rapporto fra intellettuali e gruppi organizzati, di potere e di contro-potere; quindi del mutato rapporto fra classe e classe, e fra queste e la società odierna nel suo insieme di opulenza e di carenza. Allora si vedrebbero, sugli antichi e tipici mali della società contadina destorificata del Sud, sovrapporsi mali nuovi; che nascono dall'innesto di nuovi bisogni e appetiti tecnologici, sul vecchio tronco delle antiche rivendicazioni dilaniate da attese inconciliabili, che variano a seconda del grado d'inserimento del gruppo nella macchina del benessere. Il che ha comportato un diverso tipo di destorificazione che s'identifica con la fuga, l'abbandono della terra, il ripudio delle tradizioni, con l'odio per tutto ciò che non poteva essere e non fu; che va ben oltre le dorate sepolture gattopardiane.

In tal modo va riveduto anche il rapporto fra letteratura e ideologia, che comunemente allude, ancora più che a una collusione fra due gradi di libertà diversa, a una vera e propria sudditanza, dove, naturalmente, a far da serva sarebbe la letteratura, e da padrona, la politica, o meglio, una certa politica. Giacché quando si dice ideologia non si allude mai a una ideologia, che so, cattolica, fascistica, massonica, ma sempre e unicamente all'ideologia marxistica.

Altrimenti ideologia è la cultura essa stessa, cioè lotta politica, religione, poesia, scienza, etnologia; è, per dirla con un'immagine, il reticolo di malta che "tiene" insieme i mattoni; vale a dire, né mattone né muro, ma la ragnatela di connessure; niente, presa in se stessa, ma tutto se si considera il muro come somma di pieni e di vuoti, (di verità e menzogne, libertà e costrizione).

Nella letteratura meridionalistica il contenuto ideologico fu, e non poteva essere diversamente, accentuato: che fosse sentito, che non fosse soltanto soggezione politica, ma spinta etica di rivolta e di denuncia, è un altro discorso.

Nel cedimento di quelle urgenze, conseguenza del capovolgimento del rapporto fra richieste e riforme; e, ancora, per effetto dello spostamento del "dolore" antico, verso altri appetiti insoddisfatti, ma ormai tecnologizzati, cioè imposti prima che avvertiti, s'inserisce non solo *Il Gattopardo* ma tutto il gattopardismo che ne deriva. Fin quasi a elevarsi l'uno e l'altro a simbolo dello spostamento dei compromessi trasformistici, delle mafie in collusione col clientelismo, dal Meridione depresso verso il centro: per diventare fenomeno nazionale, con la sua capitale a-morale. Il tutto sapientemente (o dissennatamente?) incanalato nell'alveo di quel "progressivo arretramento" dell'intero fronte delle "promesse", antistoriche perché largite dall'alto, al Mezzogiorno; e che avevano quale presupposto, tanto più tacito in quanto "naturale" – fondato cioè nell'approssimazione e sul naturale disordine conservatore dei despoti del Sud – una resistenza al rinnovamento di quegli istituti che avrebbero dovuto garantirne la riuscita. È in questo imbroglio che vanno ricercate le "ragioni" responsabili del rinvio della soluzione dei problemi storicamente legati alla prospettiva di un Sud riscattato e non soltanto ridotto a terra di conquista del neocolonialismo industriale.

5

Il Croce da commemorare

Un anno fa, precisamente in questa decade, Benedetto Croce concludeva con un sereno trapasso il suo immane lavoro di pensatore, di storico, di letterato, di critico. Il 20 novembre, il giorno stesso in cui per quarant'anni era apparso puntualmente il VI fascicolo della sua rivista « La Critica » (che usciva il 20 dei mesi dispari) egli cessava di vivere, riunendo così in una stessa data, come in un magico nodo, vita e morte; quasi per confermare il suo detto più solenne, che la vita cioè non è che una preparazione alla morte, avesse scelto, per la sua uscita dal mondo, quel medesimo giorno da lui fissato per la periodica uscita della sua rivista, che aveva rappresentato il più alto punto di riferimento della cultura italiana contemporanea e l'assillo più continuo nella sua vita di studioso.

Dobbiamo essere grati ai Lincei [1] che nel commemorare l'opera e la figura dell'insigne filosofo (il quale della rinascita dei Lincei fu uno dei più tenaci propugnatori) hanno scelto la maniera più coerente con lo spirito radicalmente antiaccademico del Croce e più fedele al suo incrollabile laicismo, durato sino alla morte.

Rammentiamo ancora con disagio (e non occorre forzare troppo la fantasia per immaginare con qual disagio il Croce stesso le avrebbe ascoltate) le frasi che all'indomani della morte si lessero sul grande pensatore. Ecco ad esempio quel che scrisse un suo ammiratore e discepolo (Carlo Antoni): « In questo momento l'animo nostro non può fare a meno di volgersi all'immagine del castello degli spiriti magni, di cui Dante ci ha narrato. Là la *filosofica famiglia* si è levata in piedi e gli antichi dottori si sono mossi incontro al loro pari, che giungeva, per fargli festa e rendergli onore. Avanti a tutti si sono mossi Machiavelli e Vico, ed è verso loro che, riconoscendoli, si è diretto con lieta confidenza, quasi affidandosi a loro, Benedetto Croce. E in quell'istante dell'affettuoso incontro è apparsa una straordinaria somiglianza, una parentela nei loro sguardi. Dietro a loro, anche se un po' in disparte, si era mosso Giordano Bruno ».[2]

Mi servo dell'esempio non per punire a un facile sarcasmo un necrologio scritto *praesente cavadere*, quando cioè la penna troppo preoccupata della gravità del compito se ne vola via ad attingere l'altezza raggiunta da colui di cui si tesse l'elogio; ma cito solo per indicare uno dei tanti modi come non bisogna celebrare il Croce, collocandolo ossia nel *Castello degli Spiriti Magni*, consegnandolo prigione alla *filosofica famiglia* quasi per isolarlo in una regione astratta e inaccessibile. La figura e l'opera di Benedetto Croce vanno invece esaminate criticamente – come lui vivo e operante – facendo tesoro del suo insegnamento, servendosi dei *valori strumentali, speculativi* propri alla sua ricerca, elaborando ulteriormente ciò che vi è di vivo nel suo pensiero.[3]

Celebrando la memoria del grande pensatore napoletano con due discorsi, sui quali sarà opportuno tornare quando appariranno fra gli atti accademici, i Lincei Fausto Nicolini e Francesco Flora (il primo fedele al Croce nella rilettura del Vico, quanto il secondo lo fu in quella del De Sanctis, i due pilastri dell'opera crociana) hanno indicato per sommi capi le possibilità di un tale lavoro, oltre il Croce.

A me tocca attenermi alla cronaca; e la cronaca deve registrare un fatto singolare. E cioè che fra il corpo accademico e la folla di studiosi d'ogni disciplina, radunati nella Biblioteca dei Lincei un solo uomo, la cui attività possa dirsi prevalentemente politica era presente: Palmiro Togliatti. Che l'uomo politico fosse in quella sala potrebbe anche considerarsi non più che un caso, dovuto all'eccezionalità dell'avvenimento, tale comunque da non meritare particolare rilevanza; ma egli era troppo solo perché la sua presenza non suggerisse qualche considerazione di ordine culturale, oltre che cronistica e mondana. Forse, veniva fatto di pensare, Togliatti era lì presente a indicare la via per la quale sarà possibile alla cultura italiana raggiungere quell'unità vagheggiata dal Gramsci: la creazione cioè « di una nuova cultura integrale che abbia i caratteri di massa della Riforma protestante e dell'illuminismo francese e abbia i caratteri di classicità della cultura greca e del Rinascimento italiano, una cultura che, riprendendo le parole del Carducci, sintetizzi Robespierre e Kant, la politica e la filosofia in una unità dialettica intrinseca a un gruppo sociale non solo francese o tedesco, ma europeo e mondiale ».[4]
Ma tutti questi motivi da impliciti si facevano espliciti, allorché Fausto Nicolini, accennando all'opera del Croce politico, rievocava i tre momenti cruciali della nostra storia in cui la dottrina e la coscienza del Croce parvero come smarrirsi: la grande guerra 1914-'18; le prime manifestazioni fascistiche; il problema istituzionale. Il primo smarrimento fu superato dal Croce grazie alle sue inesauribili riprese dialettiche che gli permisero – da vero papa, come osserva il Gramsci, che può benedire le armi dei due belligeranti – di conciliare in una superiore armonia intellettuale gli opposti che reclamavano nel suo pensiero pari cittadinanza. Il secondo momento, che lo indusse a considerare il fascismo come una rapida e passeggera folata di gio-

ventù, nel chiuso della storia italiana, e che costò invece a lui e all'Italia venti anni di illibertà, fu più duro a scontare, e se Croce vi riuscì per il bene, oltre che suo, di tutto il paese, fu solo in virtù del suo esemplare attaccamento alla libertà; il terzo invece, relativo alla questione istituzionale, e che ebbe due manifestazioni ben distinte, la prima, quando il Croce lavorava ancora al fianco dei comunisti nel gabinetto Badoglio con spirito vigile, solo preoccupato della rinascita italiana, propugnando l'abdicazione e la reggenza fino alla maggior età del nipote; e la seconda, quando, già allontanatosi dai comunisti, anzi in polemica con essi, restituiva piena libertà di scelta all'elettore liberale, tra monarchia e repubblica, puntando però in cuor suo sulla "secolare saggezza" del popolo e sul suo "istinto conservatore". In tutti e tre i momenti d'incertezza, conseguenza di veri e propri errori di analisi storica, è da vedere la proiezione dell'antinomia fondamentale in cui s'è dibattuto il suo pensiero fra un progresso moderato e controllato, e la conservazione pura e semplice. Ma è un vizio che ha origini lontane nella sua opera, e mette le sue radici nella revisione e poi liquidazione del marxismo, a cui il Croce dedicò la sua intera vita di studioso, senza tuttavia riuscire a sconfiggere "il mostro" del materialismo storico che, per sua e nostra fortuna, rispunta dalle sue pagine più feconde; laddove l'uomo ritrova la sua concreta umanità e la sua storicità.

Ma non soltanto degli errori e degli smarrimenti del Croce, Togliatti era, in quella sala, vivente testimonianza; ma la sua presenza ai Lincei valeva pure quale testimonianza di sviluppo e di continuità di una cultura che metteva capo al Croce. Gramsci annoverava tra i contributi positivi allo sviluppo della scienza « la lotta del Croce contro la trascendenza e la teologia... ». Ma, avvertiva subito dopo, la filosofia del Croce rimane pur sempre "speculativa"; e da quel *ma* il Gramsci passa a indicare a grandi linee il lavoro che spetta al pensiero non borghese, oltre il Croce; avvertendo che, « come l'hegelismo è stata la premessa della filosofia della prassi del secolo XIX, così la filosofia crociana [potrà] essere la premessa della filosofia della prassi nei giorni nostri... ». E aggiunge: « Bisogna che l'eredità della filosofia classica tedesca sia non solo inventariata, ma fatta ridiventare vita operante; e perciò occorre fare i conti con la filosofia del Croce; cioè per noi italiani, essere eredi della filosofia classica tedesca significa essere eredi della filosofia crociana... ».[5]

È più che legittimo dunque concludere che Palmiro Togliatti – il quale "civettando" insieme al Gramsci con Hegel e con la filosofia classica tedesca, negli anni del loro sodalizio torinese (1910-1914) aveva sin d'allora cominciato "a fare i conti con la filosofia crociana" – offriva con la sua presenza ai Lincei una prova di più che "l'eredità" di cui parlava Gramsci era già stata da tempo raccolta per essere portata più avanti.

A questa cronaca Mario Pannunzio dedicò uno dei suoi taccuini[6] per rimproverare all'incauto estensore di aver collegato due momenti culturali e due personalità così lontane e diverse:

« Il nostro dubbio non riguarda la liceità di caricare un semplice atto di presenza di tanti e così complessi significati. Ognuno, evidentemente, è padrone di attribuire alla propria presenza il significato che crede. Riguarda piuttosto il risultato di quei conti con la filosofia crociana nei quali, a quanto ci assicura il cronista, Gramsci e Togliatti hanno cominciato a cimentarsi sin dal lontano 1910. Sono passati più di quarant'anni; Gramsci la parte sua l'ha fatta e non è sua colpa si sa, se non è riuscito a dare alle sue meditazioni uno sviluppo più sistematico. La raccolta dei *Quaderni del carcere* ne costituisce la tragica e patetica testimonianza. Ma Togliatti? Non sapremmo in quale biblioteca andare a cercare i volumi in cui egli avrebbe tirato le somme di quei famosi conti e raccolto, portandola più avanti, quella famosa eredità. Si tratta, certamente, di un erede un po' scialacquatore. »

Fui quindi costretto a tornare sull'argomento con una lettera al « Mondo » che Pannunzio riprodusse integralmente e della quale stralcio la parte essenziale.

Vorrei – scrivevo – dar ragione all'estensore di quella nota, proprio per dargli torto sul piano crociano. Ma purtroppo, dico purtroppo, non v'è rimedio: Togliatti di libri ne ha scritti una decina, fra cui alcuni notevoli, come quello su *Gramsci*, quello su *Giolitti*; i *Discorsi agli italiani* (firmati M. Correnti), *Pace o guerra* oltre ai tre quaderni di *Rinascita*, oltre alle *Battaglie delle idee*, scritti di varia letteratura sparsi nell'*Ordine Nuovo*.

Posso anche immaginare che questi qui citati per il Taccuinista non siano *libri*, ma appena delle raccolte di discorsi, di articoli, di saggi, e poi prefazioni e scritti di occasione, ecc... Ma anche i *libri* di Gramsci, prima d'esser *libri* (così come gran parte dei libri dello stesso Croce che tutti rispettiamo, e il Taccuinista con noi) furono articoli, saggi, prefazioni, appunti, note e noterelle, talvolta scritte in margine alle più svariate letture, che andarono facendosi sempre più fitte, via via che più alte si levavano intorno a lui le mura della segregazione. Quanto poi alla obiezione che la natura degli scritti di Togliatti sarebbe più politica che filosofica, più genericamente culturale, che non specificamente letteraria, più ispirata all'azione che non improntata alla speculazione e alla storiografia, vorrei, se mi è consentito, chiarir le cose senza scomodare i classici del marxismo, ma chiedendo lumi al Croce stesso, che nella *Storia come pensiero e come azione* avverte (pp. 68-69) come sia opportuno « tener presente che una rivoluzione mentale, veramente piena e viva, si lega a una correlativa rivoluzione morale, a un nuovo orientamento e atteggiamento rispetto ai problemi della vita pratica; e tra le due si stabilisce un circolo mediante il quale si rinvigoriscono e si ampliano a vicenda... Il medesimo contrasto delle due correlative ma separate rivoluzioni fu reso popolare da Enrico Heine, ed è ricordato in quei versi del Carducci, nei quali Kant e Robespierre, *ignoti, in un desio di veritade con opposta fé*, decapitano l'uno Dio, l'altro il re ». Ritorno sul passo già citato per indicare in quest'abbraccio Kant-Robespierre quello che meglio si sarebbe prestato a un "richiamo" crociano da parte di un buon lettore del Croce; e sul quale anche Gramsci si dà a vagheggiare un'unità culturale in cui politica e filosofia se ne vanno a braccetto; senza notare poi che su quella contrapposizione e quel ravvicinamento, già indicati in *Conversazioni critiche*, e poi nella *Storia come pensiero*, eccetera, Croce tornò spesso, con vario vigore, talvolta calpestando i suoi stessi dubbi (circa la validità delle storie di partito, e circa il *noto* e il *conosciuto* per il politico e lo storiografo...) per sostenere il principio storicistico della teoria storiografica nascente dall'azione e conducente all'azione. La quale azione (pp. 172-173) « non è la traduzione o l'applicazione di un programma bello e determinato, ma una creazione che a ogni moto si rinnova e si accresce ». E conclude (pp. 181-182): « Non ci si vorrà fare il torto di immaginare che noi pensiamo che la storiografia di cui qui si parla, poiché è di sua natura filosofica, sia stata fabbricata, o aspetti d'essere fabbricata dai filosofi specialisti, o, peggio ancora, dai professori di filosofia. Essa è stata sempre nel mondo... Ed è dunque sparsa in tutte le memorie del genere umano, *in tutti i libri, in quelli che si chiamano di storia e in altri che si chiamano diversamente*; (mio il corsivo) e filosofica, di perpetua e viva filosofia, si ritrova sempre che si prenda ad analizzare la genesi logica delle sue affermazioni. Spesso, anzi, i filosofi addottrinati e specializzati, i filosofi di mestiere, più o meno prigionieri di astrattezze, nel mettere le mani nella storiografia, invece di promuoverla e di perfezionarla, l'hanno resa vacua, discreditando la filosofia stessa ».

Avvertiti dunque gli incauti che volessero commemorare Croce, rilasciando carte di autorizzazioni a quanti lavorano per arricchire e sviluppare l'eredità crociana. E lasciamo pure, ai professori di filosofia la responsabilità di "scialacquar" (loro sì) quell'eredità, dissipandola in intere biblioteche formate di libri vacui e morti a ogni pratica utilità! Molti di codesti professori fanno come il cantastorie (di cui parla il Croce) il quale, pur divenuto cieco, non smise di cantare storie, anzi « continuò per qualche tempo a dissimulare la sua cecità col tenere in mano il libro come se vi leggesse ». Ma poco durò la sua finzione, poiché, quando gli uditori « si accorsero della sua disgrazia e che non leggeva più "nel libro", nel libro che era per essi garanzia di realtà... », lo disertarono. E notare che il Croce, con evidente trasposizione, dice "realtà", non "verità", quasi per rendere più ammonitrice la parabola; e non tanto per coloro che nascono ciechi, o che tali diventano nel corso della loro esistenza libresca, quanto per coloro che deliberatamente chiudono gli occhi, per non vedere proprio la "realtà delle cose", fin troppo evidente.

6

Aureo trattato sul saper morire

Verso la fine del XIII secolo sorse in Provenza, e si diffuse ben presto in Italia, sull'esempio della reazione valdese e càtara, un movimento settario che si proponeva di combattere l'opulenza e la corruttela dei costumi che minacciavano la Chiesa e corrodevano la fede, allontanandola dai sani ed evangelici principi di povertà e di umiltà. Tale scisma nasceva proprio nell'ambito dell'Ordine dei minori, che, già dimentico della predicazione francescana, non aveva più in spregio né ricchezza né benessere. E furono proprio minoriti coloro che si sollevarono contro la corte di Avignone e contro il clero romano, i quali avevano, secondo la loro predica, peccato di eresia per essersi scostati dal Verbo di Cristo che non aveva posseduto, in proprio o in comune, alcun bene, ma di tutte le cose che la Sacra Scrittura considera sue, egli non ebbe che l'uso di fatto; e sia lui che gli apostoli non ebbero il diritto di alienare quelle cose né col venderle né col donarle né col darle in cambio d'altre; e quindi che i papi o i prelati, avendo speculato sui beni della Chiesa e commerciato persino le cariche, erano caduti in eresia e avevano perso ogni autorità.

Assai indicativa al proposito una *Regola dei Frati d'Altopascio* in cui è rigorosamente stabilita per statuto la condotta di vita del frate. In un certo punto vi si legge: « Et non adimandino da ora inanti li frati per cosa dovuta, se non pane et acqua et vestimento ch'a loro si promette. El vestimento sia umile, imperciò che i signori nostri poveri, de' quali noi confessiamo essere servi, nudi et bructi vanno; et sconcia cosa è lo servo esser superbo, e 'l signore umile ».[1]

Benché anteriore all'epoca di cui si parla, questa regola può aiutare a capire come fosse comune il concetto che il frate dovesse considerarsi servo del povero e più del povero « fame patire et peggio vestire ». La questione sollevata dal Fanfani[2] circa la data attribuita dal Lami a questa versione non modifica il discorso; qui basta sapere che come lingua essa è assai vicina al trecento e che quindi la redazione originale non può rimontare che alla prima metà del duecento; quando ossia, far professione di povertà e umiltà non è più tanto tenuto dalla Chiesa in sospetto d'eresia, giacché i valdesi e i càtari sono già stati debellati e si tenta ora di assorbire anche il movimento francescano.

La diffusione di questi principi doveva però costituire un pericolo per i fiorenti traffici dell'epoca; è ciò che ben presto avvertì la Chiesa; la quale, accogliendo nel suo seno i francescani credeva di aver ormai scongiurato i danni derivanti alla sua cupidigia di potere terreno dalla pertinace predicazione di quei frati minori che volevano a ogni costo far trionfare la povertà e l'umiltà, sulla ricchezza e sulla rilassatezza dei costumi. Sul principio le comunità laiche parteggiarono per una maggiore castigatezza di costumi, ma dovettero piegarsi alle ragioni della Chiesa, non solo perché quei predicatori di povertà costituivano un impaccio al libero svolgersi delle mercature, e al conseguimento del benessere da parte di una borghesia che diventava più avida a misura che i commerci fiorivano. Onde non può meravigliare se laici e prelati cercassero di dimenticare la satira con cui avevano fino allora irriso alla opulenza prelatizia, dicendo che « Dio non è trino, ma è quattrino » e simili.

Vi sono tuttavia fazioni che non cedono al potere del Papa; e merita a tal proposito una rilettura di un documento del tempo intitolato « Lettera dei fraticelli a tutti i cristiani nella qual rendono ragione del loro scisma ». Scritta verso il 1336 (la versione, ma l'originale dev'essere anteriore) vi si legge: « Dicemo che la expropriatione di tucte le cose sì in spetiale como che in comune facta per Dio è meritoria et sancta »; e più oltre: « Diciamo adunque che noi ne siamo separati da li sopra decti prelati (in peccato, per concubinaggio e cupidità) per 3 casioni. La 1ª è la heresia. La 2ª la symonia. La 3ª è la publica fornicatione. Quanto ad la prima dicemo che Jacopo chiamato Johanni XXII, il quale morì ne l'anni MCCCXXXV, fu et morì pertinace heretico, come che se demostra chiarissimamente, in quattro statuti che esso fece, ne li quali scripse et seminò molti herrori... ».[3]

Non doveva essere certo un sentimento di avversione partigiana questo dei fraticelli della povera vita, se anche nel Villani leggiamo che Papa Giovani XXII « Assai fece grandi e ricchi i suoi parenti, ma non si ricordava il buon uomo del Vangelo di Cristo: *il vostro tesoro sia in cielo, e non tesaurizzate in terra* ».

Papa Giovanni riuscì comunque a frenare con la parola e con l'azione quel movimento settario che, appellandosi alla povertà di Cristo e degli apostoli, si proponeva di correggere, se non addirittura punire, il male che la Chiesa diffondeva col fatto e con la dottrina, impinguendo e sostenendo la legittimità dei privilegi acquisiti.

E la persecuzione, che cominciò con il Concistoro di Avignone del 1321, ebbe origine dall'arresto di un certo beghino, reo di aver diffuso idee propugnate da frate Michele da Cesena, circa la povertà di Cristo e degli apostoli. Ma leggiamo il documento relativo a questa sapiente operazione poliziesca: « Nell'anno Domini Milletrecentoventuno, frate

Michele da Cesena ["Michele Fuschi da Cesena, ministro gener. dei minori, anticardinale, eretico apostata", così lo definisce il Moroni [4]] essendo Generale ministro dell'Ordine de' frati minori, nell'anno sesto del suo ministero, alcuno bighino, o vero pinzochero, fu preso nella città di Nerbona, per fatto di resìa... Il quale bighino, intra l'altre cose, affermava che Cristo e gli apostoli, via di perfezione seguitando, niuna cosa ebbero per ragione di proprietade e di signoria, né ispeziale, né eziandio in comune ». Da questa semplice proposizione nasce la controversia circa il sospetto di eresia, che viene punita con la morte. Papa Giovanni nel 1329 scomunicò e depose il frate Michele Fuschi da Cesena, il quale riuscì a conquistare la stima dei principi tedeschi e a rifugiarsi in Germania sotto la protezione del Bavaro, in compagnia con altri padri. Dice lo Zambrini in proposito: « La guerra dei Fraticelli contro Papa Giovanni XXII e' suoi successori, incitò pure la Corte di Roma a grave sdegno; sicché in breve si cominciò loro una crudele e fierissima persecuzione, coll'intendimento di distruggerli fino all'ultimo germe. E però che, secondo pur dice un grande filosofo e politico, i profeti senza danari e senza armati sogliono per lo più mal capitare, così molti di quegli infelici, padroni della sola parola, terminarono sul rogo la vita ».[5] Ma come si è detto, frate Michele Fuschi da Cesena conquistando la simpatia dei principi tedeschi, e particolarmente del Bavaro, riuscì a scampare dalla morte.

Ciononostante, circa sessant'anni dopo, la predicazione di questi martiri non si era ancora del tutto spenta; se la storia può offrirci ancora un documento di crudele persecuzione nella persona di un povero fraticello, che si chiamava anche lui Michele, anche lui facente parte della setta dei fraticelli della povera vita, anche lui, come i suoi dispersi fratelli, propugnatore di un'evangelica povertà del clero. Egli ebbe la sfortuna tuttavia di predicare in tempi diversi, quando cioè la maggior parte dei dottori della Chiesa avevano già consentito all'autorità del papato. Questo frate si chiamava Michele Berti da Calci, e la sua pietosa fine ci viene narrata da un anonimo trecentista, in un prezioso libretto che lo Zambrini pubblicò nella sua *Scelta di curiosità inedite o rare* e Francesco Flora, con una diffusa nota introduttiva, ha ristampato ultimamente nella collezione in 24° diretta dal Pancrazi per Le Monnier.[6]

Le idee propugnate da Fra' Michele Minorita sono quasi le stesse che già conosciamo, ma ciò che sorprende in lui è la fede incrollabile nella verità e nella necessità della sua missione; per cui pur potendosi salvare, mercé un'ampia sconfessione del suo errore, irride alla salvazione e schernisce coloro che ve lo esortano « ché, stando nel mezzo de' farisei, faceva vista d'andar baloccando per le mura, e in qua e in là, guatando ora l'uno ora l'altro, facendosi beffe delle loro stultizie ».

Preso per delazione, come oggi si direbbe, di due pinzochere fiorentine, nella casa delle quali era stato tratto con inganno, Michele Berti fu imprigionato dal tribunale dell'Inquisizione e processato per aver diffuso a mezzo della confessione principi eretici. Il processo dové svolgersi – come racconta l'Anonimo trecentista – con sistemi sommari e pervertendo la natura delle affermazioni dell'accusato. Lo scrittore, certo seguace del sant'uomo, narra la sua prigionia e infine il suo calvario sino al rogo, ove « arsi che furono i legami, cadde in terra ginocchione, colla faccia verso il cielo e la bocca tonda, morto » – una descrizione indubbiamente di plastica evidenza.

Lo Zambrini, che ne fu il primo editore – osserva Flora – sottomise l'importanza letteraria di questo libretto a quella dei documenti (qui, come nella prima stampa riprodotti in appendice) che sono scritti, invece, in lingua curialesca assai meno efficace. Ma il Fanfani ne avvertì gli indubbi pregi, se pur con faticosa e agghindata prosa, seppe render merito all'editore, scrivendogli: « questa storia di Fra' Michele è cosa proprio da leccarsene i baffi... entrando poi nella materia di questa storia, veggiamo se una pittura più viva e più vera di questa si può né anche immaginare: essa è un quadro parlante del fanatismo religioso, dell'audacia delle sette, della costanza e fortezza d'animo... della malizia, della ipocrisia e del cieco furore pretesco di quel secolo, del quale si vede maestrevolmente drammatizzato uno dei fatti più tristi. E la lingua? Efficace, schietta, ricca, variatissima, quale insomma si trova in pochissimi scrittori anche di quel secolo, che fu pure chiamato il secol d'oro... ».[7]

E la testimonianza umana? Direi che essa non è secondaria al documento letterario: « sono, » dice Flora « in questo racconto alcune di quelle parole che destano nell'animo umano non so che sussulto cosmico, quasi di una rivelazione; come se d'improvviso l'uomo apprendesse o ricordasse la ragione ultima per la quale egli può meritare il nome e la dignità di uomo ». Infatti, quando a Fra' Michele domandano: « Che è questo perché tu vuogli morire? Rispuose: Questa è una verità ch'io ho albergata in me, della quale non se ne può dare testimonio se non morto ».

Parole che valgono un monito; per dire che vi sono tempi in cui l'uomo deve saper difendere le sue idee perché esse sono l'unica testimonianza di verità da potersi esemplare solo con la morte. Per cui la vicenda di Frate Michele acquista un significato, al di là della stretta polemica religiosa e ben oltre quella, pure singolare, letteraria; da rendere perciò doppiamente preziosa questa ristampa.[8]

7

A che serve l'intellettuale

Il discorso interessa per il ruolo che vi tiene lo scrittore, il letterato, l'unto, l'illuminato membro di una "corporazione" che esige dai suoi adepti una maschera storicistica in cambio di scarsi o sostanziosi alimenti.

L'alternativa perciò è se si deve caricare di maggiori responsabilità l'intellettuale, per tenerlo più asservito, oppure, se si deve favorirne il disimpegno; che è, in definitiva un'altra forma travestita dell'asservire. Dunque: o storicizzarsi, sino al punto di veder ridotta in merce la sua opera e la sua persona, duplice testimonianza di complicità; o destorificarsi, tacendo: ossia non operando in alcun modo, a rigore, neppure pensando.

Ciò che più allarma è che a preconizzare tale fine, teorizzandola in tutte le sue motivazioni, è sempre, o quasi sempre, l'intellettuale-scrittore che, nel momento in cui così discetta, finge d'ignorare, (non potendosi estraniare dal contesto) che qualunque operazione non si esplica al di fuori delle strutture; e, di conseguenza, ogni trattazione, per rischiosa che sia, crea sempre un rapporto dialettico col sistema, anche se si avvale di mezzi autonomi.

Se dall'operazione letteraria le sovrastrutture non escono non dico modificate ma nemmeno aggredite, è perdita di tempo parlare dell'operatore come intellettuale nell'unico senso che può interessare il processo storico rivoluzionario: capace cioè di discriminare – a dirla con Fortini – « quel che nella dissoluzione dell'individualità è opera di morte dei poteri alienanti da quel che è conquista contro di quelli ». E vorrei aggiungere: anche contro quella parte di sé che tende a poterizzarsi, cioè farsi potere alienante non appena ci si rifugia nel gruppo che può fornire la maschera le armi e lo scudo adatti.

Altrimenti l'intellettuale si riduce ad essere colui che archivia secondo un codice ereditato, per diventare così conservatore anche del suo stesso suicidio in quanto intellettuale.

Cesare Luporini tempo fa[1] trattando del problema della partecipazione o meno degli intellettuali alle lotte contro la repressione sosteneva la necessità di « cercare che cosa vi è da modificare e innovare in quel rapporto (intellettuali-partito comunista)... Certo è però che negli "uomini di cultura" prima di tutto dobbiamo sollecitare e tendere a suscitare capacità di intervento autonomo, anche critico eventualmente nei nostri riguardi, ma di reazione pronta, democratica, sui grandi problemi della vita civile e politica ».

Non c'è bisogno di Freud per leggere in quel passo quasi una confessione, un esame di coscienza, davanti a un interlocutore che accusa tacendo; e diventa tanto più spietato quanto meno fa udire la sua voce.

Qui l'intellettuale si è spaccato in due, una metà è l'intellettuale che avverte la crisi che investe il suo essere uomo d'intelletto, l'altra metà è il politico che trova rifugio nel partito e sollecita la prima a farsi coraggio e a non respingere la critica che eventualmente, eccetera... Dove si pone piuttosto un problema interdisciplinare di primaria importanza e che non può risolversi semplicisticamente per deleghe disgiunte; cioè, io autorizzo una parte di me (scrittore o filosofo o poeta) ad aggredire l'edificio politico come rappresentanza di potere alienante, che io stesso ho autorizzato ad aggredirmi nella mia sfera specifica. Il movimento è uno solo anche se si svolge in una duplice direzione con andamento alterno, a spoletta.

Di proposte miranti alla soppressione dell'arte nella società capitalistica per la sua colpa di « suscitare piacere e neutralizzare l'errore del mondo... in un atto strettamente individuale e aristocratico » ce ne son sempre state e sempre ce ne saranno (anche durante il regime fascista ci fu chi redasse il suo bravo manifesto distruttivista [UDA, 1929] partendo da premesse marxiste):[2] direi anzi che esse sono salutari richiami per ricordarci che ciò che suscita « piacere e neutralizza l'errore del mondo » non è arte: la quale, nella sua vera essenza, non fornisce correttivi agli errori secondo prescrizioni e precetti; ma è sempre disattesa, usticante, evocatrice di paura, non di consolazioni.

Di conseguenza il discorso deve cadere sul linguaggio, sulla specificità di esso, ed è il terreno di prova su cui chi scrive o dipinge o fa musica, da intellettuale generico (nel segreto della sua coscienza forse conservatore non soltanto degli agi che riesce a cumulare, ma anche dei materiali empirici con cui si procura di essere artista) si promuove artista; stavo per aggiungere rivoluzionario, non ve n'è bisogno. È una tautologia che continueremo a usare finché non avremo capito che cos'è « il vuoto da colmare », di che cos'è fatto « il mistero da penetrare » – per dirla con Ferretti al cui ragionamento[3] ci sarebbe ben poco da aggiungere.

8

Lettera a un amico

Sono un isolato, su un'isola: non formo gruppo in un gruppo, che fa gruppo in un gruppo di potere. A che, a chi "serve" una mia parola? Può mai venire a qualcuno il sospetto che essa non serve oggi perché non ha mai "servito"? Tu stesso non la leggeresti volentieri: o, leggendola, la leggeresti per dimenticarla subito.

Anzitutto non credo all'impostazione del problema e del quesito che ne discende: « per un partito moderno ». Quale partito?

Sento, nella domanda, un che di sottinteso: che cosa cioè debba fare un partito per crescere come partito di massa, e meritare, insieme al "moderno", anche l'attributo di "grande".

Astraendo da questo o quel partito, posso dir solo che i partiti in genere non sono né "moderni", né "grandi"; semplicemente *sono*. E *sono* nella misura che la realtà li fa essere, una realtà che *è* quella che *è*, anche per l'azione che i partiti stessi esercitano su di essa. Il voler fare "grande e moderno" senza prima sapere in che modo, da piccoli e da antiquati, essi abbiano contribuito a trasformare o a deformare la realtà, è come voler inchiodare un chiodo nel muro senza disporre di un martello e nella speranza di possedere un muro e un chiodo; solo con la testa. Le soluzioni allora saranno tutte di testa: di inquadramento di quadri, di strutturazione delle strutture; di organizzazione degli organi; in una serie di schemi e di tautologie dove la libertà creatrice, la spontaneità individuale, la ricerca filologica e scientifica si riducono ad ascisse e a ordinate...

Il risultato è un'ipotesi, nel migliore dei casi; rifiuto della dinamica, che è crescita, per la cosa, per il fatto. Nei casi peggiori è caporalismo, stalinismo, statalismo cieco, degenerazioni che conosciamo.

In un mondo che produce tutto in massa, persino gli oggetti d'arte; che programma per masse e predispone la massa alla necessità di ottenere qualcosa di cui non sente il bisogno; in un mondo in cui la scuola come le pillole antipolio, la fede come i tranquillanti e gli antifecondativi, vengono somministrati su vasta scala, si suppone che anche un partito, per sopravvivere, debba programmarsi per aree d'influenza sempre più sterminate. C'è in questa predisposizione all'espansione, oltre che un infantile avvenirismo, anche un ripudio del proprio passato, quasi un freudiano complesso di colpa luttuosamente ancestrale... Mentre quel che oggi si desidera è proprio una confessione freudiana, o se vuoi cristiana, delle proprie colpe, dei propri errori. Bisognerebbe sapere come nasce un partito, da quali esigenze, per quali servigi. Mi si dirà che questo è stato fatto abbondantemente e tuttora lo si fa. Forse; ma istituendo a necessità storica i secondi fini, gl'inganni, i compromessi. Invece, mai come ora, bisognerebbe ricorrere alla tanto derisa autocritica, ma come norma collettiva, collegiale, non come umiliazione individuale di fronte a una opposta e infallibile autorità depositaria della verità.

Denunce e rampogne delle colpe altrui, per giustificare i propri errori, ne abbiamo fin sopra i capelli; quel che occorre è studiare il proprio passato a dispetto di tutte le mitologie.

Il parallelo che spesso si traccia fra partiti e industria, fra partiti e chiese, torna a tutto svantaggio dei partiti: l'organicità programmata della prima, l'organicità spontanea delle seconde non trovano che pallidi riscontri nei partiti moderni.

Giorni fa miravo la squallida perfezione dei giocattolini di plastica che costano niente, e durano meno che niente, e che mio figlio abbandona ad ogni angolo della casa; e in mente mia li raffrontavo a quegli splendidi, complicati e costosissimi giocattoli, prodotti da grandi industrie altamente specializzate, e concludevo: difficilmente l'industria che fabbrica quei giocattolini da tre soldi potrebbe costruire quei gioielli di micromeccanica; ma è pure impensabile che la microtecnica applicata al giocattolo possa programmare la fabbricazione di stupidi balocchi di plastica stampata.

Similmente le chiese, per quanto si organizzino a livello di massa, per quanto proselitismo facciano in regioni lontane dai loro centri naturali di vita, attraverso missioni e propaganda, mai mescolano i loro riti a quelli delle religioni rivali; mai si sentirà un sacerdote della chiesa buddista predicare il Vangelo, e mai un sacerdote della chiesa cristiana recitare sutre e predire il Nirvana. Eppure questo fanno comunemente i partiti, si rubano il pane di bocca, si strappano il credo dalle mani l'un l'altro per far clienti e proseliti, appunto per diventare "grandi e moderni". Sarebbe come se l'industria del giocattolo di precisione sfornasse balocchi di plastica a prezzi elevati; o quella della plastica, giocattoli di alta precisione meccanica, da tre soldi però, e che si rompono subito; un assurdo, come il buddista che pregasse per ottenere un posticino nel Paradiso Terrestre e il cattolico per raggiungere il Nirvana... Da qui discende la sfiducia verso la cosiddetta partitocrazia, che non possiamo condividere né in senso assoluto, né in senso relativo.

Chi ha impiegato mezza esistenza come me a rispettare i tabù che la vita gli gettava tra i piedi sa bene che non gli basterà l'altra metà, se gli rimane, per abbatterli. Uno di questi tabù sono proprio i partiti quando si modellano l'uno sull'altro, si rubano programmi e adepti e si calpestano vicendevolmente in vista delle prossime elezioni per strappar voti, installarsi al potere, in nome di una salvezza che, gratta gratta, differisce poco da quella promessa dall'altro partito concorrente.

La colpa di noi intellettuali di fronte a questo maledetto imbroglio, è di essere sempre troppo tolleranti o troppo rispettosi o troppo indifferenti nei riguardi dei partiti. Anch'io, come tanti, affido ai dirigenti di essi il compito di pensarci per me; demando ad un altro il potere di parlare e decidere in mio nome, nella piena convinzione di aver intanto salvato me a me stesso. Così, di trasferimento in trasferimento, noi ci alieniamo a noi stessi, trasferendo assieme all'ipotetica soluzione dei nostri bisogni materiali e morali, anche la nostra responsabilità; sottraendoci così a quel concreto storico di cui noi siamo infinitesimi fenomeni.

Senza una concezione critica del mondo non si hanno scelte ideali, senza scelte ideali non si hanno finalità concrete, senza finalità concrete non si hanno organismi viventi, ma toppe e tappi; argini, nei casi migliori, dighe, non fiumi (torbidi, limpidi e impetuosi, ma fiumi) cioè acqua che scorre, e che nell'attimo in cui ne analizziamo gli elementi che la compongono, nell'istante in cui percepiamo i sassi che essa sfiora o che precipita a valle, è già passata; mentre un'altra acqua (secondo un esempio antico quanto l'uomo) scorre sotto i nostri occhi.

Una concezione del mondo l'hanno avuta i liberali (per restringere il campo all'Italia), i repubblicani, i democristiani, i socialcomunisti: tutti gli altri partiti si fanno imprestare parcelle di quelle *Weltanschauungen*: dai liberali, per quanto attiene ai sacri concetti della libertà, dai repubblicani per quanto concerne gli ideali mazziniani del Risorgimento, dai democristiani per il rispetto delle soprastrutture religiose, dai socialcomunisti per tutto il residuo sociale irrisolto. Di proprio non vi aggiungono che il q.b. per consentire l'amalgama. Si osserverà che proprio in questo sta la loro forza: nel proporsi quali nuove sintesi pronte a far storia?

Se così fosse – e non insinuo che non lo sia – essi dovrebbero proporsi prima all'urto, non precostituirsi all'urto come negazioni delle negazioni, cioè come risultato di una dialettica già scontata. Per non ridursi a pure ipostasi tautologiche di negazioni, essi dovrebbero istituirsi con forze originali di fronte al proprio avversario, in una libera opposizione, in cui ciascuno dei due opposti sia disposto a perdere o ad acquistare: a trasformarsi, in altri termini. Questa dovrebbe essere la prima sostanziale *libertà* di cui i nuovi partiti si proclamano portatori: una libertà capace di vivere una « vita pericolosa e combattente », direbbe il Croce, alla cui educazione storicistica repugnava persino l'immagine di « una libertà senza minacce e senza oppressioni ».

Che libertà si istituirebbe altrimenti, sopprimendo l'avversario perché troppo pericoloso, per prenderne il posto perché ormai i suoi ideali sono vanificati, e il meglio lo abbiamo ereditato noi? Nessuna libertà può nascere se non si accetta come premessa la presenza dei contendenti, in posizione dialettica, ma allo stesso livello. « Anche la libertà, se elevata a sistema » disse un giorno Alain « diventa menzogna, cioè arbitrio. » Dobbiamo dunque guardarci da tale arbitrio e accettare il principio che la vera libertà

non può essere concessa dalle chiese, dai partiti, dagli enti
di sviluppo economico, dai sindacati, dagli stati, ma è conquista individuale e di classe, dimensione stessa della verità, non appannaggio o attributo di una casta che la suc-
chia fin dalla culla, assieme ai titoli azionari, nei biberon
dei "privilegi inalienabili".

9
I naturali alleati

Con i fatti di Polonia, e quelli ancora più gravi d'Ungheria, si è aperta una crisi nel sistema socialista, e di riflesso in tutti i partiti comunisti e socialisti del mondo occidentale. Di fronte alla quale tutte le scelte sembrano facilitate, da quella del complice silenzio, a quella della firma ad una protesta, non importa da quale parte elevata, per condannare l'aggressione, fino alla denuncia degli errori compiuti dai dirigenti del movimento operaio. Meno facile è l'analisi delle proprie responsabilità, quindi dei propri errori, non per un mea culpa che lasci le cose come sono, ma affinché dall'esame possa derivarne un orientamento utile sì alla sinistra, ma anche a noi intellettuali preoccupati da ogni ritorno di fascismo.

Fu errore l'aver appoggiato e suffragato con un voto o con una firma tante battaglie? Non posso crederlo, se fu grazie a quelle lotte che molti di noi trovarono l'orientamento per un'unità democratica che, superando differenze ideologiche, infranse il cerchio magico dell'ineluttabilità della miseria o della guerra fredda.

In che cosa consisté dunque l'errore che noi, "alleati" avallammo inconsapevolmente? Gli errori – converrà intanto passare al plurale – furono molti, ma sempre conseguenti a quella che può definirsi la matrice di tutti gli errori: ossia quel centralismo in virtù del quale molte iniziative, dopo una prima ondata favorevole – quasi fosse quello l'obbiettivo stabilito: suscitare un'ondata di simpatia, o di protesta, o d'indignazione, – finivano per perdersi strada facendo, senza una partecipazione attiva di chi le aveva sostenute e promosse. Perché al "centro" il risultato era già "raggiunto" prima di promuovere l'azione, per quella presunzione squisitamente politica di saper sempre in anticipo come stanno le cose, escludendo perciò dall'elaborazione delle "tesi" proprio quegli "alleati" cui si chiedeva aiuto; come "compagni di strada", considerati "alleati naturali" ma anche troppo infidi per poter contribuire all'elaborazione di quelle tesi che, una volta proclamate se non degeneravano in dommatismi, si esaurivano in una serie di tautologie. Come gli asfissianti appelli per il realismo socialista e contro ogni forma d'arte d'avanguardia giudicata sommariamente decadente e di evasione.

Non sempre tacemmo. Ma forse non protestammo abbastanza quando ci ritrovammo inascoltati. Rammenterò il mio intervento su *Ulisse* in una dialettica difesa dell'astrattismo; e meglio ancora una corrispondenza sul « Contemporaneo » dove denunciavo l'inutile orpello che noi "alleati" avevamo rappresentato in un Congresso per la Rinascita del Mezzogiorno.

La destalinizzazione giunse opportuna – nonostante le remore e i vizi con cui si manifestò – nel momento in cui una rottura fra PCI e i suoi "naturali" (troppo naturali alleati) sembrava imminente. Essa ridiede fiducia ai tiepidi, ritemprò i timidi, fece intendere che la giustezza della causa per cui si era combattuto aveva superato la sua fase più negativa; e che ora grazie a un benefico ricambio, iniziava un'effettiva democratizzazione della vita interna dei partiti a cui le ali dell'intero schieramento avrebbero potuto far giungere le loro istanze che erano poi in definitiva quelle dell'intera massa dei simpatizzanti di sinistra senza partito. Così non fu; o lo fu, ma solo in parte. Ancora una volta le ali rimasero impigliate come le civette dei cacciatori, col filo legato al piede: il filo delle apostasie, delle eresie, il filo che fa scattare il congegno d'allarme delle condanne.

Così molte buone intenzioni e molte velleità rientrarono mentre l'unità della cultura di sinistra andava in frantumi.

Ancora una volta le "alleanze", disunite e quasi paralizzate, videro avanzare le ombre di una rivolta dalla Polonia all'Ungheria, e le minacce di una conflagrazione assai più vasta estendersi dall'Algeria all'Egitto.

Il caso di Sartre e di tanti meno illustri alleati della classe operaia è sintomatico: essi "rompono con gli amici comunisti"; non più con i comunisti, o almeno con quella parte che si fa garante dell'intervento sovietico, ma neppure con gli imperialisti che impiccano e bombardano in nome di un'astratta civiltà da salvare.

Disillusi su tutta la linea? A nulla dunque è valso l'apporto dei "naturali alleati della classe operaia"? Potrebbe mai ridursi a questo il mesto bilancio di un'esperienza che prometteva tanto perché si fondava sulla speranza di fecondi innesti democratici nel movimento operaio assai più fruttuosi di quelli socialistici nelle strutture del mondo capitalistico?

Ciò che è accaduto in Polonia e in Ungheria conferma nella maniera più allarmante che la rottura fra il centralismo burocratico e le alleanze naturali non porta al socialismo: i fatti confermano come non sia possibile una politica socialista cui manchi l'aiuto dei senza partito. E l'appoggio dei senza partito non lo si conquista con "ordini di servizio", e nemmeno con "ordini di sevizie", deportazioni, e carri armati compresi; ma con la paziente dialettica, di cui è capace solo chi nel dettar legge è in grado di persuadere nella stessa misura con cui è disposto a lasciarsi persuadere, almeno dal suo naturale alleato.

Chi conosce la Cina da vicino sa che la rivoluzione cinese si è compiuta "contro" l'Unione Sovietica; cioè contro la concezione staliniana del potere socialista in un paese guida. Il che ha portato quel popolo ad ordinarsi prima che quale stato comunista (neppure socialista, ad essere esatti), come uno stato di transizione, ove la divisione fra burocrati castigatori e cittadini castigati a costruire il socialismo è stata denunciata e corretta ogni volta, al suo primo manifestarsi.

Qual è dunque la posizione più giusta dei "naturali alleati della classe operaia" di fronte agli errori staliniani corretti con altri errori di tipo staliniano? Credo sia quella di parlare chiaro, rompere le equivoche alleanze con lo stalinismo, e fedeli al socialismo per il quale ci si è sempre battuti, denunciare errori e nefandezze da qualunque parte provengano, sempre operando però in modo che la divisione degli animi non degeneri in odio e in guerra.

10
La parte degli intellettuali

Con l'approssimarsi del 23 ottobre, primo anniversario dell'insurrezione ungherese, sono apparsi sui muri delle nostre città manifesti d'ogni sorta, stampati a cura di varie organizzazioni politiche o parapolitiche, celebranti quelle fosche giornate dell'autunno 1956, che – comunque riguardate, da qualunque parte considerate – meritano d'essere ricordate come quelle che dettero vita a un nuovo concetto di libertà nella coscienza degli intellettuali di tutto il mondo.

Nell'atto stesso di chinare la fronte davanti alle tombe ancora fresche che accolsero – quando le accolsero – le spoglie dei caduti di ambo le parti, e pur respingendo la tentazione di allargare il discorso "ai torti" e "alle ragioni" delle due parti in lotta, non ci si può esimere dall'osservare che quelle "giornate" nacquero nel segno della rivolta della coscienza critica e della coscienza creatrice, contro la coercizione burocratica sorretta da un'astratta "ragion di stato".

Fu infatti una sparuta pattuglia composta da 64 scrittori che diede per prima (10 novembre 1955, circa un anno avanti) l'allarme, con un manifesto indirizzato al Comitato Centrale del P.C. (partito a cui i 64 erano tutti legati) per difendere la politica liberalizzatrice di Imre Nagy e per denunciare i metodi coercitivi contro la libertà della cultura restaurati dal nuovo primo ministro Andar Hegedus e dalla sua « burocrazia intellettuale » — come fu definita dagli scrittori Gyula Hay, Tamas Haczel, Tibor Dery. Fu ancora la Federazione degli scrittori che lanciò la prima sfida (marzo 1956) a Rakosi, con un atto di critica e di sfiducia, eleggendo con 103 voti contro 2 il proprio candidato alla segreteria generale, e mettendo in minoranza il candidato presentato e sostenuto dal governo. Fu dal Circolo Petöfi come dalla « Irodalmi Uiság » (la « Gazzetta letteraria ») che risuonarono i primi gridi contro il sopruso, la fame, la menzogna...[1]

Si era tanto predicato per una cultura *engagée*, ed eccola *engagée* sino al collo; pronta cioè ad offrire questo al capestro pur di non tradire quel « patto con la verità » appena allora concluso. Infatti dal Circolo Petöfi parte all'alba del 23 ottobre 1956 la prima scintilla con quell'invito ai cittadini di Budapest a una manifestazione di solidarietà per il popolo polacco; — la cui rivoluzione incruenta, dominata dalla personalità di Gomulka, era anche essa nata e cresciuta oltre che nelle officine di Poznan fra i banchi delle università, fra i circoli culturali, fra i giornali studenteschi e letterari.

Con questi e analoghi atti, gl'intellettuali ungheresi restituirono all'intelligenza non soltanto i suoi diritti, bensì anche i suoi doveri; quei doveri dai quali era stata estraniata sia da un'equivoca concezione circa la supremazia di astratti valori spirituali su ogni altro valore umano, sia da una non meno equivoca concezione mirante a subordinare all'interesse immediato di una classe — o di più classi alleate — ogni valore spirituale.

Agli intellettuali ungheresi tuttavia noi dobbiamo oltre all'acquisto di una coscienza critica, che ci ha permesso di individuare la strada della liberalizzazione dell'attività spirituale dalle costrizioni e dalle servitù d'ogni genere e colore, anche l'acquisto di una nuova concezione del lavoro intellettuale nel mondo contemporaneo. Si è ora almeno certi di questo: che il politico non è fra gli intellettuali, quell'"intellettuale completo" che assomma in sé le verità e i valori universali; ma che neppure lo scrittore, il poeta o il filosofo, sono depositari di quei valori universali, conquistati una volta per sempre e nella più perfetta ignoranza del mondo in cui vivono quei valori e dialetticamente vi devono rifluire.

Si è tentato in questi ultimi tempi da varie parti e con opposte intenzioni di definire la figura e i compiti dell'intellettuale nel mondo presente proprio sotto lo stimolo dei fatti ungheresi; e mi pare che il miglior contributo sia venuto da Felice Balbo, che scrisse: « Scrittori, filosofi, ecc. sono, certo, come tali, "uomini di cultura", sono, certo, potenzialmente, coloro che più degli altri hanno mezzi adatti per l'esercizio della funzione intellettuale, ma l'intellettuale resta a mio avviso qualcosa che "è" o "non è", a seconda che eserciti o non eserciti "effettivamente, sostanzialmente", una certa funzione... ». « E qual è tale funzione? Intellettuale, mi pare, è chi esprime con la parola o manifesti con l'esempio dei valori universali nel momento storico, e cioè chi "produce l'autocoscienza storica del suo tempo". E questo non è né un lavoro, come tale, né un mestiere, né una condizione. È precisamente una funzione sociale, per essenza dinamica, ossia un "momento" fondamentale del ciclo vitale della società: la funzione che risponde ai permanenti bisogni di sviluppo umano della società. »[2]

Ora io credo che gli intellettuali ungheresi, insorgendo contro la degradazione della loro funzione ("umanizzazione dell'umanità") e ricompromettendo (in un "tutto per tutto" assai rischioso) gli stessi limiti e scopi della loro funzione (finalmente non si parla di "missione" quasi sacerdotale!)

abbiano tuttavia indicato al mondo in che modo va inteso il lavoro intellettuale, in che modo occorre salvarlo per tempo dalle degradazioni del conformismo, in che maniera si può sottrarlo a quelle lusinghe fideistiche che lasciano intravedere un paradiso di verità acquisite una volta per sempre e refrattarie a ogni critica.

Poiché – così Balbo conclude il suo scritto: « all'intellettuale in particolare si addice, con estrema semplicità, proprio l'eroismo non dei momenti eroici... Se... l'intellettuale è l'anticipatore, è chi deve vedere e capire "prima" i significati del tempo, egli non può redimere con le armi e con il coraggio fisico quello che ha perduto con la penna e con l'intelletto... Gli intellettuali del Circolo Petöfi sono certo degni della massima ammirazione come uomini comuni, come cittadini ungheresi. Come intellettuali lo sono soltanto quelli tra loro per cui le parole e gli atti di quel giorno furono gli atti e le parole di un giorno come gli altri ».

Perciò, sollecitati da ogni parte in questi giorni di lutto a "dichiarazioni" per l'una o per l'altra parte, mi è parso non inopportuno ricordare che almeno una cosa dovremmo avere imparato dalla "lezione ungherese": che l'intellettuale non è quel territoriale che poi muore "non si sa come" nelle trincee. Ma è un soldato di linea, un combattente, in ogni momento della sua giornata, in ogni attimo del suo lavoro artistico, della sua ricerca scientifica. Oppure non è nulla, neppure quando indossa la casacca o la porpora delle grandi occasioni, per esecrare o plaudire. Voglio dire che esecrazione o plauso debbono essere impliciti nel suo lavoro, e non soltanto gli abiti da festa o da lutto.

11
Temerità e giudizio

Chi ha avuto la ventura di trovarsi, come a me è capitato, al centro del dibattito con cui gli intellettuali cecoslovacchi stavano per dare. inizio al nuovo corso politico nel loro paese, e ha avuto la fortuna di conoscere alcuni dei protagonisti di quel periodo, non può ora assolvere il proprio debito con una dichiarazione dettata dall'emozione e dallo sdegno.

Temerità esser pronto a fare giudicio, mi ammoniva Guicciardini. Perciò se azzardata mi appariva una mia reazione affidata all'impulso, inadeguati alla vastità e drammaticità di quegli eventi mi sono apparsi gli appelli e le proteste circolanti all'incetta di firme. Sicché non ne ho firmato nessuno, non volendo esaurire con una firma un patto di conoscenza e di solidarietà che richiede ben altro approfondimento, col rischio semmai di sbagliare, ma secondo una propria personale convinzione.

L'atto di accusa proprio nella sua implacabilità mi sembrava discendere dall'altro mondo: espressione di rigorismo manicheo, chi lo stende (e chi lo sottoscrive) divide il bene dal male, separa Lucifero dall'Angelo senza il minimo sospetto di portarsi addosso la puzza dell'inferno.

Infuriarsi contro un sopruso senza studiarne le cause mi sembrava di ripetere un atteggiamento "ritualizzato" come indossare una maschera adatta alla circostanza: quante volte non ci siamo coalizzati negli ultimi anni per lanciare appelli e proteste? L'indignazione a questo punto da sentimento, da grido dell'anima, si degrada in cosa ripescata nei ripostigli della coscienza, ancora una volta utilizzabile. Così da una protesta all'altra finiamo per istituzionalizzare l'ufficio protestatario dell'intellettuale, mentre per converso ci si va assuefacendo alle cause che le vanno provocando.

La mia perplessità deriva anche dall'insofferenza di ritrovarmi ad esercitare la mia censura proprio al fianco di coloro che avrei dovuto censurare: insomma, affianco al ladro, gridando al ladro, inseguito da ladri...

Voglio dire che nei tragici avvenimenti di Cecoslovacchia si riflettono tutte le contraddizioni irrisolte del mondo socialista; ma altresì tutte le provocazioni contraddittorie del mondo capitalista alla ricerca di una soluzione finale.

Isolando i due aspetti, per giudicarli separatamente, ci si pone fuori del problema, se ne perdono i legami, si schematizzano speranze e delusioni, torti e ragioni, si eludono in definitiva irresponsabilmente gli interrogativi laceranti che s'impongono alla coscienza socialista davanti a una svolta decisiva della storia.

Ricordo quando, a un dibattito a cui fui invitato, Hajek disse: « Si può misurare la libertà dalle avanguardie che operano in una cultura? Essa c'è o non c'è. Lo spazio di libertà della letteratura è assai meno necessario di quanto non lo sia nella vita quotidiana ».

Ecco da dove nasce il processo di liberazione, che si è tentato di esorcizzare sia da una parte che dall'altra, entrambe e per opposte ragioni interessate al suo fallimento. La riuscita del nuovo corso avrebbe significato per gli uni e per gli altri la dimostrazione della possibilità di autoliberazione delle forze socialiste, malgrado l'usura del potere, la capacità cioè di rinnovarsi liberando dal suo seno le spinte antagonistiche di una dialettica, all'interno dello stesso sistema socialista.

Oserei dire che ciò che ha travolto il nuovo corso, prima ancora dei carri armati, furono i girotondi gioiosi con cui le borghesie occidentali ne accompagnarono il manifestarsi, speranzose che il valzer potesse diventare un canto funebre. E in questa speranza s'insinuava anche il timore che quel processo liberatorio delle strutture economiche e degli apparati democratici potesse riuscire e proprio nell'ambito politico socialista e, coerentemente nella direzione del socialismo.

Per opposte ragioni il mondo comunista doveva sentirsene minacciato: regimi tuttora legati agli schemi di una concezione unitaria e centralizzata dello Stato, non potevano sopportare un esempio di pluralizzazione della direzione politica, ne temevano sia la riuscita che il fallimento, e l'erosione borghese.

Quando Ota Sik, in un incontro alla redazione del « Plamen », se la memoria non mi tradisce, parlò della democrazia nelle fabbriche e dei complessi problemi che essa comportava, ci ricondusse al cuore della questione, riproponendoci tutti i conflitti insoluti ereditati dallo stalinismo, e ce ne additava le possibili soluzioni, non mi pareva che avesse la mente rivolta più a occidente che a oriente. Era nelle fabbriche, oltre che fra gli intellettuali (aspetto piuttosto trascurato in queste settimane angosciose) che germogliava la democratizzazione della vita politica. Anche la barzelletta mormorata nella cantina o la satira del mimo a teatro scavavano a Praga solchi profondi fra opinione pubblica e vertice politico; ma era nelle riviste letterarie, nei circoli intellettuali, e nelle fabbriche che si costruiva il nuovo corso.

Dal labirinto oppressivo stalinista ancora perdurante, alla libertà di espressione (come incentivo questa della libertà di associazione; a sua volta promotrice di formazioni partitiche "d'altro interesse" che si designavano coi nomi e gli scopi più impensati) si è passati a un'atomizzazione di forze fra le quali potevano forse mimetizzarsi sia i conservatori di tipo novotnyano, sia i conservatori borghesi. Fino a che punto i leaders del nuovo corso avrebbero potuto "tenere" nell'urto frontale fra le due opposte tendenze? Tanto più, quanto più avessero ricevuto appoggi esterni?

Quando ci si stupisce che un confronto politico debba essere mortificato entro questi diagrammi repressivi bisognerebbe non dimenticare che una buona parte del mondo cosiddetto civile tiene in istato di segregazione le opposizioni di sinistra; un'altra parte del mondo in nome di una pseudodemocrazia esclude le opposizioni di sinistra dall'esercizio del potere in cui si alternano due partiti non opposti, ma complementari l'uno all'altro; e infine che, dove tali opposizioni riescono a ottenere qualche guarentigia, esse sono sempre o condizionate da false maggioranze o subornate con operazioni d'integrazione. Altrove è fascismo.

Una parola nuova, dunque, viene unicamente dal mondo socialista, non soltanto dalla Cecoslovacchia che ha sofferto di più nel pronunciarla: ed è l'indicazione di una svolta nella concezione della vita democratica, della libertà in cui questa deve esprimersi.

La via nazionale al socialismo dice qualcosa di più di quanto non si riesca a far intendere delimitandola nell'area di un solo paese che attua il socialismo. A percorrerla tutta con sincerità d'intenti, scevri dal timore d'imbattersi nel *bau-bau* capitalistico alla prima svolta, vi si incontrano un'infinità d'ispirazioni, ciascuna promossa da altre esperienze, cioè a dire da altre disobbedienze alla conformistica concezione di una leadership organizzata attorno a un centralinismo con direzione obbligata.

Oggi è più che mai evidente l'influenza che un paese può esercitare sull'altro, specie se si trova nella stessa area ideologica (lo dimostrò già Trockij osservando analogie di sviluppi storici tra paesi lontani fra loro); sono queste "influenze" che vanno come il polline a fruttificare all'interno di un altro contesto, generandovi nuovi orientamenti oppositivi.

L'esempio della Cecoslovacchia c'insegni che gli antagonismi insorti nell'ambito della direzione comunista di quel paese finiranno per rispecchiare prima o poi gli antagonismi sviluppatisi nella direzione politica di ogni singolo Stato dell'area socialista. Voglio dire che il bipartitismo o il pluripartitismo non nasceranno per contagio borghese o per esprimere "altri interessi" cioè altre finalità al di fuori e contro una costituzione comunista, ma sorgeranno all'interno della medesima costituzione per dividersi e contendersi la gestione dello Stato come espressione rappresentativa della società attiva.

Affinché ciò avvenga è necessario che il comunismo guarisca dalla malattia infantile delle eresie, come guarì dall'estremismo. Persuaso delle sue ragioni storiche esso deve assorbire e annullare le eresie: nutrirsi della conflittualità, da cui dipendono il suo sviluppo e il suo avvenire. Dirò di più, mentre tutt'attorno le varie vie nazionali affermano sempre più una loro cittadinanza ideologica, permeando della loro linfa di pensiero altre società socialiste concorrenti, è antistorico costruire mondi chiusi e illudersi che essi rimarranno tali solo perché con forza o con ragione ci si è barricati dentro. La libertà ormai passerà da quelle "vie", nella misura in cui quelle stesse vie saranno aperte ai due capi e a tutte le correnti.

A meno che il peggio – ed è un'eventualità che mi rifiuto

persino di sfiorare con la mente – non sia già in agguato dietro questa o quella pagina; e allora, nonché di democrazia socialista, sarà chimerico parlare persino di democrazia borghese di onorata tradizione illuminista.

12
Chiesa e Chiese

Non credo sia il caso di presentarci sotto mentite spoglie, o nasconderci dietro belle frasi, per fingere d'essere quel che non siamo: non atei, cioè non marxisti, o addirittura, neo-convertiti... So che, da parte cattolica, non è questo che ci si aspetta da noi; certamente ciò che interessa è sapere quale è la posizione che attualmente, da uomini liberi, disimpegnati dal cattolicesimo, e per definizione impegnati "in altro modo", assumiamo. Da qualche parte si è tentato di ravvisare in questo "impegno d'altro tipo" una separazione dal mondo moderno, forse un ritorno all'antico modo di rifugiarsi nel seno del cattolicesimo stesso, con un'operazione che avrebbe tutta l'aria di una spiritualizzazione del buon senso. A queste confusioni, e anche alle tentazioni di lasciar correre l'equivoco, debbo oppormi subito in modo esplicito; e proseguire per la nostra strada di scomunicati, o meglio (come se ci portassimo già dentro la nostra sacrosanta scomunica), di "proiettati" – come scrittori – verso una prossima "messa all'indice". Non bisogna lasciarsi ingannare da quel pungolo morale (che pure deve avere qualcosa di "religioso" per agire con tanta forza) al quale obbediamo in nome della giustizia; sono tutte concrete le ragioni che ci spingono ad agire per la redenzione dell'uomo.

Quando nei nostri piccoli e grandi "concili" ci incontravamo negli anni passati a dibattere i problemi del riscatto del Sud, o che so, della terra ai contadini, o del lavoro ai disoccupati; o come quando ci ritrovavamo impotenti davanti a sterminate folle di poverissimi affamati, spesso ci siamo rivolti la domanda: quali peccati, quali colpe hanno commesso queste genti per meritare tanta disgrazia? La nostra domanda, anche se mossa da elementare sete di giustizia, finiva per denunciare comunque un residuo di ordine spirituale. Così, sebbene la risposta non provenisse mai da più lontano della stessa sorte terrena che quegli uomini ci suggerivano, una certa spiritualità vi faceva pur sempre capolino.

A questa spiritualità che voi chiamate Dio noi non sapremo mai che nome dare, se non riconducendola all'uomo e al suo diritto di esistere. In quanto uomo voi non lo respingete, perché troverete sempre dei buoni motivi per ricondurlo a Dio, e per riconoscere in tutta la sua azione di riscatto, un disegno divino.[1]

È ciò che sta accadendo; noi, nell'affannosa ricognizione dell'uomo per arrivare alle sue radici; voi nel recupero di una "globalità" dell'uomo che non può ridursi al solo sesso, alla mera esistenza fisiologica o sociologica. In questo senso non posso affatto dirmi soddisfatto dei risultati artistici miei e del mio tempo. Posso però già assolvermi in quanto avverto questa insufficienza in rapporto alle esigenze della società in cui vivo.

Va osservato con soddisfazione che la Chiesa si dichiara oggi non estranea al mondo contemporaneo. Figurarsi allora lo scrittore! - la cui sorte dipende in gran parte dalla capacità di far sentire che il suo mondo è quello stesso del Padre Conciliare - compresa la religiosità che accompagna la sua opera, anche nelle sue delibere più pratiche - e dell'astronauta che si cala sulla luna, - con tutta la serie di cognizioni tecnologiche che quest'avventura spaziale mette alla prova.

Naturalmente come non sono da dissimulare i pericoli cui si espone lo scrittore che volesse passivamente limitarsi a riflettere in sé il mondo oggettivo, Chiesa inclusa, così non sono da nascondere i pericoli di una Chiesa troppo attiva e interventista. Mi torna in mente un'osservazione, letta non so più dove, che può chiarire qualcuno dei concetti del dibattito: « Quando la religione si fa strumentalizzazione, si fa strumento pratico-politico, essa si pone sullo stesso piano dell'ateismo pratico ». È immaginabile a quali risultati aberranti può condurre un "ateismo pratico" quanto una Chiesa politicizzata al massimo che strumentalizzi la religione, alienando l'uomo alla sua interiorità. In tale prospettiva, la persona umana si fa serva e non promotrice di umanizzazione.

Devo convenire che oggi lo scrittore ateo, lo scrittore per definizione "marxista", lo scrittore cioè che è dall'altra parte, può porsi di fronte alla Chiesa uscita dal Concilio non più come di fronte all'avversario da abbattere se non vuole essere abbattuto, se non vuole restare isolato e paralizzato nella sua ricerca. È forse un passo avanti nella possibilità di un dialogo: porsi di fronte a un altro come di fronte a un momento della propria interiorità: contraddittoria, in contraddizione. S'istituisce in tal modo un "rapporto" che sfocerebbe nel comune bisogno di spiritualizzare il mondo e che trova "impegnati", da una parte una coscienza religiosa che vuole riconoscere il divino in ogni momento della natura; e dall'altra la coscienza artistica laica, atea, che tende a dissacrare il divino e a raggiungere alle spalle la spiritualità attraverso lo stesso atto creativo, che è una sfida al creato, al mondo oggettivo. Per taluni si tratterebbe di un processo di redenzione; per altri, come me, si tratta invece di un processo di amplificazione: voglio dire che, proprio perché ridotta all'uomo, la natura trova in lui la sua unica possibilità di salvezza e di durata.

Oserei dire che il momento della creazione artistica è proprio il momento più alto della spiritualizzazione della realtà.

Da che cosa nasce dunque la mia perplessità nell'accogliere gli inviti della Chiesa? Nasce dal timore che la Chiesa, per quanto resa guardinga dalle trascorse esperienze, non possa guarire mai dalla vocazione a farsi potere e quindi mostrare le stesse insidie, la stessa aggressività, la medesima illiberalità di ogni istituto destinato a diventare potere. Anche se si reinserisce in un nuovo processo storico, si riumanizza, come si sente dire, ridiscendendo fra gli uomini – convinta da una concezione nuova di giustizia a concedere un'illimitata libertà nella ricerca artistica o scientifica – è pur sempre nel momento in cui si erge in potere che essa si mostra più bisognosa di avversari che le rivelino il suo immobilismo, il suo regresso, la sua sclerosi istituzionali. Chi, meglio dello scrittore, può costituire l'opposizione viva a questi processi di cristallizzazione su cui poggia tutto l'apparato del potere, con la sua azione disturbatrice, che si sottrae alle verità ideologizzate, cioè organizzate come base di potere, per altre verità più lontane? A patto però che egli stesso non si lasci tentare dalla lusinga di poterizzarsi, cioè di istituirsi in potere... Come Croce, tanto per fare un esempio; la cui opposizione al fascismo ci trovava dimezzati non tanto perché la sua azione non fosse giusta, ma perché in lui la sfera della libertà era totalmente occupata dalla difesa del suo potere intellettuale, lasciando noi spettatori del suo trionfo.

Vorrei sottolineare ciò che Piovene ha definito il "nuovo" di fronte a cui si trova l'uomo d'oggi, un "nuovo" con il quale l'uomo odierno sembra non poter stabilire neppure più un passabile rapporto dialettico. Ci troviamo di fronte a scoperte di fenomeni d'ordine cosmico, e Piovene ha giustamente richiamato la nostra attenzione su uno degli aspetti salienti che s'impongono alla coscienza dello scrittore.[2]

Ma prima mi sia consentito soffermarmi a correggere un'affermazione di Schettini, quando ha accennato che la nostra "scelta" sarebbe avvenuta all'indomani del crollo, davanti ad un'Italia distrutta dalla guerra. Non vorrei inoltrarmi troppo senza aver chiarito, primo: che quell'Italia distrutta eravamo noi, voglio dire eravamo dentro di essa, ed eravamo, tutt'insieme, lei, e non semplici spettatori; perché noi stessi avevamo contribuito a quelle distruzioni per quel tanto di corresponsabilità che ci tocca pure assumere; e, secondariamente, perché le nostre scelte le facemmo assai prima del crollo.

Tuttavia Schettini ha detto pure che lo scrittore è un anacronismo nel mondo moderno: l'affermazione ha tutta l'aria del paradosso, poiché mai come oggi lo scrittore è stato così blandito, lusingato, circuito (e pagato) in cambio, prima ancora della merce che egli può fornire, di un consenso alle grandi direttive di massa, si tratti di consumi, si tratti di ideologie... Mentre Antonicelli ha sostenuto che il merito maggiore della Chiesa oggi è di aver riconosciuto la letteratura che ha espresso le lacerazioni del mondo moderno e questo ritengo sia il punctum dolens di tutta la questione. L'essere gli anacronistici-testimoni-cronisti delle lacerazioni del mondo moderno (fondo le tre definizioni) e sapersi riconosciuti come tali da un istituto come la Chiesa è come mettersi in gara sapendo di averla già vinta in partenza. Se tutti filassimo dritti verso il traguardo finale con questa consolazione "in vista", voglio dire: facessimo del premio che ci viene largito in anticipo (dalla Chiesa Cattolica o da un governo qualsiasi) lo scopo del nostro lavoro, che cosa avverrebbe della nostra libera, laica ricerca? Quanta forza essa perderebbe nella scoperta di nuove lacerazioni? Se è proprio dell'arte il compito di denudare la verità, questo ufficio non può svolgersi, non dico "con licenza de' superiori", ma neppure con la loro benevola sopportazione.

Ecco perché io sento il dovere di richiamarmi "dall'altra parte", in una posizione cioè che virtualmente esprima confutazione e verifica: di discussione, insomma: ove sia lasciata alla "parola" – esaltata da Paolo VI – tutto lo spazio necessario ad espandersi e a confrontarsi nel più libero dibattito...

Per dire come nel mio quotidiano lavoro di annotatore non mi sfuggano certe esigenze spirituali dei nostri grandi maestri di perplessità, voglio leggere da questo quadernetto, di cui stavo utilizzando le pagine bianche, un breve appunto dei ricordi di Gorkij su Tolstoj: « Nel suo diario che mi ha dato da leggere » scrive Gorkij « questo strano aforisma mi ha colpito: Dio è il mio desiderio. Restituendogli oggi il quaderno gli ho domandato cosa voleva dire: "È un pensiero incompiuto" ha detto Tolstoj guardando la pagina con occhi semichiusi. Volevo dire senza dubbio: "Dio è il mio desiderio di conoscerlo. No, non è neppure questo". Si è messo a ridere, arrotolando il fascicolo, e lo ha fatto scivolare nella tasca della giacca. I suoi rapporti con Dio sono molto confusi, mi ricordano momenti come quelli di due orsi nella stessa tana ».

L'aneddoto mi aiuta a fissare nell'immagine dei due orsi che si azzuffano un rapporto governato da leggi imponderabili. Qui si parla di Dio, non di Chiesa, d'accordo. E chi ha voluto ricordarmi che la Chiesa non sta operando un "reinserimento" ma sta seguendo un processo che ha radici lontane, nel Giansenismo, nel Modernismo, forse nello stesso Protestantesimo, o chissà in quale altro movimento scismatico dirò che l'odierno "proseguimento" di quel che noi chiamiamo "reinserimento" o "rinnovamento" la Chiesa l'ha finora tenacemente combattuto. Tuttavia non mi è chiaro in che modo questo processo si sia fatto strada fino a raggiungere la Chiesa in capitolo. Dall'esterno sembra che la "testa" della Chiesa sia andata troppo avanti, rispetto al corpo, rimasto un po' troppo indietro. Per una concomitanza quasi magica, quando si parlava qui di centralismo dell'uomo (da altri definito globalità, e abbiamo visto però quanta fatica distinguere questa centralità dell'uomo rispetto a Dio cui tale centralità dovrebbe spettare!) io appuntavo su questi foglietti: rileggiamo S. Tommaso? Perché, è vero, S. Tommaso è una miniera di idee che oggi sembrano dominare nella esperienza del Concilio, e qualche eco è risuonata pure fra le ultime encicliche papali e un po' di riflesso anche fra queste pareti. Ma subito dopo quell'interrogativo ne ho tracciato un altro: ma come è stato letto S. Tommaso?... Ad uso dei tomisti? È uno dei più odiosi spettri del trionfalismo della Chiesa...

Saremmo però davvero ciechi se non vedessimo nelle ultime encicliche e nelle costituzioni del Concilio un momento di frattura di valore rivoluzionario. Esso corrisponde, nella Chiesa, alla frattura determinatasi in campo comunista. Non voglio istituire facili paralleli; e non mi si fraintenda quando dico "comunista". Chiaro che non alludo a un partito; come non parlo di pensiero cattolico quando dico "Chiesa": nel primo come nel secondo caso, mi riferisco alle idee che guidano le due istituzioni. Si tratta di due movimenti, contrastanti o paralleli non importa, della storia contemporanea. Come tutte le idee, anche le più giuste e positive, incontrandosi, possono istituzionalizzarsi, corrompersi. Ma fosse pure nelle nostre forze ostacolare l'incontro, non sarebbe giusto che proprio noi che ci reputiamo legittimi figli delle contraddizioni della nostra storia, ci opponessimo a questo destino. Già molto se riusciamo a vedere al di là di questi movimenti con la naturale e doverosa perplessità.

Ho udito qui che la storia si fa senza di noi, contro di noi. È inammissibile. La storia si fa con noi, anche quando l'espressione "con noi" sottintende rettamente "con la nostra opposizione"; con noi vuol dire: con le nostre contraddizioni, con la nostra resistenza agli istituti di potere, con le nostre nostalgie del passato e, principalmente, con le nostre tensioni avventurose verso il futuro. La storia non si fa da sé, è fin troppo ovvio; e l'argomento ci riporta naturalmente al concetto di Umanesimo che ha vagato un po' come uno spettro sui nostri discorsi. Mi seduce l'immagine tratteggiata di Sanguineti, di uno scrittore che trasporta questo carro trionfale attraverso i secoli. Quando diciamo neoumanesimo è chiaro che non sappiamo ancora di che cosa si stia parlando; e lasciamo che il termine si contamini strada facendo con significati impropri. Ma non disponiamo di un vocabolo più preciso e appropriato; né sappiamo se si tratta più o meno di una risultante di due umanesimi che si sono finalmente ritrovati e reciprocamente traditi. Comunque, le due proposte di Umanesimo, di cui qualcuno di noi non riesce a vedere la reale conciliabilità, stanno appunto lì come due proposte reali. E se esiste una effettiva inconciliabilità, è appunto la coscienza di tale inconciliabilità a suggerirci forse la validità del nuovo Umanesimo. Sicché non di Umanesimo o di Neoumanesimo dovremmo parlare: ma ben più concretamente di una società di uomini affrancati dalla soggezione di classe, liberi dai condizionamenti economico-politici, non sfruttati e terrorizzati, né "dal di qua" della storia, né "al di là", voglio dire: non ricattati dalla duplice punizione-premio finale; capace cioè di esprimere interamente e liberamente se stesso senza compensi e senza timori. Può accadere che, di fronte a un tale uomo, l'artista non abbia parole da dirgli, immagini da proporgli, non disponga più in sostanza di una artisticità da offrire al suo consumo passivo; ma è anche supponibile che egli abbia invece da offrirgli uno scambio di artisticità, a livelli diversi e di differente natura.

È una prospettiva forse fantastica, cui si ricorre solo per bisogno di paradosso; e per concludere che certi umanesimi, come diceva Tolstoj del romanticismo, nascono solo « quando si ha paura di guardare in faccia la verità ». La verità che è il fine della conoscenza scientifica, ma può essere anche il fine dell'arte, sarà sempre al di là della nostra ricerca. Anche la Chiesa insegue a suo modo una verità, ma inseguendo noi che inseguiamo la verità. Vale a dire, essa ci segue, mentre noi cerchiamo di conquistare nuove verità; perché vuole – oggi più attivamente di ieri – inglobarci nella sua ricerca, insieme alle verità da noi conquistate, se le conquisteremo. È una rincorsa a fasi alterne, con salti e battute d'arresto; tuttavia la novità consiste proprio nella coscienza del fenomeno che io esprimo con un'immagine impropria, ma che sintetizza abbastanza efficacemente una prospettiva di nuovo Umanesimo sorgente appunto da questo duplice inseguimento, che non ha e che non può aver mai soste. Guai se volessimo prospettarci un fine o proporci la domanda: quale è il fine di questo Umanesimo in corsa... Il nostro Umanesimo – continuiamo a chiamarlo ancora così in mancanza di un vocabolo più adatto – si carica di questa nuova tensione; che, cioè, mentre le Chiese (e col plurale intendo riferirmi non ironicamente anche ad altre istituzioni) stanno per raggiungerci, noi siamo già un passo avanti, o per essere più esatti, stiamo "paurosamente" avanzando su un territorio inesplorato – ecco un momento in cui i nostri punti di vista potrebbero anche coincidere – su un territorio dove non esistono rapporti "umani" precisi, dove la stessa realtà ci si presenta con caratteri direi impropri, cioè non corrispondenti a nessun altro tipo di realtà oggettiva, già codificata; e per la quale non disponiamo neppure di mezzi di misurazione e di criteri di valutazione adeguati.

La validità – stavo per dire la novità rivoluzionaria, e qui dissento da Sanguineti – è caratterizzata ora dalla codificazione di una conciliazione di spiriti già avvenuta, nel momento in cui ancora ne discutiamo e mentre ci vengono proposti nuovi compiti, nuove prospettive di lavoro e di ricerca. Sta a noi obbedire o ribellarci; spetta a noi scoprire le insidie di una servitù propagandistica, respingerle, oppure accettarle. Per definizione dovremmo essere noi i dissacratori, coloro che pongono in crisi la validità di un sistema di verità già codificato, opponendogli altre verità, risultanti dalle nostre ricerche. Aggiungerei che il nostro lavoro è "paurosamente ottimistico", proprio per quella "tangente" di paura che cade su ogni ardimento e copre di una sinistra ombra le più attraenti previsioni di scoperta dell'ignoto.

Volessimo dare senso alla visione di un Io dissociato, alienato – che si domanda continuamente chi sono? cosa voglio? – non dico non ci riusciremmo, ma finiremmo in una tautologia: riconosciamo che tale uomo esiste, è in mezzo a noi, siamo noi stessi; ma riconosciamo pure che un tale individuo esiste in quanto esiste una determinata forma di società divisa in classi, una certa Chiesa, un certo conflitto tra Chiesa individuo e Stato, una certa divisione di poteri, certe idee dominanti, espressione di quei poteri che ci minacciano e dai quali siamo attratti e respinti nello stesso tempo...

In quanto artisti, ci ritroviamo in questo uomo dissociato o meglio: ritroviamo in noi questo uomo dissociato; come lo trattiamo? Convengo che l'arte contemporanea denuncia i suoi limiti naturalistici, quando tenta di restituire, in svariate mimesi, il mondo contemporaneo con le sue nevrosi e le sue scomposizioni. Però mi mettono sempre in allarme certe precettistiche, da qualunque parte provengano, secondo le quali lo scrittore deve fare questo e non quest'altro: quando sappiamo che lo scrittore deve unicamente sottrarsi al vassallaggio delle idee dominanti nel suo tempo. Non vorrei però che questa esortazione venisse intesa come invito a sfuggire le esperienze del suo tempo (fra le quali, la religione come la mitologia, la scienza come la politica, eccetera, hanno pari diritto) ma come esortazione a farsi progettatore di un altro mondo; che è sì questo mondo oggettivo, ma diverso da quello postulato e rappresentato dalle scienze. Talvolta mi lascio trasportare dall'immagine della scatola cinese, di cui non sai mai se il significato è nella scatola più piccola, oppure nel gioco stesso di scoprire una scatola sempre più piccola (o più grande) in una successiva riduzione (o amplificazione); tal'altra mi lascio sedurre dall'immagine dell'artista come quel virtuoso di uno strumento musicale capace di suscitare da un suono primario, che tutti riconoscono, una vibrazione secondaria, per cui non sai mai se sei stato conquistato dalla nota dominante o dalle successive, che le fanno eco; ma non appena hai concluso che la prima non dominerebbe se non fosse seguita da una successione di vibrazioni secondarie, ecco che queste stesse vibrazioni ti persuadono che senza la dominante le modulazioni sussidiarie non susciterebbero alcuna armonia...

Sono modi, riconosco, un po' arbitrari di spiegare che cosa è l'alone che accompagna l'opera d'arte e che non esiterei a definire metafisico. Che tuttavia l'arte contrasti con i disegni propagandistici del potere, (sia quello della Chiesa, nelle sue tentazioni di secolarizzarsi e di poterizzarsi, sia quello dei regimi dominanti che, a diversi livelli e a seconda dei gradi di sviluppo della società, con vari mezzi più o meno coercitivi, tentano di asservire l'arte) è una prospettiva che non va distrutta. Il suo stesso destino lo impone: operare sempre nuove sintesi di esperienze, e compromettendo in esse anche le opposizioni al bisogno di libertà, oggettivando cioè la sua stessa rivolta a codeste opposizioni. Questa operazione che non a caso chiamiamo estetica, riflette sempre un duplice rifiuto e una duplice ammissione: rifiuto-accettazione del mondo così com'è; e ammissione-repulsa del mondo come vorremmo che fosse. Starei per dire che importante non è tanto mettersi in stato di rivolta, quanto saper restituire artisticamente questa rivolta, anche contro quella parte di se stessi sempre tentata a istituirsi in potere per sfidare il potere e accordarsi con esso.

13

Disimpegno con servitù

L'accostamento proposto da Cesare Segre [1] di *Tre operai* all'ultimo mio romanzo *Era l'anno del sole quieto* – il primo apparso nel '34, il secondo nel '64 – mi fa scoprire più affinità di quante il trentennio trascorso non lascerebbe supporre tra le due narrazioni. Il confronto è com nque assai rischioso e obbliga l'autore a qualche riflessione.

A partire da quella che sembra più lontana dal tema di questo convegno: benché in terza persona *Tre operai* sembra di continuo tendere a soggettivarsi in prima persona; all'inverso di quanto avviene in *Era l'anno del sole quieto* dove la prima persona, l'io narrante, sembra tutto proteso a oggettivare la sua narrativa in terza persona. In questo duplice scambio e per opposti motivi le due narrazioni possono anche assimilarsi.

Un secondo elemento di somiglianza può rilevarsi dalla lingua, da quel certo modo di trattare la lingua, o meglio di maltrattare la lingua, pur sempre mirando in entrambi i racconti a una riuscita linguistica.

Terzo elemento, infine, – e sono in argomento – "l'impegno" che accompagnò e sorresse il primo come l'ultimo libro.

Ma dire impegno, così, significa sbarazzarsi un po' alla leggera del problema intorno al quale oggi si discute. Tuttavia, non saprei proprio come identificare quell'atteggiamento nei confronti della cultura, e il modo che ne consegue di "rappresentarsi" in essa che fu poi detto "impegnato". Esempio forse non esemplare, almeno dal '30 ad oggi, fui collocato fra gli scrittori cosiddetti impegnati. Ma che senso ha ora dichiararsi impegnati? Per rispondere con qualche attendibilità d'esser creduti, devo rigirare la domanda: sapevo di esserlo? Voglio dire, sapevo, fin dagli anni trenta, della destinazione, dell'"ufficio" che quel mio primo libro avrebbe esercitato? In altri termini: scelsi fin d'allora "l'impegno"? o "mi scelsi" all'impegno – nel senso che può definirsi "comportamento"?

Ad esser sinceri, alla vigilia del mio lavoro, quale parte mi accingessi a recitare non sapevo esattamente. Vivevo in una certa condizione umana che m'imponeva una conoscenza diversa da quella "pratica", un dippiù di conoscenza che mi aiutasse a tradurre le forme culturali dominanti (e l'esperienza che vi era connessa) in moduli aperti a uno svolgimento al futuro. Un futuro, preciso, che prima ancora di promuoversi a questo ruolo, mi chiamava a dar testimonianza del passato. Per cui, via via che procedevo nella scrittura, e nelle varie ricopiature di quel libro, avanzavo pure nella conoscenza del mondo che volevo narrare; il quale allargava il suo orizzonte, grazie a quel dippiù di conoscenze di cui io lo venivo investendo; così che esso si distaccava da me, oggettivandosi; e mi giudicava, vale a dire mi rappresentava esso stesso in modo differente, investendomi a sua volta di quei riflessi logico-fantastici, e insieme politici, come da un futuro. Quando ebbi posseduto, se mai lo possedetti, tutt'intero lo spicchio di realtà che avevo voluto rappresentare, lo conoscevo nei suoi esatti contorni quanto meglio conoscevo me stesso. Io ero in sostanza il libro che volevo scrivere, e lo fui "sino in fondo" soltanto quando giunsi alla "fine", cioè al "fondo" della narrazione: allora scoprii anche di che natura fosse l'esperienza che mi aveva guidato, e come definirmi nella direzione che oggi chiamiamo "impegnata".[2]

Non cambia nulla che il protagonista di *Tre operai* sia un operaio, come poteva esserlo un declassato del Mezzogiorno il quale sogna nichilisticamente giustizia e libertà come liberazione del suo io oppresso; mentre il Rughi del *Sole quieto* sia un borghese, che mira a realizzarsi in un "sogno borghese" attraverso una riforma socio-tecnologica che assicuri libertà e benessere: entrambi sono "impegnati" a disegnare un mondo diverso; così da vittime di quella conflittualità che hanno scatenata essi lo diventano non meno di quel mondo che volevano costruire.

Quando sento oggi che lo scrittore deve sapere dove va, posso sempre opporgli la mia personale esperienza: sì, ma dopo: soltanto "dopo che vi è andato" egli sa dove voleva andare e ne scopre i rischi e i trabocchetti; e si esalta di avercela fatta, perché conosce cosa lo aspetta "di là" dalla sua particolare esperienza. Mann – se mi è lecito portarlo ad esempio – in una ricostruzione posteriore del tempo dei *Buddenbrook*, notò che egli non si era reso affatto conto che, narrando il dissolvimento di una famiglia borghese, avesse « parlato di un dissolvimento e di una fine più vasti, di una più lunga cesura culturale e sociale ».

Con questo non si vuol dare allo scrittore una patente di "rivelatore di verità", anche se indubbia è la sua capacità a vedere più cose e più connessioni fra le cose, di quanto non riesca alla mente comune; ma si vuole riconoscergli la capacità di andare liberamente incontro alle verità, qualunque sia la loro provenienza...

Zanzotto ci ha ricordato Leopardi e la ginestra; suppongo però che il richiamo al Leopardi gli sia stato suggerito da quella sterminata distesa di morti che ci fu rappresentata –

come attraverso il finestrino di un treno in corsa – dalla relazione di Dobrica Cosic; un quadro degno di Bosch.[3]

Anche i romantici scelsero la morte come momento di paura, quindi come momento estetico. Con ciò non voglio dire che Cosic sia un romantico; o che abbia voluto rappresentarci quella catena di morti con la partecipazione dei romantici e con lo stesso gusto sepolcrale e demonico.

Una differenza, fra la morte dei romantici e questa rappresentataci da Cosic c'è, e non è solamente quantitativa.

La morte dei romantici era ancora una scelta individuale, una morte per anime belle; anche se collettiva era pur sempre costituita da un uomo più un uomo più un uomo. Questa invece, postaci davanti agli occhi da Cosic, è la morte per tutti e di tutti insieme. Per cui mi chiedo: essendosi moltiplicata e divenuta impersonale, è forse più "morte" di quella vagheggiata dai romantici?

De Sanctis narra di aver incontrato nella sua giovinezza molti di quei romantici ("pratici", come egli li definisce) i quali non disponevano di niente altro per affermare il loro "romanticismo" che del modo di vestire, come di trascorrere in ozio, un ozio malato, le loro vuote giornate. Cravatte nere a fiocchi svolazzanti, volti emaciati, e una rinuncia alla vita che poteva sconfinare in un'attesa della morte; atteggiamento, se vogliamo, assai affine a quello degli esistenzialisti di questo dopoguerra. Tuttavia, quei romantici-pratici, che non scrivevano un verso, non dipingevano un quadro, ritrovarono una loro ragione di "esistenza" sfidando appunto la morte sulle barricate del '48.

È in questa sfida, in questa scommessa contro la vita – per un'altra cosa, per un'altra vita – che va ricercata un'analogia fra la morte sognata dai romantici e quella raffigurata qui dallo scrittore Cosic? Lascio in sospeso l'interrogativo affinché esso trovi dentro di noi la risposta più coerente con le nostre attese.

Devo però avvertire che la paura, da qualunque parte sfidata, ha sempre dato frutti sostanziosi; basti ricordare ciò che ha prodotto negli ultimi cento anni, da Dostoevskij a Kafka. Ma forse la paura da sola non avrebbe potuto tanto, senza la spinta di un po' di speranza, voglio dire se non posta in rapporto a qualche cosa che paura, cioè pura negazione, non è. Vogliamo chiamare questo "qualche cosa", proprio in opposizione alla paura, "speranza"? Il mio pessimismo non ne soffrirebbe e d'altronde, un'indicazione mi è parso di poterla cogliere sia nell'immagine con cui Zanzotto ha concluso il suo intervento, – laddove l'occhio, rivolto al cielo dell'universo dantesco, scorge nell'astro una sembianza umana – sia nelle parole con le quali anche Gotovac, sembrava esortarci a sollevare lo sguardo al cielo. È vero che questo non è il cielo delle religioni ma lo spazio dell'indagine scientifica; comunque si tratta di un "vuoto", come attesa di riempirsi, di ripopolarsi. È qui che sento vibrare – e non vorrei aver frainteso nella traduzione i concetti di Gotovac – una speranza. Un "clima", lo ha definito Gotovac: non ho difficoltà ad ammettere che un clima possa essere di un qualunque colore; è sempre però un "qualcosa" che non è e non può essere un "vuoto", come la morte, un niente e basta.

In sostanza, laddove Zanzotto invocava la madre pietosa e soccorrevole, Gotovac invocava un padre guardingo e giudizioso: tuttavia, maternamente o paternamente, entrambi hanno vaticinato un ritorno a un ascendente benevolo...

È un'esigenza che poeticamente, lo ammetto, può anche avere le sue lusinghe, ma la ragione è portata a rifiutarle. Poiché proprio in obbedienza a una precisa ingiunzione razionale noi ci siamo applicati in questi decenni a smontare la meravigliosa macchina della speranza (governata da un padre o da una madre, cosa conta?) e la cui costruzione può datarsi a un dipresso alla metà del secolo scorso. Ora però che abbiamo distrutto i suoi congegni, e ce la ritroviamo sotto gli occhi in pezzi, con ingranaggi irrimediabilmente sdentati e arrugginiti, ne rimpiangiamo la comodità, ci disperiamo di non potercene più servire. Chi ci darà ancora una macchina tanto "perfetta", che alla minima pressione sul pedale forniva risposte così "precise" sul contegno da osservare davanti al mondo, sempre ben ordinato fra bene e male, tra poesia e non-poesia?

Lo sgomento che oggi ci assale corrisponde psicanaliticamente all'uccisione in noi del padre e alla ricerca di un nuovo padre: pur non cedendo più alla tentazione di servirci della obbedienza di quei meccanismi arrugginiti, segretamente sognavamo ancora macchine fabbrica-speranze, adatte alle nostre attese odierne, vale a dire capaci di operare in qualsiasi condizione, superando qualunque avversità per fornirci risposte inequivocabili e sicure a ogni domanda poeticamente insicura. Dopo aver sostituito al mondo poetico l'ideologia (imposta dall'esterno), il poeta, pur avvertendo lo stridore che accompagnava il suo lavoro, si era per un certo tempo cullato nell'illusione che così potesse durare, almeno fino alla prossima svolta della Storia, da dove poi si poteva proseguire senza la mano protettrice da soli, cioè disimpegnati.

Da tale inganno è scaturita anche la convinzione di esser noi a governare la macchina, di esserne gli animatori, gli artefici che costruiscono l'ideologia che gli necessita: quantunque non ci fosse ignoto che i rifornimenti venivano dalle centrali politiche. Né facemmo a tempo a imparare che, proprio in quanto imposta dall'esterno del sistema letterario, e della nostra singola opera che si istituisce in sistema, l'ideologia è una forma amorfa, cristallizzata, che avendo esaurito il suo ciclo conflittuale ha perso ogni linfa per promuovere nuove contraddizioni.

Quando ci siamo accorti che l'ideologia non bastava più

a mettere in moto la macchina della speranza era ormai tardi. Comincia da questo momento la ridicola rincorsa a chi si disimpegnava prima e di più; mentre i marxisti, a loro volta, si affrettavano a smantellare l'ormai inservibile macchina della speranza. Eppure c'era stato un tempo nemmeno così remoto, quando bastava un goccio di ideologia a metterla in moto e dar l'illusione che il funzionamento era forse perfetto. Invocando ritorni a Lenin e a Gramsci, si cerca ora una più ampia e libera interpretazione di Marx, si tenta sul tronco ideologico del marxismo di compiere innesti contraddittori, quanto meno a titolo di verifica o di confronto.

Anche qui si sono uditi più volte risuonare, pure se indirettamente, i concetti attribuibili a Husserl e a Heidegger, così come a Frazer e a Lévi-Strauss; al quale hanno dovuto fischiar spesso le orecchie nel sentirsi invocato in queste sale come l'ombra virgiliana cui dare l'incarico di guidare le sparse avanguardie letterarie dall'inferno in cui viviamo alle sponde di una primitiva fanciullezza per riscoprire un mondo puro e selvaggio.

Lungi dal meravigliarci di ciò, o dal rimproverarlo come un errore, io vi scorgo invece il segno di una rinascita d'interessi, proprio grazie al marxismo divenuto ormai forma mentis e non più verità rivelata; il cui compito consiste perciò nel riproporsi dialetticamente contro e con le dottrine che lo accerchiano e lo avversano; quindi non tolemaicamente come la terra fissa attorno a cui ruotano gli astri, ma come un astro che ruota insieme agli altri nel sistema planetario, spandendo tanta luce quanta ne riceve.

Ma oggi che la macchina della speranza è a pezzi non dovremmo forse sentirci più liberi? Se la risposta è un sì, ho già pronta la seconda parte della domanda: e per ciò stesso più impegnati?

Esattamente di questo si tratta: di un impegno, che non

si affidi più "ciecamente" ad un apparato ideologico precostituito; ma crei da sé le sue premesse ideologiche, in coerente-discordia col proprio tempo; un impegno cioè assai più profondo e, lasciatemelo dire, più faticoso, che richiede tempi più lunghi per estrinsecarsi.

Poiché esso si attua in opposizione al proprio tempo, quindi al potere dominante che ne è l'espressione. Taluni risolvono a modo loro il problema: identificano cioè il proprio sogno rivendicativo di libertà con la personale sfera di libertà: e si istituiscono essi stessi in potere, per opporsi al potere: Signore a Signoria. E privilegi particolari per compenso. In quanto potere, una tale personalità – perché indubbiamente di un culto di personalità qui si tratta – resiste all'usura tipica che comporta il potere, con un privato e individualissimo sistema conservativo: un'ideologia dell'ideologia, cioè una cristallizzazione del suo mondo poetico, se è un artista; del suo sistema di pensiero, se pensatore. Per reintrodursi, grazie ai vantaggi del personale conservatorismo, nel canale della conservazione sociale; tipica espressione di potere; atteso che il potere è sempre conservatore. Disintegrato e integrato nello stesso tempo, oppositore, ma necessario al potere dominante proprio in quanto oppositore, egli risulta il migliore alleato di quel potere, dal quale mostra di volersi disimpegnare. Ci guarderemo bene dall'imitarne l'esempio, se non vorremo degradare ciò che deve intendersi per impegno; che è una sfida continua, a tutti i livelli, del conformismo imperante assimilabile, questo sì, e in ogni caso, alla più tollerante servitù morale.

1

MANN E NOI

Mann e noi

Se a rileggere Mann si fatica a ricavarne una sintesi, tale da reggere un raffronto con altri scrittori del suo tempo, ancora più difficile è tentare un rapporto fra Mann e noi; fra un intelletto cioè inquieto e mutevole, e un "noi" abbastanza vago e, soprattutto, privo di quelle connotazioni e affinità che possono conferire un'attendibile fisionomia "manniana" a un certo numero di scrittori piuttosto disuniti e sparsi nel tempo.

Tuttavia, proprio in questa "difficoltà" sento alitare già uno spirito "manniano"; quella tendenza, che in Mann fu spiccata, a istituire "rapporti" fra mondi diversi, a cogliere "relazioni" fra "cose" disparate e far discendere da questi contrasti e confronti le sue riuscite artistiche e le ragioni più segrete della sua vocazione e delle sue crisi. Immergersi in "tutto Mann" porta così a una scoperta rischiosa: che la perseveranza nella ricerca è l'unico scopo che può prefiggersi la ricerca. Come quel nuotatore che non dispera nel vedersi rubare dal mare la rena che stringe in pugno mentre riemerge, anch'io, uscendo dalla lettura di Mann mi avvedevo che la "perdita" era necessaria e non aveva senso guardarsi nel palmo per contarvi i granelli catturati sul fondo, poiché dovevo sapere prima di spingermi in quelle "profondità" che proprio nella inutilità del gioco consisteva il gioco. E per uscire di metafora, se alla fine avessi concluso che non c'era nulla da concludere, che non vi era alcuna ragione d'istituire un confronto fra Mann e noi, ebbene proprio questa insoddisfazione poteva surrogare un metodo manniano; servirsi cioè di una "scontentezza" dall'apparenza soddisfatta per ridisegnare sui suoi contorni incerti le nostre affannose ricerche fra molteplici "ragioni" vacillanti e sfuggenti.

Intanto una prima difficoltà si presentava sui tempi della lunga e laboriosa stagione manniana; i quali mentre sembrano proiettarsi in avanti, si arrestano di colpo, si addensano in una prospettiva rovesciata, come se le verità che lo scrittore inseguiva avessero fatto all'improvviso dietro front. In questi andirivieni pareva, a noi giovani, egli avesse eluso la sua sorte mortale; imitando l'Achille del noto frammento goethiano che, invaghitosi di Polissena, asseconda il suo impeto vitale sino a dimenticarsi di morire. In tale oblio dei limiti del suo destino umano mi apparve a Roma quando vi fu inviato per ricevervi il premio dei Lincei. Celiando gliene accennai; mi seguì con una perplessa curiosità, che m'indusse a soffermarmi più di quanto la circostanza non lo consentisse sull'idea dell'innamoramento della verità come sfida alla vita; non certo – spiegai alla meglio il mio pensiero – l'adeguamento conformistico alla Verità che si lascia sedurre e catturare per sempre, ma quella perenne rincorsa, che non esclude ritorni riflessivi, fatta di continue tensioni verso traguardi che sembrano trionfi di verità e sono invece confutazioni di errori superati, e tuttavia indispensabili alla costruzione di una verità che non è mai "finale" e mai sarà compiutamente raggiunta... A quel punto il suo sguardo s'illuminò e mi strinse ripetutamente ambo le mani, mentre io concludevo che era questo che intendevo dire quando parlavo di amore di verità come fonte di giovinezza: una perenne scontentezza, che trova proprio nell'inquietudine le spinte per prolungare un equilibrio interiore come fonte di "giovinezza".

Sappia dunque, chi si tuffa nella sua opera alla ricerca di *un* Thomas Mann, che i tanti Mann che afferrerà nel fondo se li vedrà dissipare dalle mani dalla lettura stessa, via via che torna in superficie. E se vuol resistere negli spazi manniani rinunci intanto ad ogni pretesa di coerenza, faccia tesoro delle sue "contraddizioni" rimisurandole ogni tanto su quelle proprie; e cominci ad abituarsi ai salti mortali da una corda all'altra, tutte tese sul vuoto.

Ancora una volta Goethe gli offre un pessimo esempio, che lui, Mann, fra ammirazione e biasimo, definisce una rischiosa « danza sui coltelli, un mantenersi in equilibrio sulla corda... Può darsi che il genio sia appunto sempre un mantenersi in equilibrio sulla corda... ».

Ecco la sfida del genio, cui compete operare al limite di ogni possibilità umana, ripetendo con provocatoria spavalderia:

> Gliela facesti, ti riuscì comunque,
> ci provi un altro e non si rompa il collo.

Devo però ammettere, e con tutta umiltà, di esserci arrivato tardi, e di avere per molti anni coltivato di Mann un'idea complessa, come di uno scrittore piuttosto arcigno e infrequentabile. Ci si era appena orientati per un "certo Mann" quand'ecco quello di prima rispuntare sulla scena, a rassettare le suppellettili che il "nuovo" aveva messo sossopra, e annunciare che la recita riprendeva senza più innovazioni o sconvolgimenti.

Così doveva apparirci, parlo di quel gruppo già esposto agli sbalzi di temperatura nelle regioni più avanzate delle avanguardie europee, dalle quali Mann sembrava escludersi, anche quando dalle fiammelle che egli lasciava astutamente

accese fra un'apparizione e l'altra divampava la fiammata
che divorava quinte e fondali... Ma "noi" non potevamo ac-
corgercene, pervasi com'eravamo – gli anni son quelli che
vanno dal '27 al '34 – da una irriducibile intolleranza per
ogni forma di autoritarismo, rivolgevamo i nostri sguardi
piuttosto verso l'espressionismo, che avversava Mann quasi
quanto questi avversava quei fermenti avanguardistici pur
restandone intimamente contaminato. Ma ciò che maggiormente ci appariva estraneo al suo mondo poetico, era al
di là del malessere che coinvolgeva gli spiriti del tempo in
un'unica insofferenza esistenziale; aveva cioè un suo volto
onnipolitico che riempiva tutto l'orizzonte d'attesa: il socialismo. In questa prospettiva, sia vista dall'espressionismo,
come dalla *Neue Sachlichkeit* si verrà configurando quel rinnovamento della cultura europea che, per un verso con-
durrà a Brecht, per l'altro a Kafka; ma che finiranno prima
o poi per soccombere alla reazione nazista.

È forse allora che il processo avanguardistico diverrà
"accettabilmente" manniano; con un avverbio cioè che definisce un modo di far proprio ciò che si è appena respinto.
Lo confessa apertamente lo stesso Mann quando si dichiara
mai posseduto « dall'ambizione di essere all'avanguardia »
come « mai sostenuto da nessuna scuola ». E se taluni critici proveranno a forzare questo suo isolamento, nel tentativo di ricondurlo in qualche famiglia « accettabilmente
avanguardistica », la sua misurata prudenza non manca di
reagire. Come quando – in un *Rendiconto parigino* del '26
– parlando del fratello Heinrich afferma: « Nel sangue di
mio fratello, nella sua disposizione politica e critico-sociale
l'elemento romanico si rivela molto più forte che in me, il
"non politico". Ma dal punto di vista artistico io ero in
fondo più vicino, più affine ai francesi di lui; e ciò in virtù
del mio "borghesismo", cioè con un conservatorismo che,
se anche si afferma solo in modo ironico, fa appello al loro

senso classico, mentre mio fratello aveva molto di più a che fare con l'espressionismo tedesco. Dal punto di vista obiettivo era molto divertente scoprire che uno era più tedesco dell'altro perché più rivoluzionario! ».

Tornerà più tardi sull'argomento lamentandosi del silenzio calato ingiustamente sull'opera del fratello Heinrich: « anche la sua amata Italia e la Francia, ch'egli ebbe ancor più cara, dimostrano poca sensibilità per la sua opera che ha avuto formazione e impronta interamente latine e che annovera dei vertici assolutamente geniali... Invero anch'io ho contribuito a infondere spirito europeo al romanzo tedesco; ma la maniera di farlo era compenetrata da una tradizione maggiormente tedesca, è stata più vicina alla musica e di una maggiore piacevolezza per l'uso dell'ironia di quanto non sia stata la sua... ».

Eppure a noi risultava assai più agevole raccordare il radicalismo sociale di Heinrich al nostro ancor vago marxismo, che non l'aristocratico "apoliticismo" di Thomas, che sembrava fin d'allora avviarsi verso una, talvolta inaccessibile, "provincia pedagogica". Heinrich ci aiutava invece a collegare i fili della Repubblica di Weimar a quel ribellismo, se così posso chiamarlo, che si esprimeva in teatro con Brecht e Piscator, nel cinema con Pabst, Wiene e Murnau, nelle arti figurative con Nolde, Kokoschka e Grosz, in architettura con Gropius e van der Rohe.

In questo panorama Thomas Mann si collocava in una "rispettosa lontananza", dove i toni più corruschi, i gesti più temerari sfumavano in quella "malinconia della distanza che è al fondo di tutte le cose"; nel quale atteggiamento è da vedere, più che un aristocratico distacco, un modo di padroneggiare sia le forze demoniche che sono state incautamente evocate sia le forze vitali inclini alla malattia e alla morte: una specie d'incauta saggezza che riesce a conservare ciò che vuole distruggere.

Siamo oggi in grado di valutare meglio quell'appartarsi, che in Mann arrivava all'ostentazione; e supporre che dovesse soffrirne più che gioirne. In una lettera – attingo di preferenza a fonti italiane – diretta a Enzo Paci si legge ad esempio: « Le *Storie di Giuseppe* non sono tanto lontane dall'*Ulisse*, come si potrebbe credere osservando il modo più conservatore dei mezzi espressivi, il loro forte legame con la tradizione e la conseguente maggiore leggibilità ». C'è un animo ferito, in questo sfogo; ma gli bastano due parole per riscattarsi con ironia: "maggiore leggibilità". Per tutto il resto egli si ritiene assai più vicino a Joyce di quanto i critici non volessero o forse non potessero riconoscergli: e ce ne offre un indizio il passo di un'altra lettera a Kerényi scritta nel '36 mentre terminava il terzo volume del *Giuseppe*: « c'è un miscuglio linguistico e mitologico di elementi egizi, ebraici, greci, persino medievali. Sempre più scorgo nell'insieme un'opera anzitutto *linguistica* (suo il corsivo) alla quale devono fornire materiale tutti i campi possibili ».

A differenza però di Joyce, che è di quegli ingegni i quali « nascono per diventare giovani e presto compiono il loro destino, Thomas Mann appartiene alla schiera di coloro per i quali – continuo ad attingere dal saggio su Fontane – « la vecchiaia è l'età che meglio si conviene; vecchi per così dire, classici, destinati a metterci davanti agli occhi, in modo perfetto i vantaggi ideali di questa età: la mitezza, la benevolenza, la giustizia, l'umorismo, l'accorta saggezza, in breve un ritorno, ma in una sfera più alta, alla innocenza e libertà infantili ». E per rendere più somigliante il ritratto del "vecchio Fontane" maliziosamente estrae, da una lettera dello scrittore che sta celebrando, un passo singolare per le molteplici interpretazioni a cui si presta: « Dal fatto che comincio a provare piacere nell'ascoltare musica – scrive il Fontane – noto chiaramente che invecchio ». A quell'epoca

Fontane aveva trentasette anni, e Mann che ne tesseva l'elogio appena trentacinque: una segreta consonanza gli permette di scoprire così, ancor prima di varcar le soglie della maturità, quella che dovrà rappresentare una meta fondamentale di tutta la sua carriera di scrittore: la complementarietà di due elementi, vecchiaia e musica; come dire una giovanile saggezza. Qui non è più in discussione l'età, non si tratta d'ingannare Atropo perché allunghi il filo della vita, qui si vuol tendere la "corda" della vita affinché prolunghi il "suono" oltre la sua durata naturale, in una vibrazione in cui ogni onda prepari la successiva e ne venga assorbita e come annullata. « Pochi altri artisti » scriveva Emilio Cecchi « così tenacemente e severamente operarono come appunto il Mann... E non si applicarono soltanto ad esprimere le loro emozioni e le loro idee in quelle forme che essi erano venuti a grado a grado perfezionando...; ma si consumarono... ad approfondire e rinnovare tanto le idee quanto le forme; come nemici, persecutori e aguzzini di se medesimi, e sempre con coerenza assoluta. »

Per erigere tuttavia un giudizio coerente, che soprattutto miri a stringere in una sintesi le contraddizioni, latenti o apparenti, nella sua opera, può servire un passo del discorso tenuto nella sua città natale: « Oggi vi ha parlato – disse – un narratore borghese che in fondo non ha raccontato, in tutta la sua esistenza, che *una sola* storia: la storia del suo allontanamento dalla borghesia, e non già per trasformarsi in *bourgeois* o in marxista, ma per innalzarsi ad artista, all'ironia e alla libertà dell'arte, sempre pronta a volare in alto, oltre ogni confine ».

È il 1926, l'anno del suo viaggio, o meglio, del suo bagno democratico a Parigi, ormai crollate le illusioni della Repubblica di Weimar. Egli può quindi già proclamare « finiti per gli scrittori i tempi della "torre d'avorio" e del disinteresse politico ». Sono trascorsi appena due anni dalla pubblicazione della *Montagna incantata* e uno dal *Disordine e dolore precoce*; due opere che fanno da spartiacque fra il Mann decadente, romantico, conservatore-apolitico, la cui "simpatia per la morte" è qualcosa di più che propensione ideale verso il disfacimento mortale, come testimoniano le *Considerazioni di un apolitico* (1918); e il Mann capace di analizzare la malattia al pari del mito, umanizzandoli, sottoponendoli cioè a un processo di ironizzazione che permette al protagonista della *Montagna* di scoprire "la via geniale che conduce alla vita attraverso la morte".

Lo scrittore che aveva combattuto illuminismo e democrazia, che aveva salutato la grande guerra del '14 « quale senso di purificazione, di liberazione, di immane speranza...! » (non diversamente da quanto avveniva sull'opposto fronte e ad opera di un rampollo della stessa cultura tedesca, Benedetto Croce); l'artista che si era guadagnato il titolo di precursore del fascismo, pochi anni più tardi (in *Spagna*, 1937) già rimproverava aspramente quei governi europei che avevano abbandonato la Spagna nelle mani del Dittatore, per il quale « due terzi del popolo spagnolo dovrebbero perire, piuttosto che vinca nel paese il "marxismo", cioè un ordine migliore, più giusto, più umano... »; e l'anno appresso addirittura stigmatizzava lo scrittore norvegese Hamsun divenuto « fervente fascista... rimasto nell'apostasia (che era stata anche la sua, di Mann) di fronte al liberalismo, senza accorgersi che con la sua condotta politica – vorrei dire meglio morale – egli compromette irreparabilmente il suo genio poetico ».

La difficoltà che s'incontra nell'attribuire a Mann il posto che gli spetta nel romanzo europeo contemporaneo dipende più che dalla complessità e difformità delle sue opere, dalla molteplicità di significati "logici" che se ne possono estrarre, poiché la sua « narrazione si trova sempre dopo, mai prima di un atto critico ».

Il saggista non presiede, ma prepara il lavoro creativo dell'artista; collega e separa; sicché il narratore trova sempre il terreno sgomberato dagli interrogativi più inquietanti; e la prosa può così disporsi in una serie di "rapporti" ormai placati. Le crisi dello scrittore si situano perciò in un "aldilà" che anticipa e segue l'opera narrativa; e, se la investono, è solo per quel tanto di razionalmente irrisolto, che tuttavia non turba anzi ravviva il tranquillo fluire della sua prosa.

Il demonico, come la morte, come il mito, sono concetti che subiscono nel corso della lunga operosa vita dello scrittore tedesco mediazioni che tendono via via ad allontanarli dalle loro fonti medievali o tardo-romantiche, con un processo di riduzione ironica che, mentre conferisce loro una capacità espansiva, sino a comprendere e simboleggiare ironicamente la stessa Germania e tutta la sua cultura, li "umanizza": per cui la fusione di mitologia e psicologia, il senso comico della morte, assumono valore non di testimonianza, ma di ambigua partecipazione. L'artista è implicato dunque nei tempi delle sue storie, assoggettato ad essi, al pari dei protagonisti, con qualcosa in più a disposizione, l'ironia; grazie alla quale egli può progressivamente distaccarsene oggettivando lo stesso mondo decadente da cui proviene.

Perciò diffidavo dal costringere Mann in un giudizio che lo rappresentasse sinteticamente a garanzia di una presunta attualità: la vitalità della sua opera è in quella discontinua unità che fa di ogni simbolo scritto una prova definitiva e, insieme, l'anello di una catena la cui consistenza è assicurata appunto dal concatenarsi di un anello all'altro. Vano quindi chiedere a lui, ciò che è pur legittimo esigere da un artista, l'unicum, l'opera in cui si è realizzato "tutto": la modernità di Mann va colta piuttosto nel suo svolgimento: « è quasi impossibile » scrisse a proposito della *Montagna incantata* « parlare di questo romanzo senza ricordare le relazioni che ci sono tra esso e (all'indietro) il mio romanzo giovanile *I Buddenbrook*, il trattato etico polemico *Considerazioni di un apolitico* e la *Morte a Venezia*; e (in avanti) i romanzi di *Giuseppe* ».

Il malessere, l'angoscia, la solitudine, le sconfitte dell'uomo di fronte alla natura e alla società, che è la problematica della narrativa del decadentismo novecentesco, furono temi che forse trovarono spiriti assai più pronti e più vigili del Mann, determinando vocazioni letterarie che meritarono subito l'appellativo "moderno"; eppure Mann contempera tutt'insieme questi motivi in una correlazione fra passato e presente, fra riflessione e spontaneità, tale da inglobare l'intera gamma degli "impegni umani".

È questo il Mann – che appariva vecchio alle nostre impazienze di allora – venirci incontro oggi come ringiovanito da quella "lontananza" in cui lo avevamo collocato. Simile a quelle pitture puntilliniste le quali, se viste da discreta distanza mostrano la miriade di punti fusi in toni e colori partecipare in egual misura al realizzarsi della figura, Mann guadagnava, in quel suo allontanarsi da noi; perché errori e riprese, affermazioni e negazioni, nel mentre gli conferiscono un'immagine "inafferrabile", prese nell'insieme permettono di ghermire invece il suo prestigioso gioco tra intelligenza e sentimento, tra responsabilità e disimpegno, tra assuefazione e amore del rischio. Che queste apparenti antinomie fossero presenti criticamente alla sua coscienza è un dato accertabile in quell'ironia con cui egli si applicò a denunciare gli interni conflitti, le cadute, le incongruenze talora dilanianti, che regnarono anche negli spiriti più alti e coi quali amò spesso misurarsi: Nietzsche, Wagner, Goethe, Schiller. Ma non insisterei come Tecchi fa sul gusto dei contrasti "insito nella razza tedesca", poiché dal momento in cui la sfera di quel "desiderio dei contrasti", di quel "tormento di scavarli a fondo, di drammatizzarli" si allarga a "tutta una razza" si sottrae al Mann parte del merito che gli va riconosciuto di aver saputo assumersi le proprie responsabilità di fronte alla Germania come di fronte al mondo. Così le sue contraddizioni, via via che ci stacchiamo da lui per includere nel quadro anche l'ambiente in cui la sua figura di romanziere e di saggista si formò, ci appariranno sempre più in armonia coi tempi lunghi entro i quali egli operò. Se poi nel quadro vi si includerà anche il *Doctor Faustus*, come l'opera di cui tutto il lavoro precedente, – è un'osservazione di Lukács – sembra essere una preparazione, faremo la sorprendente scoperta che anche l'avanguardismo al quale avevamo sacrificato i nostri giovanili entusiasmi si trova ridotto in un degradamento in barbarie; giudizio che finisce per coincidere col pessimismo attuale circa il destino di certe dissennate innovazioni, quando non si riconoscano come partecipe dei moti di rinovamento di un'intera società.

In tal modo quest'opera della "vecchiaia" ci fornisce in una volta sia la chiave per comprendere il *Faustus* sia quella per decifrare il magma che scorre sotto « un'arte così familiare con le realtà sotterranee, così intimamente imparentata col demonico; un demonico senza più segni visibili, tutto di qualità interiore... ».

La congiunzione di psicologia e mitologia – aggiunge ancora Cecchi riprendendo un'affermazione di Enzo Paci – fu la fondamentale scoperta di Wagner: e per Mann un avvio ad una di quelle "felici combinazioni" che si erano già manifestate allorquando da una fusione di Schopenhauer e Nietzsche aveva tratto, come egli stesso si esprime, « un ingenuo abuso di una filosofia della quale proprio gli artisti si sentono colpevoli ».

Se il romanzo è sempre romanzo d'idee, per Mann lo era in sommo grado; ma è evidente che in Mann esso si è decisamente espanso verso un'aurorale "prima volta" di ordine mitologico che finirà per investire tutto il ciclo posteriore fino alle *Storie di Giacobbe*. Lo avvertì subito Kerényi, che gli scrisse: « testimonianza di delicatissime realtà psichiche è stata finora per me la sua *Montagna incantata* »; e, a proposito di *Carlotta a Weimar*: « un passo oltre Proust, un affondare in quella prima fonte creatrice che è Goethe, o meglio che anche Goethe era: ecco un'altra fatica "mitologica" nel senso in cui io intendo la mitologia! ». E prosegue: « Ma quasi ancora più care e importanti mi sono apparse ora le *Storie di Giacobbe*. Vi si trovano intuizioni meravigliose, come quella del "generare e morire" e di "sesso e morte"... In un capitolo che è meraviglioso non solo psicologicamente ma anche dal punto di vista di scienza dell'antichità... ».

Certo, ammette Mann: « in questi giorni lei [Kerényi] è stato molto vicino al mio lavoro e il mio lavoro a lei. Infatti, alla fine del Giuseppe III, compongo una scena magica per la quale utilizzo con disinvoltura i suoi commenti al mimo delle donne di Sofrone »; e poi: « l'interessamento a poco a poco crescente nel campo della storia delle religioni e dei miti è di fatto un "fenomeno senile" e corrisponde a un gusto che con gli anni si è venuto staccando dall'individualità borghese e si è volto verso il tipico, il generale, l'umano ». Quindi per precisare una definizione che poteva risultare equivoca, completa: « La psicologia è il mezzo per strappare di mano il mito agli oscurantisti fascisti e "transfunzionarlo" (*umfunktionieren*) in umanità ».

Musica = senilità; mitologia = umanità; sono le equivalenze in cui lo scrittore risolve altre antimonie: borghesia = sanità, in opposizione ad arte = malattia; patto con le muse = patto col diavolo eccetera, quale critico superamento sia del mondo borghese (e dell'arte che ne scaturisce, di riflesso o no, non importa) sia del mito del germanesimo, e del conservatorismo, che da quel mito prende slancio, per *transfunzionare* il mito stesso in umanità.

Da noi un tale tipo di scrittore "mitologico" (o, come lo definì Ernesto De Martino "etnologizzante") capace cioè di affondar le mani nelle matrici mitologiche, e di sapervi trarre qualcuna di quelle "felici combinazioni" in cui Mann riuscì da maestro, mancava; e direi tuttora manca.

Negli anni fra le due guerre predominava ancora fra noi il concetto di un'etnologia come scienza a parte con norme e metodologia proprie, quando non strettamente legata a un tipo di particolare ricerca. Si era lontani dal concepire il mondo antico o anche le residue società primitive con propri riti arcaici come fonti letterarie. Lo avvertì lo stesso De Martino quando presentò in Italia la prima opera di Lévy-Bruhl asserendo che essa partecipava a « quel moto, oggi appena agli inizi, in forza del quale il mondo etnologico, soprattutto nel suo aspetto magico, da oggetto di industre e zelante curiosità da parte di una ristretta cerchia di specialisti si viene lentamente tramutando (*transfunzionando*, avrebbe detto Mann) in fermento umanistico ».

Lo scrittore che in Italia tentò la "felice combinazione", di sposare cioè a una propria esperienza "attuale" la rappresentazione dei riti magici che formano il substrato culturale della civiltà contadina fu Carlo Levi in *Cristo s'è fermato a Eboli*.

Altri scrittori, che obbediscono a una sincera vocazione etnologica o che approdano all'etnologia muovendo da altri campi non ne conosco, se si eccettuano Ernesto De Martino, storiografo, e Remo Cantoni, filosofo. Ma qui un nome s'impone sopra tutti, quello di Cesare Pavese; che incarnò da noi la più autentica figura dello scrittore "etnologizzante". È un destino che l'autore dei *Dialoghi con Leucò* si costruì sin dagli anni della giovinezza, davanti al mare di Brancaleone Calabro dov'era confinato: « Questa sera, » annota nel suo diario « sotto le rocce rosse lunari, pensavo come sarebbe di una grande poesia mostrare il dio incarnato in questo luogo, con tutte le allusioni d'immagini che simile tratto consentirebbe. Subito mi sorprese la coscienza che questo dio non c'è, che io lo so, ne sono convinto... Di qui ho pensato come dovrà essere allusivo e *all-pervading* ogni mio futuro argomento, allo stesso modo che doveva essere allusiva e *all-pervading* la fede nel dio incarnato nelle rocce rosse, se un poeta se ne fosse servito ».

Quando mi avvicinai a Pavese nel '47 egli stava allestendo i primi numeri della collana di etnologia per Einaudi, e mi fu prodigo di consigli per aiutarmi a uscire dalle secche di una ricerca in cui mi ero disperso, non riuscendo a ricucire il mito all'apparenza, il passato aurorale al presente, il selvaggio al colto. Non è qui il caso d'insistere su ciò che trassi dalle sue parole, e che dovevo rintracciare poi fra le pagine del suo diario postumo, specie nelle note del 1945, che si apre con un'annotazione sull'annata appena trascorsa, che definisce: « strana e ricca. Cominciata e finita con Dio, con meditazioni assidue sul primitivo e selvaggio... ». E continua sub 13 febb.: « Il *fatto unico* di cui tanto ti esalti, in realtà per avere il suo valore *non* deve esser accaduto. Deve restare mito, nelle nebbie della tradizione e del passato, cioè della memoria... ». La memoria su cui tornerà più volte in seguito (e mi sembra di riudire la sua voce quando io gli dicevo di non averne mai a sufficienza o di poterne disporre solo in certe circostanze in cui il presente *pretende* un immediato riscontro nel passato): « Si dimentica » scriveva, 3 febb. '47 « soltanto quel che si era già dimenticato quando accadeva. Tu non ricordi nulla se non stati interiori, chiusi ». E ancora, nel marzo '45: « non *si vede* mai una cosa per la prima volta, ma sempre una seconda: quando trapassa in un'altra... In quanto ammirata, una cosa è un'altra, cioè è veduta una seconda volta sotto altro aspetto ».

Quanto ciò abbia pesato sullo sviluppo ulteriore del mio lavoro lo dirà chi avrà pazienza di porre in relazione *Vesuvio e pane*, apparso l'anno dopo la scomparsa dell'amico, – e che dedicai alla sua memoria – con *Domani e poi domani*; dove è evidente lo sforzo di individuare i legami fra "selvaggio" e "storico", fra tradizione mito e presente che avevano già tanto influito sul lavoro di Pavese e che in me cercano delimitazioni e stabilizzazioni non lontane da un certo atteggiamento "musicale" di "ritorni" e "ripetizioni", alla Mann, per intenderci.

Ancora una volta, ecco Pavese venirmi incontro dal suo diario (18 febb. '45): « Il *ritorno degli eventi* in Th. Mann [capitolo *Ruben va alla cisterna*] è in sostanza una concezione evoluzionista. Gli eventi si provano ad accadere, e ogni volta accadono più soddisfacenti, più perfetti. Gli *stampi mitici* sono come le *forme delle specie*... Del resto il modo di enunciare di Mann pare sottintendere che ciò che determina via via gli eventi è lo spirito umano che, secondo le sue leggi, li percepisce e *fa accadere* ogni volta sostanzialmente uguali ma più ricchi ».

Era dunque l'etnologia a rendere "attuale" Thomas Mann fra noi: le sue incursioni nel primitivo, nel mito, impostesi come esigenza "culturale" degli anni trenta, per « strappare di mano il mito agli oscurantisti fascisti e "transfunzionarlo" » – promuoverlo cioè a una funzione di conoscenza e di riflessione "razionale" contro l'abuso irrazionalistico – risultava ancora esemplare vent'anni dopo nella nostra cultura. La realtà del fascismo, della guerra, della sconfitta, degli orrori compiuti in nome di una "patria" nemica della sua stessa gente, era sotto i nostri occhi; e se ciò poteva bastare a un realismo rozzo, pronto a una registrazione "fedele" di ciò che "è accaduto", non riusciva a soddisfare chi aveva già posto in dubbio che la "prima volta" non fosse che una "ripetizione" da cui la necessità di scavare nel passato, fra le matrici, per dare "verità" poetica al "vedere mitico" alla « tua seconda volta » (11 dic. '47): « Ripresentare una cosa fatta, una caccia, una battaglia, non è raccontarla? Ri-presentarla prima che avvenga per farla accadere [magìa], non è profetarla? Ecco la poesia, che è magìa e rito-religione ».

Ecco il sottile, ma abbastanza visibile, legame che unisce Mann a noi: questo filo passa attraverso l'opera di Pavese, cui Mann rimprovera, tuttavia, la sua adesione al comunismo, che ritiene in contrasto con le sue simpatie etnologiche, ormai esplicite: « io mi domando, ad esempio [egli scrive] come Pavese, col suo interesse per "i temi più delicati e complessi della filosofia contemporanea" e la sua tendenza al mito, si raffigurasse la sua vita personale in un'Italia sotto disciplina comunista... Credeva forse che certe sublimi passioni secondarie, tra cui il suo debole per le mie storie di Giuseppe, sotto il dominio comunista gli verrebbero permesse? Sarebbe stata un'ingenuità... ».

Ma non aveva egli stesso scritto, in una pagina autobiografica, che « ogni realtà è "mortalmente" seria » e come tale va affrontata? Alla "sua realtà" Pavese pose fine con la più severa ed estrema autopunizione, non si concesse dilazioni per potersi ravvedere: forse la consapevolezza dell'impotenza a ridurre a ragione il mostro politico che gli si ergeva davanti deve aver contribuito alla tragica decisione di chiamarsene fuori, non meno delle sue angosce d'ordine più intimo e metafisico. Non è il caso di congetturare che se avesse potuto intravedere la fine della dogmatica comunistica, egli forse avrebbe ritrovato una ragione di vita aldilà dei vincoli morali, che la sua coscienza si attribuiva, e aldilà del labirinto esistenziale in cui la sua sensibilità parve smarrirsi. « Non poteva vivere in un mondo come quello di cui lei parla » riconoscerà lo stesso Mann parlando del figlio Klaus, anche lui suicida due anni prima: « Ho anche notato ciò che lei dice di una vita senza l'illuminazione del pensiero, del riscatto della libertà e della costrizione di un sistema filosofico definitivo, in breve del dogmatismo, che è adatto per tutti coloro che temono lo sforzo della libertà »; mentre in un passo del *Mio tempo* aveva osservato che « non vi è nulla di più ingenuo che moraleggiando allegramente, voler esaltare la libertà a scapito del dispotismo, perché essa rappresenta un problema angoscioso, tanto angoscioso che ci si chiede se l'uomo, per amore della sua tranquillità psichica e metafisica, non preferisca il terrore alla libertà ». Reagire a tale angoscia significa accettare la morte, non quale posta di una scommessa con la vita, ma quale limite; il cui superamento deve far parte come ipotesi negativa di ogni progetto in cui sia implicato l'uomo che non si sottrae alla responsabilità del testimone partecipe del grande festino finale. « Di ciò si parla a lungo nella *Montagna incantata* e anche nel romanzo della vecchiaia, il *Doctor Faustus* ».

Il demonico, la morte, il mito, si allontanano dalle loro fonti medievali o tardo-romantiche per coinvolgere così, ironicamente, la Germania e la sua stessa cultura: secondo un processo riduttivo che fondendo mitologia e psicologia conferisce al grande festino finale un senso comico.

Il "fuochista dell'inferno" – come fu definito nel '51, all'apparizione dell'*Eletto* – si ritrova in tal modo con un ambiguo impegno alla testa di quell'Illuminismo democratico, avversato dai fascismi europei che parlavano in nome della stessa borghesia di cui Mann si proclamava figlio, mentre si avviava a superare il già contaminato "contegno borghese" verso altre province pedagogiche, confortate da un ideale sociale che ha « con lo spirito rapporti molto più stretti che non la contrapposta idea borghese di cultura ». Son moniti, è pur vero, pronunciati dall'intellettuale "borghese" che, preoccupato dei destini della sua classe, vorrebbe che essa si decidesse a riannodare i fili « col mondo razionale che sta per sorgere ». Ma quei fili sono già presenti nel suo discorso narrativo che va svolgendosi dal romanzo pedagogico fino alle confessioni del truffaldino cavaliere d'industria Felix Krüll che si aggira "comicamente" per quelle pagine scritte, e mai concluse, nel corso dell'intera vita; forse proprio perché incapace di « distinguere nettamente tra l'essere e il significato » – come lo stesso autore ebbe ad esprimersi: « il problema dell'autofruizione della personalità e del compimento di sé... in Krüll trova infine una soluzione... come in Giuseppe [anche lui] mitico cavaliere d'industria ».

Forse occorrerebbe saper cogliere i significati sotterranei di un rapporto che sorge dalla cronologia della sua opera, quello che passa fra *Tonio Kröger* e *Morte a Venezia*; l'uno che s'interpone durante la stesura dei *Buddenbrook*; l'altro che interrompe, addirittura per decenni, le *Confessioni del Cavaliere d'industria Felix Krüll*. « Nelle intenzioni la novella [veneziana] aveva meno pretese... era immaginata come improvvisazione da sbrigare in fretta e da inserire nel lavoro del romanzo di Krüll... D'altronde, » continua lo scrittore « a me piace la parola "rapporto". Questo concetto coincide con quello d'importanza... Importante significa semplicemente ricco di rapporti... E le esperienze fatte col *Tonio Kröger* mi erano rievocate dall'intimo simbolismo e dalla perfetta composizione di particolari anche poco appariscenti ma suggeriti dalla realtà. »

Vuol dire che le "cose" (« o quel vocabolo che dovrebbe indicar meglio il concetto di organico ») che la realtà gli proponeva nell'orizzonte conchiuso della *Morte a Venezia* si predisponevano nel nuovo disegno narrativo già cariche di un simbolismo divenutogli "intimo" dall'esperienza del *Kröger*. E le consonanze fra le due narrazioni non si limitano a un "rapporto" contenutistico, ma riverberano sul linguaggio, nella perfezione stilistica in cui è avvertibile un ritmo musicale che si ripresenterà su scala più ampia con *La montagna incantata*.

Accennando a *Kröger* dirà infatti che vi introdusse « per la prima volta, forse, la musica come elemento stilistico e formale »; per cui la composizione narrativa in prosa fu per la prima volta intesa « come tessuto spirituale di motivi, come complesso musicale di rapporti ». Ma vi è infine un'altra analogia, che va colta per antitesi, fra le due avventure, l'una rivolta verso il Nord, l'altra verso il Sud, e tuttavia entrambe esposte ai medesimi conflitti: spirito-natura, arte-vita, salute-malattia; conflitti che troveranno un seguito di che alimentare illusorie unità lungo la "via geniale", quella di Castorp della *Montagna incantata*, che conduce alla vita attraverso la morte; conclusione grottesca; tale da far dire a Mann che avrebbe voluto far della morte un "personaggio comico".

Per sfuggire alla "bellezza" del Sud, per allontanarsi da quella "gente viva" da quegli « sguardi neri, d'animale », Kröger se ne va al Nord, in Danimarca, dove « ombre di figure umane [gli] fanno cenni perché le esorcizzi e le redima »; all'opposto di Aschenbach, che, per sottrarsi alla sua senilità, scende al Sud a cercarvi una faustiana giovinezza: « la semplicità, la grandezza, il nuovo vigore, la spontaneità, la forma ». Ambedue prigionieri di un mito da rivivere, tornano al passato, cercano per vie diverse « forma e spontaneità »: l'uno « ombre tragiche, ombre ridicole, e alcune che sono l'uno e l'altro insieme », l'altro che proviene dall'epos di Federico il Grande, dalla ricusa di ogni « gusto degli abissi » un se stesso trasfigurato come una maschera nello specchio del barbiere di un'ammorbata Venezia. Si direbbe che la maschera che ha trasfigurato Aschenbach somigli proprio a quella "terribilmente viva" senza "coscienza negli occhi" che Kröger ha disprezzato fuggendo verso il Nord.

Siamo agli inizi del secolo; già si delinea il clima culturale che sarà dominato dall'espressionismo; e le parole che Kröger rivolge all'amica Lisaveta sembrano risentirne, quasi che lo scrittore abbia davanti agli occhi la pittura di Munck, di Nolde, le maschere tragiche di Ensor. Pochi anni dopo, all'apparire di *Morte a Venezia*, l'espressionismo è nella sua seconda e più sicura fase, e si mostrerà intollerante verso lo scrittore di Lubecca. Al coro di biasimi con cui fu accolto il racconto veneziano si associarono, oltre al fratello Heinrich, personalità quali Alfred Kerr, Stefan Zweig, R.M. Rilke, il quale definì « dilatate come inchiostro versato » le ultime pagine dell'avventura di Aschenbach. Ciò che spiaceva in Mann non era tanto quel suo muoversi distaccato dalle correnti più avanzate della cultura tedesca, quanto lo spirito borghese che ancora sembrava animare la sua prosa. Eppure i programmi di Kröger e di Aschenbach hanno un punto d'arrivo comune: l'uno proclama con appassionata eloquenza la difesa « del borghese amore per l'umano, il vivo e l'ordinario » che fa presagire l'ironia con cui si chiude la sintomatica novella *Dal Profeta*, « Sì, tra la vita e lui c'era un certo rapporto »; l'altro, invece, con non minore passione pronuncia una difesa borghese della morte; sicché nella sua mente già ottenebrata dal male il bel Tadzio in riva al mare può apparirgli mentre addita un punto lontano nello spazio, un aldilà tranquillo, quasi « lo precedesse a volo verso benefiche immensità ».

Plastica confessione di resa impotente a forze avverse, e insieme distruzione ironica di una sicurezza etica e politica, che l'autore attua come adempiendo a un dovere verso se stesso: sino a suggerire il tema di un'autocaricatura. od annuncio della "grande crisi" della civiltà borghese – e di quella tedesca in specie. « "Il borghese sviato" – così lo definisce il Lukács – Tonio Kröger par essere il vero borghese: la strada del contegno da lui scelta, appare esser l'etica vera della nuova borghesia. Anche qui Thomas Mann celebra un inesorabile processo a se stesso. La *Morte a Venezia* è il suo configurarsi. » Kröger come Aschenbach « si levano severamente e superbamente sulla meschina vita di tutti i giorni, sopra il suo miserabile filisteismo, sopra il suo anarchismo bohémien altrettanto meschino... Questo autoprocesso è il rendiconto della produzione di Thomas Mann precedente alla guerra... ». E potremmo concludere con le parole che lo stesso Mann fa pronunciare da Lorenzo de' Medici morente a Savonarola: « Si disprezzano quelli che vivono cauti terra terra, stupefatti se noi scegliamo una vita ardita, breve, intensa, invece della loro lunga esistenza di timida povertà... Là dove il desiderio ci trae, nevvero? là non siamo. Eppure ogni creatura scambia facilmente la creatura col proprio desiderio... ». In questa estrema lucidità (il dramma *Fiorenza* si colloca come data fra la composizione dei due racconti) Lorenzo sembra voler fornire le chiavi per comprendere appieno il significato della crisi dei due scrittori, il giovane Kröger e l'anziano Aschenbach. Anzi, per riprendere le analisi di Lukács, è proprio da quei concetti che nasce poeticamente la critica distruttrice della carenza di valori, dell'irrealtà di tutta l'etica del "contegno" borghese.

Ma occorrerà attendere il *Doctor Faustus* per avere il compimento di quel processo che si consoliderà in un giudizio decisivo; dove la tragedia dell'artista vi è configurata in una più vasta tragedia di ordine morale e politico.

Vano dunque il tentativo di rintracciare nella nostra letteratura esempi evidenti di un'influenza manniana: se influsso vi fu, esso va ricercato più che nelle singole opere, in un certo atteggiamento, in quella disposizione alla riflessione socio-politica, al saggismo. La narrativa di Mann è di un genere così composto, per linguaggio e per contenuti, e presuppone un lavoro di scavo culturale tanto vasto e vario, che non vedo fra le due ultime generazioni chi possa dirsi erede della sua lezione: tranne, forse, uno, il più audace nel contaminare il contegno borghese, fino a travolgerlo nell'ironia e nel comico: voglio dire Italo Svevo.

Il compito che la letteratura italiana fu chiamata a svolgere negli ultimi decenni fu soprattutto devoluto a liberarsi dei veleni dannunziani che l'avevano permeata; operazione questa che venne a coincidere con la dittatura fascista, per cui ebbe fasi equivoche, come la definizione "antiborghese" che la stessa letteratura fascista volle attribuirsi in uno slancio di superomismo ove c'era molto di un Nietzsche frainteso o deturpato; ben diverso comunque dal Nietzsche che aveva contribuito con Schopenhauer alla formazione di Mann. Tanto che, senza arrossire, egli poteva proclamarsi "borghese" e "conservatore", come nessuno di noi avrebbe mai osato. Si deve appunto a questa coscienza di sé, che sa accettare le proprie responsabilità, se il Mann saprà trovare più tardi un logico e persuasivo sviluppo, dalle *Considerazioni di un apolitico* a quelle dell'*homo politicus* che vaticina la guerra civile a preferenza della guerra esterna, per un popolo che, come il tedesco, aspiri a forme superiori di vita sociale: « Tutto si sarebbe svolto altrimenti » dirà « se alla Germania fosse stato dato di liberarsi da sé! Se fra il 1933 e il 1939 fosse scoppiata da noi la rivoluzione salvatrice! ».

L'apoliticismo borghese e conservatore, dunque, è già diventato socialismo, sui generis, di timbro squisitamente thomasmanniano, percorso da lampi messianici, venato di malinconica ironia ma nel quale egli infine ritrova quell'unità sempre vagheggiata. « Il mio tempo fu ricco di vicende... La mia vita in essa è unità. » Sono parole con cui va concludendo il suo lavoro e poco importa se « unità » venga a risuonare più come aspirazione che come unità effettivamente conseguita. D'altronde nessuna paura di contraddirsi: « Ogni realtà è mortalmente seria e la moralità stessa, identica con la vita, ci impedisce di rimaner fedeli alla pura realtà della nostra giovinezza ». Impossibile perciò restar fedeli a se stessi, se si vuol esser fedeli al tempo in cui si vive. Per cui il suo esempio permane inimitabile; e se per qualche verso si ritroverà "esemplare", nel senso più vieto della parola, sarà soltanto in una sfera dove l'imitazione merita già un altro vocabolo per definirsi. Serenus Zeitblom, che nel *Faustus* rappresenta in una certa misura la coscienza dello scrittore, ce ne offre l'avvio quando asserisce: « Il tempo in cui si svolge la mia attività non è l'epoca fino alla quale è arrivato il mio racconto, perché... da una parte abbiamo il tempo personale, dall'altra il tempo oggettivo, il tempo in cui si muove il narratore e quello in cui si svolgono le cose narrate. È questa una singolare concatenazione di tempi, destinata del resto a collegarsi con un terzo tempo, cioè con quello che un giorno l'amico lettore impiegherà per raccogliere i fatti raccontati, di maniera che egli si troverà a distinguere tre tempi: il suo, quello del cronista, quello dello storico ». Ecco, noi stiamo raccogliendo questi "tempi"; ed è in questa ricerca e ricomposizione dei tre tempi in "unità" narrativa – che fu già una conquista di Proust e di Joyce – che andrebbe individuata la sotterranea influenza esercitata da Mann su noi; ed è in questa direzione, suppongo, che essa finirà per dare un giorno i migliori frutti.

II

IL PAESE DELLE ANIME

Il paese delle anime

Mi ero proposto di elevare la mia città a modello di vita spirituale come Mann fece per la sua Lubecca, quando tornò dopo molti anni nella città natale, e mi accorgo invece, che, più vado frugando in quei "frementi legami" che mi tennero avvinto a Napoli, e più scopro insidie e inganni. No, lo scrittore non può ritenersi qui, meglio che se nato altrove, in armonia col suo ambiente, in pace con la società in cui si è venuta formando la sua coscienza di uomo e d'artista. Non è questo il regno di Bengodi, della felice facilità, o della facile felicità. Anzi, proprio perché tutto qui sembra disporglisi favorevolmente intorno, lo scrittore deve porsi in allarme. Che ci vuole? Basta che allunghi la mano oltre il davanzale, che intinga penna o pennello nella strada, e il quadro è fatto. Tutti sanno che la mia città dispone, ancora oggi che ferro e cemento sommergono il verde degli alberi e il grigio delle pietre antiche, di una tavolozza prestigiosa e disponibile nella sua allucinante persuasività.

Perché dunque la preferii per ambientarvi il mio primo racconto, se non era modello di vita spirituale? Solo perché era il "paese dell'anima", quello stesso cui si erano e dovevano ancora ispirarsi tanti libri, e anche eccellenti libri?

Una tale scelta avviene per vie misteriose, del tutto spontanee, mentre io, invece, volevo scoprirvi una necessità, un modo ineluttabile che mi consentisse di elevare la mia città a simbolo di una vita sociale assai più vasta; che ovviamente non apparteneva alla sola Napoli. Vagamente avvertivo che essa doveva rappresentare nei confronti dell'Italia ciò che l'intero paese può considerarsi nei confronti del resto dell'Europa: essa mi si offriva cioè non solo come "la mia città" ma come la città di ognuno; perché quel che pretendevo da lei non era la "sua realtà", ciò che la fa essere quella che effettivamente è, ma quel che io le chiedevo era di prestarsi a uno scambio fra lei e me.

Anche se era lì, disposta a darmi in un solo orizzonte miseria e opulenza, coraggio e paura, vita e morte, orgoglio e servitù, splendore e decadenza, e, per dirla in una sola immagine, Melpomene e Pulcinella; ciò che volevo stabilire con lei era un'intesa che andasse aldilà di queste opposizioni apparenti; le quali, per quanto ricche di promesse dialettiche, finivano per risolversi in altrettante tautologie, o almeno in equazioni tabù, pronte ad imprigionare la favola contemporanea in un naturalismo anche se di tipo nuovo. Quel che le chiedevo, a dirla breve, era insito nel nostro stesso porci in relazione l'uno con l'altra, relazione che non può riassumersi se non in una parola piuttosto equivoca e approssimativa: rischio. Ecco: temevo e pretendevo di correre il rischio di restare impigliato nella rete che io stesso avevo tessuto per imprigionarvi non solamente le cose reali, ma anche l'infinito stuolo di irrealtà (emozioni, concetti e formule divenuti oggetti), partecipi dell'intera oggettività.

Così l'osservazione di Napoli come una realtà con le sue irrealtà diventava già una sfida a trovare ciò che essa aveva di più nascosto e geloso, ma altrettanto autentico. Né disponevo, allora come oggi, di due anime, l'una pronta a mettersi in movimento alla vista di un tramonto, di un'occupazione di fabbrica, l'altra in disparte per emozionarsi soltanto alla vista di un quadro o all'ascolto di un racconto che rappresentano magari le stesse cose. O forse, per essere il quadro e il racconto più distaccati dall'oggettività, e per la loro intrinseca natura, più vicini ai miei moti spirituali, dovrei sentirmeli più "dentro" di quanto non senta quelle stesse vicende prigioniere della realtà perché non ancora catturate e trasformate dall'arte?

Fedele a quel tanto di Feuerbach salvatosi da altre letture, continuavo a dirmi che « le immagini che l'uomo si fa del sole, della luna, delle stelle e in generale di ciò che rappresenta l'essere, sono... dei prodotti della natura... poiché la potenza dell'immaginazione è in ultima analisi... una forza della natura ».[1] Tutto ciò trovava una consonanza in quel mio testardo rivolgermi alla mia città con assillanti interrogativi, quasi che essa non rappresentasse per me solo "un contenuto", oppure tanti contraddittori "contenuti", ma rappresentasse altresì tante "forme" che dopo aver fatta la loro comparsa nel mondo delle forme sono state incorporate nella realtà, testimonianze di passati "frementi legami", di precedenti rischiosi "rapporti" che hanno finito per cambiare la stessa faccia della realtà.

Immaginarsi un museo che raccolga ogni vestigia umana come ogni frammento della natura; questa era la città che io attraversavo con febbrile avidità di coglierne i segreti! Quante farfalle come sorprese nel loro volo colorato, già divenute esempi di famiglie di lepidotteri! Quante alizarine o cocciniglie, divenute colori di manti purpurei o celestiali; oppure trasformate in affreschi e in quadri! Quanta argilla o quanto marmo nell'opposta vetrina acquistavano "forma" di scultura! E quel quarzo non è servito forse a fornirmi la lente attraverso cui sto osservando tutto ciò? E quella sabbia non è forse la stessa fusa nel cristallo che racchiude tanti esempi tratti dalla natura o mutati in oggetti d'arte?...

Le domande m'inseguono, mentre di sala in sala vado cogliendo con crescente stupore, non scevro di paura, tutti i nessi che congiungono quei "doppi" in una realtà unica che mi osserva mentre io la osservo. In nessun istante la mia coscienza se ne è rimasta in disparte, passivamente in attesa che tutto il percorso attraverso il Museo fosse compiuto; ma passo passo ha prestato "forma" ad ogni distinzione, poiché il suo essere consiste proprio nel commisurarsi, più che con le cose o con le forme, con le forme delle forme rappresentate appunto dai "frementi legami" che intercorrono fra natura, arte e società; e me che ne costituisco l'intercapedine e l'anello.

Oggi più di ieri mi persuade perciò Kierkegaard quando dice che « nello stesso tempo che il libro sviluppa un'idea, si viene sviluppando anche la mia individualità corrispondente »; mentre Picasso esemplifica confessando di essersi ispirato direttamente a Toulouse-Lautrec in uno dei suoi periodi di pittura dedicati appunto al pittore francese.

In altre parole, se Napoli non rappresentò per me l'ideale "paese dell'anima" fu perché proprio in quanto tale essa era stata deflorata da un'"altra" letteratura e da un'"altra" pittura; quindi poteva tutt'al più presentarsi come "paese delle anime" per quel poco o molto che altri avevano deposto artisticamente nella sua realtà. Ecco perché, per voler dare un "ristoro" esistenziale (alla Camus, un Camus ante-litteram, s'intende, ché allora non esisteva nel nostro orizzonte) ai personaggi di *Tre operai*, non li mandai a bagnarsi nel mare di Mergellina, nel quale si erano immersi tanti artisti, dal Sannazzaro al Gigante, da Pratella a Marotta, per non parlare dell'infinito stuolo di poeti e scrittori dialettali che dal Basile al Sarnelli, alla scuola di Posillipo avevano adoperato quelle acque per le loro scampagnate

estetiche e lì avevano infilato i loro allegri o mesti alter-
ego; ma li mandai a tuffarsi nelle acque di Torre-Annun-
ziata, sulla spiaggia prospiciente una grande e nera ferriera
occupata dagli operai. Mi salvai così da un contagio letterario? Non credo; spinsi più avanti che potevo la ricerca
dei "frementi legami", tra un mare esistenzialmente risto-
ratore e l'ombra infuocata e rauca degli altiforni.

Direi, per fare un esempio piuttosto ovvio, che il vino
dei Castelli romani bevuto dal Goethe durante il suo viaggio in Italia e sul quale s'intrattiene nelle *Elegie*,[2] doveva
essere ben diverso da quello bevuto dal D'Annunzio due
secoli dopo; non solo perché nel frattempo quei vigneti
avevano subìto l'aggressione della peronospera che li di-
strusse, quanto perché in quel vino vi aveva intinto la penna, mi si passi l'espressione, Goethe, per descrivere l'attesa
della bella vedovella che doveva raggiungerlo nell'osteria
romana. All'opposto del poeta tedesco, infatti, che palpita in
quell'attesa e prega perché la notte si allontani in fretta affinché gli porti al più presto le lusinghe dell'amata, D'Annunzio fa invece voti perché la donna non l'ami più. Effetto del vino, o effetto degli effetti di una poesia, di cui il
vino diventa, come per Alceo: "specchio dell'uomo"?

Lascerei insoluta la questione, giacché risolverla signifi-
cherebbe congelare in una risposta ciò che dev'essere invece
l'eterna domanda dell'arte: che insegue le esperienze, le
ammucchia e le disperde; come quel viaggiatore che, tornando in patria con un bottino di cimeli non esita a buttare
in mare tutte le casse contenenti i tesori che soli potrebbero
testimoniare le avventure passate e i rischi corsi, perché non
può buttare a mare la sua stessa testimonianza.

La ricchezza del poeta non sta in quelle casse, ma nella
molteplicità delle esperienze di varia indole accumulate.
Sono queste alla fonte della sua poesia cui finisce per attingere anche per scopi opposti. Eliot, ad esempio, il quale

avverte tutta l'importanza dell'esperienza, quasi a dispetto di ciò che alla fin fine si proponeva di raggiungere, sia sotto il profilo culturale che sotto il profilo pratico, v'indulge quando ricorda che per Donne « un pensiero era un'esperienza; esso modificava la sua sensibilità. Lo spirito di un poeta, quando è perfettamente dotato per il suo lavoro, amalgama esperienze disparate ».[3] Una chiave inattesa questa, per riaprire la sua stessa poesia e ripercorrere le misteriose vie attraverso le quali sono pervenute nel suo mondo poetico tante nozioni diverse, di provenienza tecnica e scientifica, antropologica o addirittura metapsichica.

Quale "natura" o quale "realtà" hanno potuto fornire al poeta una tal quantità di materiali così svariati? Da quale tipo di "intesa", o da quali "frementi legami" con la società del suo tempo possono essere pervenute al poeta inglese quel "Purgatorio", quel "Paradiso", quella "Morte", come emergono dai dialoghi dei suoi Prufrock o delle sue ciarliere *ladies*?

Le note al poema[4] rispondono fino a un certo punto a queste domande: esse dicono in sostanza con quale scrupolo il poeta ha raccolto e trascelto quei materiali, sia d'ordine culturale che pratico; ma non dicono come e perché egli si sia eletto a custode, anzi a conservatore di quel museo di nozioni, e spiegano fino a un certo punto il "rapporto" che si è venuto istituendo tra la sua esperienza particolare e i materiali raccolti.[5] Che si tratti di un "rapporto" che avrà uno sbocco mistico non esaurisce il problema del perché cognizioni di così varia provenienza si siano potute dar convegno nei suoi versi: leggende, antropologia, tarocchi, spedizioni antartiche, borsa-merci, fenomeni acustici, magia, eccetera... Nella nota ai versi in cui appare Madame Sosostris, la chiromante, può finanche sostenere la legittimità di un suo errore, quando dichiara di non conoscere « molto bene l'esatta composizione del mazzo di Tarocchi, dal quale mi sono ovviamente allontanato *secondo il mio scopo* ». È in questa sottolineatura il segreto dell'errore che il poeta precisa con una duplice associazione che fa risalire a due diverse culture: « L'impiccato, egli sostiene, che appartiene al mazzo tradizionale, mi si addice per due motivi: perché l'associo nella mia mente con il Dio Impiccato del Frazer, e con il personaggio incappucciato del passo dei discepoli a Emmaus ».[6] Ma le citazioni non terminano qui; il poeta chiama in causa Dante, Ovidio, Shakespeare, Baudelaire, Verlaine, i quali possono tutti trovare una sopportabile "convivenza" con un errore suggerito « dal racconto di una delle spedizioni Antartiche, ove si riferiva che il gruppo degli esploratori stremati di forze avevano la continua illusione che vi fosse una persona in più di quante non ne potessero contare ». Il tutto poi assorbito e come annullato nella sfera della Leggenda del Graal...

Sarebbe da completare il catalogo degli errori degli antichi compilato dal Leopardi, per aggiungervi gli errori inventati o ereditati dai poeti; ci persuaderemo alla fine che nel trasloco l'errore ha acquistato non soltanto di grazia, ma altresì di verità, è diventata un'altra verità. Per cui la sua "forza" non si esaurisce con la sua confutazione, oppure col sostituire all'errore un concetto meno errato o più corretto – per esempio il pregiudizio in cui gli antichi tenevano lo sternuto,[7] con la considerazione non meno preconcetta in cui viene tuttora ritenuto – ma si rivingorisce anzi a dispetto di tutte le correzioni, al pari di tante metafore che, in un certo senso, ne seguono le sorti.

Prendiamone una ad esempio di tali metafore: la più comune, quella sulla bellezza femminile. Sancio per provare di aver davvero veduto Dulcinea nella sua gita al Toboso, di fronte all'ansiosa attesa del padrone, non si perde d'animo e gliene fabbrica una come viene viene. Lo scudiero non ha esperienza diretta di bellezze muliebri (sua moglie dev'essere di aspetto ben poco gradevole per fornirgliene un'immagine attendibile), né ha esperienza di quelle bellezze le cui descrizioni si trovano già confezionate nei libri; per cui si vede costretto a buttar fuori la prima che gli passa per la mente e che lascia esterrefatto Don Chisciotte; il quale, invece, da buon lettore che di beltà se ne intende, si vede costretto a riprenderlo: « Tu hai detto, caro Sancio, che ella aveva gli occhi di perla, ma gli occhi simili alle perle li hanno i pesci non le donne. Per quel che credo io, gli occhi di Dulcinea debbono essere di un verde smeraldo, tagliati bene, e con due arcobaleni per sopracciglia; e quelle perle lèvale dagli occhi e passale ai denti, ché senza dubbio tu ti sei imbrogliato, Sancio, scambiando gli occhi per i denti ».

Ma chi ci assicura che Don Chisciotte abbia più ragione del suo illetterato scudiero, solo perché ha letto un maggior numero di libresche descrizioni di grazie femminili? E non potrebb'essere più vicina alla poesia la metafora avventata di Sancio, che non la sensata correzione che ne fa Don Chisciotte?

Ebbene, nella sua ingenuità il buon scudiero precorre di tre secoli l'immagine che adopera Eliot – sempre nella *Terra desolata* – e non certo per provocare il riso del lettore, come si prefiggeva il Cervantes, quando dice: « Ricordo / Le perle ch'erano i tuoi occhi... ».[8]

Le vie dell'arte sono state sempre affollate di Follie, Menzogne, Miti; di Dei, Diavoli, Ippogrifi, di Polifemi, Argo e Alcina; di Gulliver e di Faust: le avessimo sgomberate per tempo ci saremmo forse evitata la noia di tante dispute intorno ai fatti estetici; i poeti, da quei fanciulli che furono nell'infanzia del mondo, sarebbero divenuti adulti e guarendo da quella barbarie che li induceva a tanti pregiudizi e a tanti errori, ci avrebbero risparmiato la faticosa salita per ripercorrere la genesi di un'operazione così artificiosa, qual è quella che essi ripetono da secoli per dare concretezza a una cosa che concreta non è, per dare valore di verità a un errore, per dare un senso storico e una funzione sociale a una falsa testimonianza strappata ad ogni ragionevole ordine sia storico che sociale; e che anzi, con tutto il suo carico di meraviglie e di paure, agisce contro quell'ordine con forza eversiva dirompente.

E allora? Dove si va a parare? Bisogna davvero seguire quella strada di perdizione, che porta alla follia, disseminata di errori, di ritardi, di ritorni, di sogni, di miti? Direi sì, senza esitazione; purché, aggiungerei, con passo poetico.

Poiché ogni altro procedere condurrebbe ragionevolmente verso l'interessata verità; vale a dire non lontano dalla possibilità. Mentre l'arte è impossibilità: si pone come riforma, insorge contro tutto ciò che delimita, definisce, impone. Comporta un'"altra" libertà, che al saggio non è concesso ancora conoscere, finché l'arte non gliel'ha resa manifesta. Mentre il poeta spazia fra esperienza e non-esperienza, al saggista viene fatto divieto di accedere al regno dell'errore. Il poeta è per definizione l'usurpatore di cui parla Feuerbach, dal momento che "ogni riforma è un atto di violenza".

Chi considera l'arte come un Pozzo di Felicità su cui l'artista si protende, come un Elfo servizievole, per attingervi Delizie e Incanti già pronti all'uso, dimentica che le cose sono assai più complesse. Intanto l'Elfo, se tale può considerarsi l'artista, ci si deve calar lui nel Pozzo, e risalirlo ogni volta con le proprie forze; quanto poi al trarre di sopra le Delizie che starebbero nel fondo, le faccende si svolgono in maniera un po' diversa. Poiché l'arte non si contenta delle Delizie, ne pretende il succo, il sapore, quel che c'è di più indefinibile, ma anche di più duraturo, nascosto "dentro le cose". E la sua operazione non si esaurisce neppure nel cavarle dal Pozzo, ma gli tocca trasporle da un ordine all'altro, da quello della natura a quello dell'esteticità, che è un territorio tellurico perpetuamente sconvolto e sempre affollato e in conflitto col primo.

Non è nemmeno detto che le Delizie attinte dal Pozzo, debbano poi ritrovare, nel nuovo universo in cui sono state trasferite, una collocazione coerente con la loro natura; cioè, per fare un esempio, le comiche come generatrici di comico, le tragiche di tragico, e così via. Anzi, i succhi che le leggi della rettorica definiscono piacevolmente dolci e allettanti, possono risultare i più aspri e rivoltanti, se riassaggiati in una diversa disposizione. Basta ricordare che le opere più pensose son proprio quelle il cui fascino sembra tutto devoluto allo scherzo e alla spensierata fantasia: l'*Orlando* ariostesco, *I viaggi di Gulliver*, il *Don Chisciotte* insegnano qualcosa a riguardo.

Di quanta e quale tragicità fosse intrisa l'allegria del mio paese e come fitta di "ombre poetiche" fosse la foresta che cintava la sua realtà, non starò a ripetere; basti qui accennarvi per dire dei rischi da superare prima di poter stabilire un rapporto con un mondo apparentemente facile e disponibile. Proprio perché invece di offrirsi nella sua immediatezza oggettiva si è sempre presentato nelle più lusinghevoli manipolazioni artistiche, nelle adulterazioni più sfacciate del comico e del melodramma. Questa per me la difficoltà prima a fare della mia città un modello di vita spirituale; giacché in essa vi riscontravo non già la natura schiva e scontrosa, incapace di concedersi al primo venuto, lenta ad aprire il suo segreto, ma un'indole, diciamo pure una vocazione, volubile e multiforme, pronta ai contrasti, ma scarsamente dotata a estrarre da essi una sintesi dialettica. Il che mi rese avvertito fin dai primi passi che non al "paese dell'anima" dovevo rivolgere il mio amore, piuttosto al paese delle anime, mescolando criticamente la mia alle altre, anche se sapevo che il "gioco" comportava più rischi e delusioni che non premi e trionfi.

All'inizio, ovviamente, non avevo tutto chiaro dinanzi alla mente, mi affidavo all'istinto più che all'intelletto, anche se questo non si rifiutava di assecondare il primo nelle sue scorribande talora temerarie fuori dai confini della Napoli quale tutt'una letteratura aveva resa celebre.

Ecco, essa era per me un museo, un libro; andava visitata e letta; ma io dovevo esserne non solamente il visitatore e il lettore, ma il conservatore, l'ordinatore, il protagonista. Il problema era come porsi in essa e non di fronte ad essa: esserne in qualche modo il riformatore. Che non sa ancora cosa stia riformando, mentre attua la sua riforma, e ignora se la riforma non stia per coinvolgere anche lui nella sua opera riformatrice; se è vero, come credo e mi sembra di aver suggerito, che lo scrittore somiglia – o forse è? – a quel saggista di cui parla Luckács[9] che deve sempre venire, ma che non è mai ancora giunto.

Tre operai

Ho esitato a lungo prima di decidermi. Tenerezza e furore, è ciò che provo rileggendo *Tre operai*. Furore, per quel che esso mi restituisce di arcaico un po' falso; tenerezza, per il ventenne che mi torna incontro da queste pagine soffuse di mestizia, contrassegno di maturità, direi, se non mi smentissero le lingue di fuoco che spuntano tra rigo e rigo, ad annunciare sdegno, sentimenti di rivolta, paure, da attribuirsi al giovane che non vuol stare al gioco. Quale fosse infine questo gioco dirò meglio poi rifacendo a ritroso la genesi di questo libro, che apparve il 9 febbraio del 1934.

Proprio mentre stabilivo di non farne più nulla, di rinunciare a intraprendere un discorso così difficile, intricato e contraddittorio, col quale avrei dovuto darmi torto e ragione; e già mi dicevo tanto a che vale, chi vuol capire, capisca, cosa potrei aggiungervi di nuovo io, trent'anni dopo? Ebbene, fu esattamente a questo punto che, dovendo sgomberare la cantina per una riparazione urgente, da una cassa piena di cartacce emerse un volume dattiloscritto, magicamente dico, poiché credo alla magia di certe concomitanze. Come non mettere in relazione la cantina allagata, la cassa che quasi vi galleggiava, il me assillato da quel discorso sì e no su *Tre operai*, e quell'INEDITO che a grandi lettere in rosso mi tentava dalla copertina?

Intatto; salvo alcuni margini intaccati dai topi, e sei pagine mancanti (33-38) pubblicate, come si legge sul risvolto della 32, nell'« Italia Letteraria » del febbraio 1934; mentre le pagine 57-62 risultano staccate e recano annotazioni tipografiche di mano ignota (« tondo », « corsivo »: rifiutate forse da qualche giornale dopo lo scandalo suscitato da *Tre operai*?).[1] Sul frontespizio, il primo titolo *Tempo passato*, cancellato a matita, è seguito dalla dicitura: « *Gli stracci* – 1931 – prima stesura di *Tre operai* – Inedita ». Quindi, dopo una pagina bianca, un'epigrafe tolta dal *Sistema della natura* del d'Holbach, che dice il mio ingenuo materialismo di allora: « Se si consultasse l'esperienza in luogo del pregiudizio, la medicina fornirebbe alla morale la chiave del cuore umano; e, sanando il corpo, si avrebbe qualche volta la certezza di sanare lo spirito ». La parola "fine", a pagina 282, è preceduta da due date: 1930-1931.[2]

Mi lascio tentare, sfoglio qui e lì, leggiucchio; e mi chiedo per quale ragione lo abbia conservato, a dispetto di tante carte disperse o selvaggiamente distrutte. È ingenuo, romanzesco in certe parti, e non vi ritrovo la spontaneità, che dovette essere l'elemento positivo riscontratovi dai suoi primi lettori; il cui incoraggiamento mi decise un anno dopo a riscriverlo, e stavolta con più risentita spontaneità. Una traccia di quelle letture si ritrova in una testimonianza del tempo (Bellonci, « Giornale d'Italia », 28 marzo 1934) e in due rievocazioni posteriori (Flora e Zavattini, entrambi sulla « Fiera Letteraria », 2 febbraio 1958) che con lievi discrepanze di date si richiamano a quel romanzo zero.

Avevo murato *Tempo passato* in un prima confinante più con l'infanzia che con la giovinezza; benché, a raffrontarlo con *Tre operai*, i mutamenti non mi appaiano così strepitosi: stessa aria dimessa, da tutti i giorni, un po' elusiva nelle sue provocazioni distruttive; uguale elencazione di fatti, di moti d'animo, di oggetti; identico pudore a sublimare romanticamente su quel tessuto naturalistico così cedevole, le passioni che, sebbene ovattate da una caligine « da giorno delle Ceneri »[3] ugualmente ramificano nei due racconti. Malgrado ciò, un'operazione riduttiva fra le due stesure era avvenuta. In mancanza del secondo manoscritto (su fogli commerciali, a matita, chi sa dove finito) e sul quale potrei oggi con più fondatezza ricostruire le fasi di quella riduzione, debbo accontentarmi di congetture.

Perché il protagonista Teodoro, da piccolo-borghese declassato che esce ciondoloni dalle pagine del protoromanzo, diventa nella successiva stesura decisamente operaio? Frutto di suggestioni letterarie? Può darsi. Ma l'operazione riduttiva investì tutti i personaggi, non solamente lui, con un calo globale di rilievo, da un'oggettività naturalistica piccolo-borghese ad una soggettività aspra, risentita, quasi da prima persona; e dico "quasi" perché mi risulta evidente oggi la vocazione dell'intero *dramatis personae* a escludere il narratore per autonarrarsi; creando talvolta squilibri nella pagina, adesso forse meno avvertibili, poiché nel frattempo la prosa di romanzo si è venuta liberando di certi vincoli sia strutturali che stilistici.

La riduzione, oltre che sul contenuto, a cominciare dalle origini dei personaggi, agì sulla forma, mediante una regressione verso il parlato, il dialetto, esasperando le ibridazioni di linguaggio, specialmente fra discorso diretto e indiretto. O non fu forse questa riduzione stilistica, che voleva meglio echeggiare il modo di esprimersi di Teodoro, così tentato di autonarrarsi, a reclamare nuovi panni e nuove carte d'identità ai personaggi in procinto di raccontare la loro storia da un altro punto di vista?

È un'ipotesi questa che fu pure avanzata da quanti volevano rimproverarmi di aver sostituito parole "matte" – cioè opache – alle parole "lucide" della letteratura dominante. Ma gli stessi che mi muovevano quest'accusa non si avvedevano però di cadere in contraddizione allorché, avventandosi sul contenuto del libro, ne denunciavano le asprezze, per consolarsi alla fine che « il popolo, per suo felice istinto, se ne infischia dei propri simili e delle pene quotidiane, della realtà e del verosimile ».[4] Cito per tutti il « Bargello » non perché fosse il più fascista dei tanti settimanali fascisti – ce n'era di peggiori –; ma perché nella confusione ideologica, tipica dei regimi tirannici, esso era tra quei fogli che potevano accogliere di tutto, perfino gli scritti più ingenuamente generosi, dovuti ai giovani che s'illudevano sempre di sovvertire "qualcosa"; in un conflitto apparente, che si ricomponeva però prima ancora di intaccare i principi su cui si fondava il regime. Di fronte a quella tesi letteraria, per quanto ambigua, si legittimava il sospetto che non s'era formata tra i giovani un'idea dell'ufficio civile che in quel momento spettava alla letteratura. Così, per linee interne e sotterranee, quegli equivoci di natura letteraria confluivano tutti nell'arruffato groviglio ideologico che il fascismo erigeva a sistema, a norma di vita politico-sociale, in modo da chiudere via via tutti i varchi di comunicazione col reale, quindi con la verità e la conoscenza; sino a quando, chiusa l'ultima porta, non restò che il rifugio nell'ermetismo, dove, scompigliati tutti i moduli formali, molti giovani poterono finalmente riannodare un colloquio con la propria coscienza in un linguaggio forse sofisticato ma inaccessibile al fascismo.

Io non fui tra quei giovani. Commisi altri errori; non per aver chiuso i varchi di comunicazione con la realtà o per aver imboccata una strada interrotta; ma perché avevo raccattato strada facendo qualche scoria. Attaccato su due fronti, politico e letterario, fui tuttavia istigato a difendermi anziché sottoporre il libro a una serena critica. Sentivo di aver adempiuto un dovere civile; già affidare il messaggio a tre operai, invece che a tre piccolo-borghesi mi parve costituisse di per sé un atto di liberazione.

Mi sarebbe facile rammaricarmi oggi di aver cancellato dal secondo manoscritto senza esservi costretto qualche pagina, qui e lì alcuni brani, brevi passi, nei quali le intenzionalità storico-politiche risultavano sottolineate con insistenza talora irritante; ma mentirei. Allora sentivo che ogni sacca troppo vescicante avrebbe subito formato buco abbreviando la vita del libro. Ciò che avvenne ugualmente, prima che il romanzo avesse potuto esaurire la sua carica distruttiva; e avvenne ad opera di forze apparentemente discordi, le une miranti a salvare gli schemi di vita civile consacrati dal fascismo; le altre a salvare gli schemi di una letteratura dove « i sarti non sono più sarti... i treni non sembrano neppure treni, le famiglie di provincia... fan l'effetto, quando l'azione ha inizio, d'essere state appena sballate, e con i riccioli di paglia ancora attaccati alla barba »; come Forster dice di Meredith.[5] Il risultato fu, se non di proscrizione, di oblio.

Nella riduzione anche i riferimenti ambientali subirono alterazioni: vennero configurandosi, diversamente dalla prima stesura, con prospettive esasperate, atmosfere allusive, in una sfocata dilatazione di effetti visivi, a mezza strada tra espressionismo e metafisica.

« Gli stessi paesaggi del romanzo, che pure sono marine e spiagge meridionali in pieno sole, hanno poi nel ricordo un colore neutro da limbo. » Sono parole di Pancrazi, in una recensione rimasta inedita perché fermata dalla censura, e raccolta postuma da Calamandrei; la quale termina con questi interrogativi: « Dove mirava il B.? Che cosa lo ha mosso a scrivere? ».[6]

A distanza di più di vent'anni, a Pancrazi rispose Carlo

Bo: « La novità in *Tre operai* c'è, ed è una novità che deriva dall'innesto di nuove preoccupazioni su un tronco illustre ma povero di vita ed esaurito... Forse allora ci sorpresero come delle stonature, come mancanze delle regole del gioco; oggi sappiamo che si trattava di ben altro e prima di tutto che era nato allora uno scrittore che in fondo non era legato a nessuna scuola ».[7]

« La giustificazione dello stile di B. la si trova solo nella sua esigenza di una nuova obbiettività. La vita che egli ci rappresenta deve inserirsi nel resto del mondo, non vivere in un clima letterario; prolungata, non deve produrre *scandalo*, o spezzarsi, o rimanere fuori in una zona di favola... » Questa l'opinione che Luciano Anceschi esprimeva in « Camminare »,[8] la rivista che egli redigeva con Cantoni, Paci e Alberto Mondadori. Lo stesso Cantoni scriverà più tardi: « *Tre operai* non vuole essere un documento sociologico... Libro realista, per i temi sociali che affronta, per gli ambienti che descrive;... ma realismo continuamente filtrato attraverso una soggettività che riduce gli oggetti a sensazioni luminose ».[9] In una silloge di giudizi, trascelti col limitato criterio di ricostruire la ragion critica che ha ostacolato o agevolato il cammino di *Tre operai*, è opportuno trascrivere il passo di un'ampia recensione con cui Guido Piovene smorzava le sue riserve: « Si capiscono, in quest'arte, le interminabili enumerazioni degli oggetti che attorniano le vicende umane, e che col semplice loro apparire devono esprimere un senso di stanchezza umana: perché quest'arte, ci parli di cose o d'uomini, è tutta un *sunt lacrimae rerum* ». E con un'immagine sorprendente concludeva: « Da quadro di Sironi ».[10]

Sorprendente dico; allora mi suonò come un affronto. Conoscevo di Sironi i manifesti celebrativi del fascismo e le tavole con cui egli veniva illustrando, sulla rivista diretta da Mussolini, articoli e racconti. Era naturale che travolgessi in un giudizio senz'appello anche la sua migliore pittura, dalla quale avevo tratto, pur senza volerlo, una lezione figurativa; lezione che integrava l'altra, proveniente dal cinema realista europeo o americano, che con aria di scandalo mi si rimproverava di aver subìto. I muri screpolati di Sironi, le sue tragiche rocce, quei tenebrosi calanchi, che respingono ogni fisica identificazione col reale e si dispiegano come specchi a riflettere il furore degli uomini, la loro stanchezza di vivere, le loro paure, erano anch'esse visioni congruenti al cinema di quel periodo: ai film di Dupont, di Vidor, Sternberg, Murnau, Dreyer, Pabst, Dovženko, Einstein, Pudovkin; senza contare Buñuel del *Chien andalou*, il breve film surrealista del 1928 che feci in tempo a vedere a Parigi insieme ad altri esperimenti d'avanguardia, come il sovietico *Tre in un sottosuolo*, *L'étoile de mer* di Man Ray, *La Marche des machines* di Deslaw.

Era il clima, la cultura del tempo, che si estrinsecava nei quadri, non meno che nei libri e nei film. Credevamo di esserne fuori, di giudicarla; mentre vi eravamo immersi fino al collo, con tutti gli entusiasmi e gli sgomenti che quella cultura c'ispirava.

Fascismo uguale guerra, in una continua vigilia di guerre concatenate in una logica assurda: Africa, Spagna, Albania, Europa. E morte. Forse a riguardarla a distanza, da questa nostra sponda atomica, quella sensazione di morte che precedette il secondo conflitto mondiale può sembrare meno angosciosa; purtroppo nei dintorni tenebrosi di *Tre operai* la morte fu ugualmente morte, se non più dolorosa, perché più legata all'individuo e perciò più dolorosamente umana. Germinarono allora in me alcuni pensieri intorno alla paura come sentimento estetico, che pubblicai dopo la liberazione, quando ormai essi avevano perso parte della loro ombra drammatica.

Se il fascismo era uno dei travestimenti della paura, pensavo che lo scrittore dovesse imporsi il compito di sfidare l'una per l'altro; bisognava lasciarsi invadere dalla paura, lavorarsela dentro con la ragione, assottigliandola sempre più, sino ad annullarla nel coraggio che se la ripropone come limite da superare.

In questa direzione vanno ricercati i motivi che mi indussero a scartare la memoria come terreno di coltura letteraria. Forse a torto (ma non so fino a che punto) ritenevo che la memoria, per quanto fedele ad una privata e dolente verità, avrebbe fornito un alibi estetico al fascismo con inoffensive evasioni a ritroso nell'infanzia, nella idillica giovinezza. Col senno di poi, posso anche speculare per assurdo intorno a questo ripudio, avanzando l'ipotesi paradossale che più perfetto era il prodotto artistico, nella linea dell'evocazione del privato, più ne traeva vantaggio il vitalismo fascista; cui era pur necessario un termine negativo, ma non distruttivo, per dialettizzarsi. Per trovare questo termine distruttivo dovevo dunque concedermi un margine minimo come scrittore: lesinare spazio alla fantasia, all'invenzione, e largheggiare in compenso nei confronti del giudizio storiografico, che mi appariva assai più liberatore.

Chi sono? – mi chiedevo, mentre il mio essere si allontanava da me oggettivandosi in un sussulto di giudizi riflessi, sino a lasciarmi, estenuata coscienza, priva di un accettabile passato, e ancor peggio, di un futuro.[11] Alienarsi ora è assai più facile: basta porsi a una certa distanza dai fatti e dalle cose, per coglierne l'assurdo in una muta perdita di significati e di miti ad essi coonestati. Ma io non ero un letterato che sa già come va a finire e fa dell'alienazione una scelta estetica. Piccolo-borghese che ripudia le sue origini, io mi alienavo al mio passato (presentificato, si direbbe ormai) in cui però non s'intromettesse nessun elemento autobiografico. Alienazione aveva sin d'allora un solo significato possibile: annullare il presente e le sue mistificanti prospettive, in un passato che, in luogo di struggenti nostalgie, prestasse al presente fango e morte.

Se confronto i tempi adoperati nelle due stesure mi risulta più chiara che mai la ragione della riduzione al presente: nella nuova e definitiva tutta la materia si dispone al presente storico con rari arretramenti al passato o all'imperfetto. Dovetti sentire istintivamente che il passato che evocavo voleva essere un implacabile atto di accusa al presente, trasfigurato in passato come ambiente, vicenda, passioni, per meglio prospettarlo in una serie atemporale, quasi si narrasse da sé, con tutti i suoi terrosi trapassi verbali affidati all'umore dei fatti, al suo condensarsi in macchie d'ombra o di luce, più che alla logica narrativa.

Così la riduzione di quanto ancora risultava oggettivo – senza peraltro diventare oggettivante – in *Tempo passato*, a quel particolare soggettivismo in terza persona di *Tre operai*, si avvaleva anche di quel processo presentificante, grazie all'accumulo di materiali realistici – fatti, cose, ambienti, personaggi – sottratti alla realtà viva e collocati a una distanza caliginosa e polverosa che "facesse memoria". Un arretramento che aveva del fittizio (ha ragione Gian Franco Vené) [12] ma esso non mirava all'elegia del "fanciullino" smarrito in quella lontananza brumosa, bensì a inseguire pedagogicamente la scia degli errori commessi nel suo combattere il mondo più forte di lui. Era comunque un procedimento regressivo che una volta scatenato doveva condurmi alle ambiguità di *Quasi un secolo* (1940) o, per altra via, alle trasparenze kafkiane dei racconti composti tra il '39 e il '42 e raccolti in volume nel '46 col titolo *Tre casi sospetti*; nel primo caso affidandomi al filone naturalistico, nel secondo cercando di spezzarlo nelle sue giunture metafisiche, in corrispondenza dei nodi polizieschi, caratteristici dell'Italia d'allora.

Tuttavia, per una ricostruzione fedele di tutte le circostanze che precedettero e accompagnarono la composizione di *Tre operai*, devo proiettarmi nella Parigi degli anni trenta, rivedermi come su uno schermo durante una fuga in Francia protrattasi per alcuni mesi. Ma in quale anno collocarla? Fra il '30 e il '32, certamente, se alla fine del '32 compiuto il ventunesimo anno ero sotto le armi; quindi fra la composizione di *Tempo passato* e quella di *Tre operai*, che dovetti iniziare mentre ero già soldato. Difatti in un ricordo di allora confessavo di vedere i miei lettori nei panni dei commilitoni e in quelli dei miei ufficiali superiori. Ha importanza la data del soggiorno parigino per accertare se e quante delle esperienze vissute in Francia si trasferirono in *Tre operai* o se addirittura non ne favorirono la nascita.

Certa spavalderia sintattica indubbiamente appartiene a quel generale sentimento di spregio per le norme costituite, per le grammatiche chiuse; lo stesso per quanto attiene alle spericolatezze avanguardistiche che non arretravano davanti a qualsiasi contaminazione; e così pure per quel clima eticopolitico che l'antifascismo in esilio restituiva all'Italia dalle rive della Senna, filtrando attraverso le maglie delle spie del regime e dei suoi sicari all'estero.

Nello squallore della mia vita parigina avevo vissuto da vicino la crisi del surrealismo, spaccato in due ali, la sinistra accusante la destra di connivenza con la borghesia; per esserne ripagata con denunce di corruttela nonché di asservimento al Partito Comunista.

Avevo conosciuto Ribemont-Dessaignes e, insieme, Nino Frank, in una fredda e grigia stanzetta che affacciava su un interno di St. Germain-des-Près; era tutta lì la redazione della sontuosa rivista « Bifour »; dove il direttore mi riceveva col cappotto indosso, un cappotto marrone dal taglio antiquato. Sulla sponda opposta Bréton metteva la rivista del surrealismo al servizio della rivoluzione, per esserne ricompensato con l'espulsione dal Partito Comunista dopo il rifiuto di compilare un rapporto sulla situazione dei gasisti in Italia. « Pensate! » mi diceva furibondo: « Io! Uno scrittore! Che ne so di quel che succede in Italia? » E io a rimproveràrlo, che non avrebbe dovuto sottrarsi al compito. Ché sarei stato ben felice se qualcuno al mio paese avesse potuto chiedermi qualcosa di simile. Ero persuaso di dover invidiare quella libertà che consentiva a lui di respingere una richiesta, essa stessa affermazione di libertà.

Stava nascendo forse, me ignaro, quello che fu in seguito definito "realismo socialista": il Primo Congresso degli Scrittori Sovietici si svolse a Mosca tra il 17 agosto e il 1° settembre del 1934, quando *Tre operai* era già stampato da circa un semestre; ma doveva trascorrere un anno intero prima che i lavori di quel convegno mi fossero noti grazie a un numero di « Commune », – la rivista diretta da Barbusse, Gide, Gorkij, Rolland, Vaillant-Couturier e redatta fra gli altri da Aragon – giuntomi clandestinamente. Quel prezioso fascicolo, che recava la data settembre-ottobre 1934, mi permetteva di conoscere la relazione che Gorkij aveva svolto durante il congresso di agosto, (sarebbe troppo lungo analizzare qui le tesi dello scrittore sovietico in rapporto alle proposizioni estetiche del periodo staliniano) e insieme gli interventi di Bucharin – proprio sul realismo socialista – e di Radek – su letteratura borghese e letteratura proletaria. Dell'intervento di Malraux mi rimasero impresse le parole che egli rivolse ai congressisti sciogliendo un inno alla libertà di cui godevano in URSS gli scrittori: « voi lavorate per il proletariato mentre noi, scrittori rivoluzionari dell'Occidente, lavoriamo contro la borghesia ».[13]

Di queste ragioni traboccava l'animo che io riportai in Italia, fallita la mia fuga a Parigi. Sdegnoso d'ogni gesto letterario che non servisse a "liberare" (qualcosa, qualcuno, me stesso) dalla soggezione al fascismo, per anni rinnovai alla mia coscienza, fra sbandamenti ed errori, quel patto giovanile. Forse nel ripassare la penna su questi ricordi, v'indulgo oltre il necessario e ricalco troppo i contorni che dovettero essere più labili e incerti; ma in un punto la memoria non può ingannarmi, ed è nel rievocare la repulsione provata davanti alla prima stesura del libro.

Non bastava scorciare, emendare, come mi raccomandavano i miei primi lettori; si trattava di ben altro che di migliorare la lingua. Bisognava rivivere l'intero progetto; disporlo ad un altro linguaggio, non importa se più o meno rozzo, purché assomigliasse in tutte le sue pieghe ai tre operai (ecco che nasceva anche il titolo) e alle loro desolanti avventure. Insomma, solo nella misura in cui il vecchio racconto fosse diventato un'altra cosa, da nascondere, da vergognarsene, avrei scoperto come doveva essere *Tre operai*: giunto sull'altra riva, avrei potuto avviare concretamente la mia vocazione di scrittore e armonizzarla con quella dei miei coetanei.

Riscrissi il romanzo con questa verità dentro di me, rassegnato a lasciarlo inedito, allorché Cesare Zavattini, avendolo letto nella prima stesura, me lo richiese per iniziare una nuova collana da lui diretta.

Uscito il libro mi ritrovai più solo che mai: sull'accoglienza fragorosa dei primi mesi cadde il coperchio di piombo della condanna politica. Gli stessi critici, che dalle colonne dei giornali avevano avanzato qualche lode, favorirono col silenzio la campagna fascista mirante a far sparire il libro dalle librerie.

Quando, in un'inchiesta condotta nel dopoguerra per la radio [14] Carlo Bo mi chiese se accettavo qualche responsabilità nell'affermazione del neorealismo italiano, risposi che l'accettavo volentieri a patto di poter prendere « per mano coloro che mi furono più vicini in quegli anni e presentarmi alla ribalta in loro compagnia ». Non mentivo, aggiustavo e scorciavo i tempi fra un prima e un dopo, in cui avrei dovuto collocare, proprio al fine di sentirmi meno solo, Verga, Svevo, Tozzi, Borgese (del *Rubè*), prima ancora di Moravia, di Silone, per restringermi ai libri di narrativa immediatamente precedenti a *Tre operai*.

Così, agli exempla che mi venivano attribuiti da fuori mano (Céline, Döblin, Dos Passos, Werfel) dovrei ora aggiungere Gorkij, Dreiser, Charles-Louis Philippe, e poi Malraux, e soprattutto Guilloux; senza contare i più classici Dostoevskij e Lautréamont, per quel tanto di tenebroso che filtra nelle pagine di *Tre operai*. Qualcuno insinuò che la mia barbarie era fin troppo studiata, addirittura calligrafica; d'una calligrafia senza inchiostro, tutta pennino che incide e strappa. Potrei dire che ignoravo buona parte della letteratura citata, ma a questo fine uno scandaglio non concluderebbe nulla: le idee viaggiano nell'aria come il polline e una coscienza avvertita sa sempre da dove spira il vento giusto. Vi è da aggiungere che mi si faceva torto nel rinfacciarmi solo parentele letterarie, e non anche politiche, sociologiche, filosofiche: di questa specie erano allora le mie letture più frequenti ed estese. Senza contare che pur nel mio isolamento, una scuola l'avevo anch'io dietro le spalle: una scuola antiaccademica, è vero, ma con tutti gli ordini di studi, dal più elementare avanguardismo di tipo surrealista e dadaista, alle medie e superiori che battezzammo *Circumvisionismo* e *Costruttivismo*, sino all'ultima soglia universitaria che per noi fu l'*Udaismo* (da UDA – *Unione Distruttivisti Attivisti*).[15] Sulle orme di Platone e di Hegel compivamo anche noi, con l'*Udaismo*, la nostra piccola rivoluzione, adottando in termini marxistici l'hegeliano de profundis: « il pensiero e la riflessione hanno sopravvanzato l'arte bella ». A sostituire l'arte declinante noi chiamavamo la tecnologia e le scienze; uniche attività dello spirito capaci di restituire un'immagine probante del reale, grazie ad un'epistemologia che raccordasse i valori costituiti e depositati dalle varie scienze esatte. Anticipavamo di un trentennio la discordia fra cultura umanistico-letteraria e cultura tecnico-scientifica, a tutto vantaggio della seconda che ci apriva il cuore a un'ingenua speranza marxistica; speranza che doveva trascinarsi sino ai nostri giorni, nell'inconciliabile conflitto fra le due culture.

In questa temperie nacque *Tre operai*: inconsapevolmente ero rimasto con le mani impigliate in una macchina che poteva somigliare ad un romanzo. All'ideale di una società libera, razionalmente organizzata, "umanizzata" dalla scienza e dalla tecnica non sapevo opporre che la pietosa menzogna di una "storia operaia".

Quante cose, certo, avrei potuto dir meglio; non scriverle meglio, ma dirle meglio; riuscire a mettere più cose, più sentimenti, più significati nella parola: aprirla, dilatarla a maggiori profondità, moltiplicandone gl'interni echi, affinché dal testo emergessero con evidenza le allegorie, i simboli che forse confusamente vi avevo disseminato.

A cominciare dall'ambiente: la Napoli che qui fa da sfondo non è il paese dell'anima, ma un punto dell'universo, somigliante a un qualunque altro punto geografico, da rintracciare nella stessa mappa storico-politica. Quelli fra i miei critici che conoscevano in quel tempo una Napoli crociana, da archivio storico per intenderci, o una Napoli digiacomiana, nei suoi riflessi lirici o drammatici (Russo o Viviani), rimasero sconcertati nel veder spuntare dai miei prati grigi, dai miei mari bituminosi ciminiere e fumo: e si domandarono da quali ripostigli letterari del Nord Europa avessi tratto quei fondali brumosi di officine, se appena pochi decenni avanti il nostro sindaco duca di Campolattaro aveva enumerato case e case, ma non una ciminiera, per chiedersi donde traesse lavoro una tale moltitudine, ridotta a plebe. Ma allora, più di oggi, si abbandonavano malvolentieri gli itinerari obbligati del turismo di massa; o tutt'al più ci si perdeva nel decumano della città greca, su cui i secoli hanno stratificato splendori e miserie, sovrapponendo morte a vita, colera a color locale. Non nego si siano scritte pagine mirabili su quei sentieri e su questi vicoli, e in qualche caso si siano udite nobili grida di protesta sulla nostra insana miseria; ma ben scarse sono le testimonianze letterarie sulla terza Napoli, quella industriale, che si estendeva dal Vasto al Pascone, da S. Giovanni a Teduccio a Torre Annunziata, per polverizzarsi poi nelle decine di cantieri che si modellavano lungo il profilo della costa, sino agli altiforni di Bagnoli che offuscano coi bagliori delle loro colate uno dei più struggenti paesaggi del mondo.

Le linee ferroviarie vicinali, Nola Baiano, Circumvesuviana, Cumana, quando si inoltrano per la periferia cittadina, incuneandosi fra due muri di officina, o fra due lerce facciate di edifici privi di intonaco, dal tufo eroso, dalle finestre rabberciate con cartoni e bandone, evocano coi loro desolati fischi più grigi piovosi e verdi marciti che non cobalti e verdi veronesi di un'immaginaria tavolozza napoletana. Il nostro nerofumo quando si spande sui mesti bucati stesi tra balcone e balcone, non è più allegro del nerofumo che si posa sui tetti del suburbio di Lilla, di Anversa o di Berlino.

Ma queste sono ragioni che io non posso invocare a testimonio di una "verità" che mi ero proposto di sfregiare. Essendomi prefisso lo scopo di alterare i contrassegni tipici, che fanno della mia città quella tal città che tutti chiamano Napoli, non potevo invocare pezze d'appoggio, certificati di "abbrutimento industriale".

Così per quanto concerne il clima: che nel romanzo sia più la pioggia che il sole, anche questo non è un dato da riferirsi alla media statistica delle precipitazioni cadute, ma è un'indicazione psicologica, a specchio dell'animo dei personaggi. D'altronde il sole non si presenta in queste pagine più clemente: al pari della pioggia esso si abbatte implacabile sugli uomini e sulle cose, e tutto corrompe sotto il suo occhio infuocato.

Alle soglie quasi dell'"allegoria", dove ogni riferimento al reale richiede un punto trigonometrico. Se provo a tracciarlo adesso, questo punto trigonometrico, rischio di andare fuori strada; ma non posso, rileggendo, sfuggire a una tentazione che mi riafferra ogni volta ossessiva. Cioè che la doppia triade, la prima fondata da due donne conviventi con un uomo, la seconda da due uomini conviventi con una donna, voglia significare qualcosa di più; che fa alone al segno primitivo con cui le figure furono realisticamente incise. Certo è che se i sogni vogliono dire qualcosa nella vita reale, assai più dovrebbero significare in un libro; dove l'autore li avrà insinuati non senza ragione. E non è detto che abbandonando la visionaria proiezione dei dati realistici, i sogni di Teodoro non possano prestarsi a qualche fruttuosa interpretazione. Come quando egli sogna di correre su una banchina che si spinge sul mare, e più corre e più la banchina si prolunga impedendogli di cadere nell'acqua; o quando, abbandonato dalla meretrice che lo ha soccorso, si addormenta sulla sedia e sogna « tre uomini con le maglie a righe rosse nel cantiere pieno di sole che gli dànno dei soldi: ma ridono di lui vigorosamente tossendo, e lui scappa, sulla banchina che brucia dal sole; e i tre uomini gli sono sempre davanti, che ridono. Riesce ad afferrarne uno per il collo e a conficcarlo in una parete, come un chiodo; e poi il secondo; e poi il terzo; ma le teste grigie degli operai si muovono sempre, ed egli dà colpi sulle teste di quei chiodi, che son diventati tanti e tanti, conficcati sul muro bianco, immenso ».

A parte la suggestione dei *Chants de Maldoror* che non so se, e fino a qual punto, abbiano operato sulla rappresentazione visiva di questo sogno, mi chiedo cosa vuol signi-

ficare la scena nella offuscata coscienza di Teodoro; dove
i tre uomini potrebbero essere i veri tre operai del libro.
Nella storia di Teodoro essi entrano solo marginalmente,
alla fine della sua avventura; fanno una colletta per lui e,
compassionandolo, gli dicono di non offendersi perché manca poco che anche loro non si riducano nel suo stato. Perché dunque Teodoro, nel disfacimento finale, si accanisce
tanto contro i suoi compagni? Forse essi rappresentano la
sua coscienza inquieta, si ribellano al suo fallimento morale, ridono del suo avvilimento e lo provocano moltipli-
candosi all'infinito come a voler dire che la classe operaia
per quanto inchiodata non si dà mai per vinta.

Mi sarebbe piaciuto, allora, difendere il contenuto di
verità del libro da ambizioni allegoriche del genere; ma la
critica del tempo era troppo ligia al potere per inseguire i
miti del proletariato; mentre quella posteriore, oramai ab-
bacinata dal neorealismo, si disperdeva nella ricerca dei pro-
totipi dell'*engagement*. È vero che se un movente allegorico c'era io stesso avevo contribuito a obliterarne le linee
con riferimenti realistici, ora troppo evidenti, ora troppo
sfumati.

Quelle erano le mie forze; e nel tempo in cui scrivevo non
potevo rammaricarmi di non aver gettato il sasso abbastanza lontano; mi pareva già molto averlo lanciato e averne
fatto avvertire la pericolosità.

Perché sole quieto

Perché sole quieto?

Ho sempre esitato a rispondere, non so se per la difficoltà di coglierne gli elementi essenziali in una breve didascalia, o, più ancora, per i fantasmi che una diffusa spiegazione avrebbe resuscitato nella mia memoria.

Perché sole quieto? Ecco che rispunta l'interrogativo tanto temuto. Una risposta avrebbe richiesto qualcosa di più dell'illustrazione che ciascuno può leggere in un comune dizionario enciclopedico sotto la voce "sole"; dalla quale apprenderebbe che si tratta di un ciclo che si ripete ogni undici anni, quando le esplosioni attorno alla corona solare si placano. Il problema non era questo; si trattava di ben altro: come dare parvenza di verità a una menzogna; o peggio: come far apparire quale menzogna una verità che scottava.[1]

Quel che forse ci si aspetterebbe di sapere da me è il criterio seguito nella scelta di quel riferimento astronomico quale titolo di un romanzo che con l'universo stellare non ha nulla da spartire.

Devo prendere la rincorsa, partire da molto lontano, denunciare il falso compiuto nel posticipare i tempi dell'avventura affinché coincidessero con l'ultima stesura del racconto; che avvenne proprio mentre in cielo l'attività solare si riduceva al minimo.

In quell'anno in cui gli Osservatori astronomici del mondo intero si collegavano per unificare le singole ricerche e trasmettersi vicendevolmente i risultati delle osservazioni eseguite, io vissi in compagnia dei libri di Orlando Rughi, delle idee di Orlando Rughi, degli innumerevoli quaderni riempiti di mille rivoli di scritture intorno a Orlando Rughi.

Ma devo però prima dire qualcosa sul nome, come nacque, con quali elementi si formò. Ebbene, mentre scrivevo, dove mi ero rifugiato per espletare quel lavoro, avevo spesso davanti agli occhi il Monte Orlando. In cima, i resti del Mausoleo di Lucio Munazio Planco, monumento alla mistificazione e al doppio gioco; nelle viscere, la Grotta del Turco, ove si perpetra un'altra mistificazione in nome di Cristo, come esempio di punizione dell'infedele incredulo. Trassi dunque dalla montagna, "spaccata" fra due leggende ugualmente antistoriche, il nome. Ciò che seguì fu semplice: a quel nome fatto a caso come si compone un numero al telefono per gioco, rispose una voce umana. Esattamente la voce di un amico.

A formare il cognome mi valsi invece di un metodo più astuto: separai in due parti i cognomi degli amici che mi erano più cari quanto più lontani, e fondendo la prima parte di un casato con la parte finale di un altro, ottenni accoppiamenti sorprendenti, perché finivano per formarne un terzo che sfuggiva ad ogni compressione dialettale pur non perdendo nessuno di quei requisiti naturali ai nomi di famiglia. I composti che ottenni, mentre per un verso si sottraevano alla naturalità che lega la maggior parte dei cognomi all'area da cui provengono, per un altro conferivano ai personaggi a cui li attribuii una moltiplica – non saprei chiamarla diversamente – affinché reagissero fra loro e, tutt'insieme, con l'ambiente circostante.

Ma chi era in effetti Orlando Rughi? Devo lasciar murato sotto questo nome inventato l'amico conosciuto tanti anni addietro. Ci incontrammo la prima volta attorno alla lunga tavola di una pensione di via del Tritone. La pensione si intitolava in un modo che la faceva preferire fra le tante che allora pullulavano nella Roma ancora acerba come capitale di fasti miserabili: « Principessa »: ma così si chiamava il proprietario, impiegato di ruolo C, a riposo, di non so quale ministero; padre di due figlie, le quali, né così brutte, né tanto belle, potevano essere da tutti desiderate e corteggiate, mai da nessuno rapite o sposate. Esse erano lì ad attenderci con moine, gelosie, ripicche, ai pasti modesti, a prezzi modici, inferiori della metà a quelli che praticavano allora le piccole osterie. Molti vi consumavano infatti, come me, solo il pranzo o la cena senza dormirvi; altri, invece, non frequentavano la tavola, ma vi occupavano una stanza per periodi alterni, che potevano durare anche molte settimane, in concomitanza con trasferimenti o grandi avvenimenti nazionali – come allora si diceva: privilegio questo di solito accordato a funzionari di concetto, a esponenti politici, a poliziotti, forse a spie...

Orlando Rughi era di quelli "a pensione intera"; il che lo rendeva gradito ai padroni, nonché alle due figlie. Preferenza di cui egli godette sino al giorno del matrimonio: una fuga quasi, che ci travolse un po' tutti, cogliendoci di sorpresa, quantunque il suo fidanzamento, come poi si seppe, durasse già da molti anni.

Naturalmente non mancò la promessa di non perderci di vista; ciò che invece si verificò puntualmente. Per un po' ne soffrii. Troppo abituato a trovare in lui un alleato nelle discussioni, i commensali di quella tavolata cominciarono a diventarmi insopportabili. Inoltre, era venuto a mancarmi un particolare nutrimento intellettuale costituito da nozioni lontane dal mio spirito, ma tanto più necessarie ai miei salti culturali dall'una all'altra disciplina. Fra lui, già laureato in biologia e genetica, e me, irregolare uditore di qualche corso universitario, quando potevo rubare un'ora a mestieri più ingrati, s'era venuta stabilendo un'intesa fatta di contrasti. Dal mondo politico, risalendo di giudizio in giudizio, raggiungevamo dominî meno contaminati, laddove lo scambio di un libro, di una rivista, la frequentazione di un grecista boicottato dalla cultura ufficiale (parlo di Pericle Perali) potevano assumere, collegati fra loro, valore di un linguaggio settario. Sempre perfettamente informato, buon lettore di ciò che di più dotto appariva nel mondo, bene orientato nelle polemiche letterarie o scientifiche, egli mi rendeva partecipe delle sue scorribande nei vari rami del sapere alimentando il mio eclettismo mai sazio di apprendere. Fu grazie a lui che potei essere avvertito assai presto della polemica che aveva dirottato la scienza sovietica dalla genetica mendeleiana, del contrasto Mičurin-Lysenko, della sbandata staliniana che ne aveva sancito gli esiti.

Ma devo a lui, soprattutto (studiava allora una malattia del tabacco, e le cause della degradazione del pomodoro di Sanmarzano) la conoscenza del problema che solo dopo qualche lustro doveva insorgere con tanta allarmante violenza: quello ecologico. D'accordo, un'intuizione, forse, niente di più che un sospetto (scientifico però) dell'avvio a quelle alterazioni degli equilibri naturali a cui l'uomo stava preparandosi e che da qualche anno appaiono ormai irreparabili alla stessa scienza che le ha scatenate.

Assai meno distratto di me, egli continuò di tanto in tanto – tranne negli anni più duri della guerra – a farsi vivo, ora con una lettera, ora con una cartolina, ora con una telefonata. Forse risale a quei contatti sporadici il racconto favoloso *Erba Nera* che composi pensando proprio alla sua angoscia per gli effetti sconvolgenti dell'aggressione alla natura: che imporranno, egli diceva, correttivi e terapie d'urgenza dannose quanto, se non più, a tutti gli anelli che, nella catena degli equilibri naturali, precedono o seguono quelli che noi crediamo di aggiustare o migliorare. Non so se lesse mai quella favola, ma posso dire che non tralasciava occasione per testimoniarmi fedeltà di amico e di lettore (dei miei libri come dei miei articoli) e offrirmi ogni volta una conferma della fiducia che aveva sempre riposta in me: « Sin da quei lontani giorni », ricordo, mi ripeteva: « coraggio, ce la farai ».

Non immaginando la mia insofferenza, mi riportava così d'incanto a quel mondo che avevo rimosso dalla mia memoria; mi rimetteva a sedere a quella tavola oblunga, fra la balzachiana serie di figure che io avevo ridotto a nicchie d'ombra, e che lui a mano a mano riempiva di vita con passione non disgiunta ad esattezza scientifica; ridescriveva a uno a uno i pensionanti, ne enumerava i meriti, i titoli conseguiti; e, se defunti, mi diceva la causa per cui se ne erano andati all'altro mondo. Restituiva il merito, se glielo aveva prima negato, a colui che aveva raggiunto un grado eminente nell'amministrazione pubblica o nell'impresa privata... Insomma si disperdeva negli altri, suddividendosi nei tanti destini in cui andava a specchiarsi per avere un'immagine probante del suo stesso essere. Ma parlami di te, lo sollecitavo. E lui a schermirsi, che allo scrittore forse interessano più "quegli altri"; e non si rendeva conto che più si nascondeva in "quegli altri", più si suddivideva nelle altrui carriere, più si diluiva nelle vicende di vita di tanti dimenticati, più sedimentava in me la sua figura, cioè quel che faceva di lui quel che suol dirsi: un personaggio.

Quando ci rivedemmo, dopo la disfatta e placata la baraonda del dopoguerra, lo trovai cambiato. Gliene chiesi la ragione, mi confidò che stava per dare un calcio all'insegnamento e alla ricerca, per dedicarsi completamente all'industria. Mi enumerò i motivi che lo avevano indotto a seguire la rotta dell'industrializzazione del Mezzogiorno, mi descrisse il paese che aveva scelto per istallarvi una fabbrica di prodotti chimici sotto vuoto spinto, m'illustrò il regime sociale che avrebbe voluto instaurarvi, tenuto conto che il suo esperimento tecnologico sorgeva nel centro di una zona agricola in una più vasta area depressa di quella Campania felix che io dovevo conoscere bene per esservi nato; e concluse infine: « Ebbene, se neocapitalismo vuol essere qualcosa di nuovo, bisognerà pur cominciare a dargli un nuovo contenuto ».

Era questo l'anello etico che veniva a saldare la sua coscienza scientifica e filosofica a quella dell'imprenditore. Essere sì un industriale di nuovo tipo, però che apre, non chiude l'avvenire ai propri figli; che ora studiavano chimica ma presto lo avrebbero aiutato in fabbrica. La quale fabbrica – perché io mi rendessi conto dell'astuzia della storia – sorgeva a poche centinaia di metri dal già progettato sgancio della costruenda Autostrada del Sole.

Quando ci rivedemmo, dopo qualche tempo, il suo progetto era fallito. Mi enumerò le cause di quel fallimento con un sorriso che gli errava sulle labbra, come se l'avventura appartenesse ad un'altra felicità. Quale, se non quella di poterla narrare? Come spiegare altrimenti quella felicità per una vicenda che, fin dall'enunciazione, si presenta con tutti i crismi dello scacco? Se non rapportandola a quel suo deviare dall'ordine storico-sociologico, per farsi narrativa, cioè non "fatto", ma "farsi", vale a dire narrazione?

Se Orlando Rughi fosse stato un napoletano, un meridionale, avrei giustificato altrimenti quel suo sorridere mentre cedeva alla tentazione di sottrarre il suo "fatto" all'ordine naturale, per tradurlo in "farsi", in racconto cioè, rappresentazione del dolore, come uno svolgersi di eventi sempre vivi e sempre presenti. Ma Rughi era emiliano, il suo accostarsi a quelle fonti di vita primitiva per educarle tecnologicamente, non voleva essere impositivo e pedagogico; ma, per quel che compresi, mirava a istituire un arco voltaico tra il selvaggio e il colto, affinché entrambi contribuissero a "far luce" – come egli si espresse.

L'avvicinarsi poi del Nord attraverso l'Autostrada del Sole, i cui lavori avanzavano di giorno in giorno, gli forniva un simbolo facile a istituire un rapporto ironico fra selvaggio e scienza; che doveva agire potentemente sul suo animo, se ancora vi tornava con tanta persuasione; quasi che la narrativa del suo fallimento non potesse che ruotare proprio attorno al sole. Sembrava addirittura felice che tutto fosse finito, in maniera degna d'essere raccontato, racconto che lui assecondava abbandonandovisi con una felicità estraniante.

Gli chiesi se mi lasciava partecipare di quella sua "felicità", che a me invece produceva soltanto sgomento: intendevo dire: se mi consentiva di diventarne a mia volta narratore. Qualcosa certo si sarebbe perso nel trasloco dalla sua alla mia "felicità". Ma il danno si sarebbe potuto ridurre al minimo, sempreché egli fosse stato disposto a darmi, oltre che le linee esistenziali della sua vicenda, anche le chiavi segrete, quegli spessori culturali costituiti dalle sue letture, dai suoi orientamenti politici, sociologici, filosofici, eccetera, che lo avevano indotto a quella scelta.

Ebbe inizio da quel momento una più assidua frequentazione, lui a parlare, io ad ascoltarlo. Per nulla intimidito dal taccuino che ogni tanto cavavo per annotarvi qualcosa, passeggiando per viali deserti o nascosti in qualche caffè di periferia, parlava volentieri mentre io appuntavo in fretta, per risospingerlo di continuo fra le quinte metafisiche della sua avventura, dalla quale egli tendeva invece a fuggire presto per ridiventare narratore.

Così facendo seguii passo per passo il suo itinerario culturale; mi appropriai delle sue letture, discussi con lui dei libri che egli stesso mi prestava, ricostruendo in tal modo dall'interno le sue idee, il suo sogno. Finché mi parve d'essere più "lui" di quanto lui non consentisse a se stesso di apparire a me: deluso, defraudato.

Al punto che, sdipanato che ebbi letterariamente quel filo che si era venuto via via caricando di tutte le "sue" ragioni e di tutti i "suoi" incentivi culturali, oltre che esistenziali, mi ritrovai davanti a un abisso; in fondo al quale c'era la speranza assurda che il "nostro" racconto potesse avere un epilogo diverso, favolosamente positivo, da smentire quello che era stato l'esito vero della storia.

Fu allora che non ebbi più dubbi; la faccenda apparteneva a me quanto a lui, e meschina sarebbe stata a quel punto una mia ritirata. Neppure a pensarci. Ero preda di un'ebbrezza devastatrice, ma insieme "felice", perché costituita di tante piccole felicità contraddittorie, quelle che fanno di un racconto un mondo a sé, compiuto in ogni sua parte, ma non mai concluso.

Intanto dovevo conoscere la sua fabbrica, o meglio l'edificio che avrebbe dovuto ospitarne le macchine e i congegni prodotti da una tecnologia altamente perfezionata. Ne scorsi le mura fin da lontano, vi giungevo a piedi, per non dare nell'occhio; ma fui ugualmente individuato, fermato, scambiato per uno sciacallo; ma, come poi compresi, i persecutori erano altri sciacalli che giorno per giorno vi saccheggiavano quel poco che ancora vi restava di smerciabile. Per il resto, divenuta ormai ricettacolo di lordure, rifugio di vagabondi ex-contadini e pezzenti, le sue mura annerivano naufraghe in un mare di erbe selvatiche.

Per assecondare l'ironia che la tetra costruzione suggeriva a chi come me avesse avuto voglia di sollevarne l'immagine alla dignità di un'utopia, ove sociologia e tecnologia concorrono prudentemente ad assolvere una funzione progressiva sull'animo selvaggio, scelsi un nome "gentile" per quelle genti che prosperano nell'ignoranza di vivere nella Campania felix, le cui origini classiche agiscono invece con tanta forza seduttrice su Rughi, scienziato (seduttore) ma insieme esteta (sedotto). Oggi mi rendo conto che i due termini potevano anche mutare di posto; ma, a mia volta, io stesso soggiacevo a quel duplice scambio, completandolo in qualche modo; restituendo cioè al fatto estetico il ruolo di seduzione. Per cui non esitai a battezzare il luogo dove Rughi aveva edificato il suo stabilimento con un nome estetico: Apragòpoli, come gli antichi chiamarono Capri; cioè città di delizie; sostituendo all'A- prefisso al nome effettivo della località (privativo di che cosa, se non di cultura, per una conservazione del primitivo-selvaggio?) Apra- che mi aiutava molto di più ai fini di una costruzione ironica dell'Io narrante. Fu così che Orlando Rughi non andò, come nella realtà ad A-fragòla a impiantarvi la sua fabbrica, bensì in un'Apra-gòpoli assai vicina ad una megalopoli non tanto misteriosa da non esservi riconoscibile.

E sebbene gran parte dei personaggi portassero nomi coniati secondo il criterio enunciato, ve ne erano altri ancora che nel nome riassumevano emblematicamente l'ambiguità della vicenda a cui erano chiamati; come Puntillo ad esempio, che nella modulazione dialettale (di piccolo punto, quasi invisibile) indicava una negatività assoluta; o come Calavèra, desunto dal folklore messicano, quindi spagnolo che, presumo, evoca la Morte nei suoi barocchi travestimenti; o come infine l'Angelo Nero, che viene a raffigurare infine la Malattia.

Orlando Rughi è troppo imbevuto di *krisis* husserliana e di *noosfera* teilhardiana per abbandonarsi completamente al sogno greco che gli propone l'ambiente. Poco disposto ad arrendersi a Leibniz, egli corregge le ipotesi di Teilhard de Chardin col ricorso agli illuministi, prima che ai materialisti dialettici; insomma si affida al Lamettrie per raggiungere Marx. Ma il correttivo egli se lo porta dentro, nel suo linguaggio, che parte da Descartes per arrivare alla cibernetica; dall'uomo-macchina, si fa per dire, alla macchina-uomo.

Non mi fu agevole unificare in un medesimo linguaggio narrativo questa duplice operazione correttiva, anche perché mentre i taccuini risentivano ancora della passione di Rughi per le sue letture filosofiche, non meno che per le sue scoperte scientifiche, il diario con l'aiuto del quale seguivo passo passo le fasi del trasferimento dagli appunti caotici a un'ordinata stesura, risentiva invece della sua amarezza, fatta di critiche.

Sono obbligato talvolta a risalire a quelle pagine, in cui "ragionavo" il mio rapporto culturale con Orlando Rughi, ormai lontanissimo dal mio orizzonte, se voglio rivivere con lo stesso animo gli incentivi e le crisi che si susseguirono durante le successive trascrizioni del libro.

Eccone una ad esempio, sub 30 ottobre '63 in cui cito un mio taccuino del '61, ove avevo scritto: « L'idea chiave del libro è che non vi è società civile laddove la responsabilità non è declinata in 1ª persona, ma vien trasferita e scaricata sempre su di un altro [e qui un richiamo a Musil, 1°, 171, "È sorto un mondo di qualità senza uomo, di esperienze senza colui che le vive, ecc."]. Subordinatamente, l'assunto sarà quello di demistificare il Sud, idoleggiata dimora della spontaneità, della spensierata bontà, della pseudo filosofia della vita, scoprirvi i guasti che vi ha prodotto un capitalismo giunto in ritardo, che non accelera ma frena la spinta rivoluzionaria e innovatrice che secoli di servitù gli hanno impresso. E far sì che l'abbattimento di questi idoli avvenga per mano di un uomo del Nord ben disposto ad accettare tutti i miti come espressione dell'animo selvaggio, e a servirsene per realizzare quella specie di sogno metacapitalistico ». Fin qui il taccuino, quindi il diario riprende: « Ma le forze della storia sono più organizzate di Rughi, che nel campo delle variabili, pur con tutte le sue spinte positive, rappresenta una retroazione negativa. Finché egli scopre una società immobile, un museo di gesti, di riti arcaici. Qui Puntillo è un Dio invisibile, Gialacqua il suo Pontefice, il Leone domato è il Popolo, Reggio, l'Opposizione cosciente, ma sterile; Calavèra, la Morte, Elvi, la seduzione e il calcolo; l'Angelo Nero, la Malattia ».[2]

E ancora, sub 27 agosto 1963: « La difficoltà per un uomo che ha coscienza del contenuto dell'altrui coscienza, compreso quello della propria coscienza che sta depravandosi; cioè che è consapevole di quella responsabilità interindividuale che regge le sorti di una collettività, è di farsi comprendere dagli altri... Eppure Rughi non è un alienato, in senso clinico o letterario, non è un eccentrico, è un seduttore, se si vuole, intellettuale o filosofo che sia. Ma è soprattutto un uomo comune che vuole vivere un'esperienza comune; esperienza però che non lo ingloba e a cui rimane estraneo quando la interiorizza. La verità è che Rughi non è né vuol essere il protagonista della sua storia, bensì rimanerne "il narratore", il testimone; tessera del mosaico che si realizza insieme alla storia che racconta ».

Ancora più indietro, sub 24 agosto: « Da tre giorni fermo davanti al XX capitolo. Come avessi paura di entrarvi. Cosa c'è di là? Mistero dei ministeri, è il primo appunto della scaletta. Ma l'entropia nella cui corrente è già naufrago Rughi, qui cederebbe ad una nuova "organizzazione" matematica. Rughi perciò reagirebbe alla contingenza, nel seguire un nuovo itinerario programmato, nel senso che si organizzerebbe in modo diverso da come non ha fatto prima, quando, supponendosi lui programmatore, non si accorge di diventare via via un momento dell'entropia generale. Dunque, a questo nuovo livello, Rughi è una macchina più perfetta o meno perfetta? Poiché il gioco è più sottile, egli vi si adatta e lo domina. O ne è dominato? ».

Infine due appunti, rispettivamente del 12 maggio e del 29 luglio (stesso anno) che ricucio insieme: « Rileggi ora con disgusto e noja, come fosse un obbligo. Ma scegli con passione. Soprattutto non dimenticare che non parla una persona sola, Rughi, ma è l'intersoggettività che parla in lui... Bisognerà che trovi per ciascun personaggio uno spazio, un ambiente tipici, e prolungare in ognuno la proiezione delle cose e degli altri. L'universalità loro sarà un'operazione di riduzione da macchine super-umane, in organismi implicanti tutta l'oggettività di cui sono imbevuti. Questo sposterà (o annullerà?) tutti gli accenti morali. Pazienza. Dov'è la loro moralità? Agenti-agiti si "smoralizzano"; importante è caricare noi, lettori-attori, di un'altra moralità, che appartiene a noi come a loro... ». Quindi, dopo una rapida rassegna del pensiero di Teilhard de Chardin e dei suoi esegeti (Wilder soprattutto, e Vigorelli e Ormea da noi) e qualche spunto delle conversazioni avute con padre Marcozzi sullo stesso argomento nel corso del '58, riproducevo un passo di Paci: « il mondo già fatto, già costituito, è quello nel quale mi trovo, e nel quale sono perduto, quando resto, prima della riduzione – [cioè essere anche l'*altro*, che c'è e non c'è, sepolto nell'inconscio o nell'oblio, ridotto a cosa incomprensibile, a fatto *che è già là* senza spiegazione possibile] nell'atteggiamento "naturalistico". La differenza tra il "prima della riduzione" e il "dopo la riduzione" è che prima della riduzione sono in un mondo irriducibile al mio agire, alla mia coscienza, alla mia libertà; dopo, sono cosciente dell'irriducibilità, del condizionamento della libertà, del limite... ».[3]

Attenzione a ciò che avviene a teatro, dove l'Angelo Nero ha condotto Rughi, poiché è lì che la prospettiva del racconto rivela la sua "teatralità", vale a dire le sue "finzioni". L'Angelo Nero accentra su Rughi la sua ammirazione, dopo aver mirato a Torresi e all'attore, che impersona l'Eroe; quasi lo incitasse a decidersi ad assomigliare all'uno o all'altro, anzi, all'uno e all'altro, in un assommarsi di negatività. È chiaro che l'Angelo Nero annette alla sua sfera di malattia (=negatività) le azioni negative di Torresi, poiché essa retroagendo, col segno più che qualsiasi retroazione produce per il solo fatto di prodursi, pone in essere azioni sempre più negative. Così come annette la positività morale dell'attore, che riduce la sua personalità sino a negarla del tutto per creare quella del leggendario eroe. Basta ciò a mettere in moto in Rughi un processo di verifiche interiori che lo porta a scoprire un lato della sua coscienza che egli non conosceva; quella parte cioè sempre pronta ad agire senza chiedersi la ragione "morale" dell'azione che stava compiendo. Egli si riconosce perciò nell'Eroe leggendario, che inneggia al re di Spagna mentre già trama la congiura che lo innalzerà a condottiero della rivolta contro l'oppressore, per umiliarsi subito dopo al viceré di Napoli presagendo prossima la propria fine...

Lo scacco di Rughi era dunque un ricordo, quando cominciai a riordinare gli appunti sulla sua avventura: quindi l'Anno del Sole Quieto era quello della stesura, non della vicenda rughiana. Ma potevo sottrarmi alla seduzione del Rughi, che agiva anche sui tempi narrativi in cui egli forzava il suo racconto assimilandolo con un linguaggio tecnologico al ciclo astronomico che gli si imponeva con tutto il peso di una fatale ironia? Non dimenticare il Sole dell'Autostrada che mai più sfiorò la sua fabbrica; e, soprattutto, non dimenticare due date importanti di quell'anno: la morte di Giovanni XXIII e l'assassinio di Kennedy. Rughi, infatti, sebbene sempre bene informato delle cose del mondo, che sia iniziato l'Anno del Sole Quieto dovrà apprenderlo dal giornale acquistato da una vecchina posta dal caso sul suo cammino, come per imprimere al suo racconto un primo ritardo, o forse per metterlo sull'avviso che – malgrado la calma delle macchie solari – il suo segno è già negativo, e tutto ciò che avverrà poi, apparterrà a un ieri numinoso, che può ripetersi all'infinito e che va coniugato quindi fin dall'inizio all'imperfetto: *Era l'anno del sole quieto.*

Ancora radiose giornate

Devo a un giovane amico [1] poco più che ventenne, l'idea di questa nota. A dire il vero, progetti di premesse, avvertenze, o, addirittura, di prefazioni, mi avevano spesso tentato nel corso della composizione del romanzo e poi, durante le varie riletture; ma sempre li avevo elusi con uno sbrigativo chi vuole capisca.

E se non volessero capire? – mi sfidava il giovane lettore. – E se richiudessero il libro fingendo di aver capito?

Mi pareva di forzare la natura della narrazione, a chiederle acconti d'ordine concettuale come pretendeva il giovane; sentivo che l'avrei tradita esattamente nella misura in cui fossi riuscito a estrarre dalle viscere "le sue ragioni": e non mi capacitavo che si potesse delinearne la genesi con moduli e linguaggio diversi da quelli impiegati per scriverlo.

Convinto che le idee di un narratore appartengono al racconto (come il sale o lo zucchero alle vivande o alle bevande, e non più alla salina o alla canna da cui furono estratti) mi ripugnava immergere il cucchiaio nella ciotola per raccoglier ciò che è rimasto nel fondo; e che, proprio perché sedimentato, prova che ve n'era in eccesso. Cosa questa che uno scrittore, per quanto disposto ad una narrativa d'idee, d'ordine cioè saggistico, difficilmente sarà disposto ad ammettere.

Se avevo costruito una storia servendomi di idee, insisteva il mio giovane lettore, il mio dovere adesso era di enuclearle dal testo, verificarne la validità sulla realtà empirica, al di fuori della vicenda che le condiziona. Chi semina vento, con quel che segue... D'altronde, l'attualità della problematica etico-politica vi si afferma con tale timbro che la sua stessa durata potrebbe minacciare la narrativa in cui essa vuole modellarsi, arretrando cioè il mondo che vi è rappresentato a una prospettiva ancora più remota, da avvilire ogni ragione al senno di poi.

Fui costretto a spiegare al giovane interlocutore che la mia titubanza a emarginare un contenuto diciamo così teoretico, da discutere a parte, indipendentemente dai personaggi, doveva forse attribuirsi al fatto che le loro ragioni furono già tutte versate in pagine anteriori al '45, molto prima cioè che una "biro" [2] mi capitasse fra le dita – tanto per riferirsi a un oggetto comune che ha una data di nascita precisa.

Se fosse consentito suddividere la letteratura in epoche calligrafiche fra un prima e un dopo l'avvento della penna a sfera, ebbene questo libro andrebbe collocato nell'era precedente l'invenzione che doveva sconvolgere tante scritture: e, per quanto attiene al nostro paese, dovrebbe configurarsi in quella temperie di speranze e di ottimismo in cui si forgiarono gli spiriti della resistenza, che all'avanzata del socialismo faceva corrispondere un perdono generale che ci rese tutti fratelli e padri, nel più comico e patetico abbraccio in nome della patria salvata!

Nondimeno – pur concepito e composto fra due date di grandi auspici, il 25 luglio del '43 e il 25 aprile del '45, salvo i pochi emendamenti databili agli inizi del '46 – *Prologo alle tenebre* risultò pervaso da pessimismo; un pessimismo che, muovendo contro le stesse regole del gioco delle speranze dominanti, delineava una realtà che stava appena formandosi sotto i nostri occhi. Preso da una foga profetica, addensai più tenebre che luce su quelle radiose giornate; e quando mi parve di aver esagerato in nero, stemperai, sfumai con tinte gradevoli i significati più tenebrosi affinché l'insieme risultasse, per quanto oscuramente, allegorico.

A parere del giovane lettore, se qualcosa "doveva salvarsi" di quel vecchio libro era quel che ancora sopravviveva ai fatti narrati, esattamente il conflitto di idee, che aveva resistito agli eccessi di ironia o di lirismo. Per cui, ciò che a me sembravano intuizioni, erratici presagi che tessono il tempo fra una storia e l'altra, poteva costituire ancora oggi l'ossatura teorica del racconto, per assicurargli una nuova durata.

Scoprivo così che in ossequio a un impulso, non so quanto ragionato o quanto istintivo, avevo anch'io avvertito l'impossibilità di ristrutturare la narrazione su un diverso ordine razionale, senza tradirne il contenuto antagonistico. Limitandomi perciò a riscrivere, vale a dire a rivivere, avevo dovuto impedirmi di intaccare la struttura narrativa, e ciò non solo per riguardo alle idee dibattute, ma per il documento che le aveva generate, e che apparteneva meno a me che al mondo narrato.

Questo feci notare al mio giovane interlocutore; gli dissi che, tempo e pazienza permettendo, chiunque avrebbe potuto facilmente verificare la fondatezza di quanto asserivo. Comunque, aggiunsi, scoraggiavo dal tentare raffronti fra *Prologo alle tenebre* e *Le radiose giornate*, poiché tutte le analogie estraibili dai due testi – di memoria, di giudizi, di fatti – sarebbero state vane se non rapportate a quella temperie morale che ci trovò allora come oggi impegnati in una lunga disobbedienza civile. In definitiva, il recupero dei "materiali" dal vecchio testo non era avvenuto sotto la spinta di rinnovare un apparato narrativo, che bene o male aveva fatto il suo gioco; ma come da un taccuino abbandonato vengono raccolti nomi, fatti, episodi, avevo desunto da quelle pagine tutto ciò che potesse servire alla ricostruzione di quel mondo onnipolitico in cui la trasgressione costituì la costante pedagogica.

Il mio lettore non voleva smarrirsi in queste connotazioni, secondo lui esteriori; per inseguire la sostanza, cioè le "idee", il conflitto di ragioni, separatamente dalle "trame" della disobbedienza e quindi dal contegno che esse rivelavano; tanto più in quanto solo riscattando quelle "idee" dalla loro tuttora scottante "attualità" i fatti diventavano davvero secondari.

E io a insistere: se i fatti hanno una significazione è proprio nel loro disporsi in quella certa "trama" di disobbedienza, d'ordine intellettuale e metafisico, prima che pratico; in quella sfera ogni differenziazione può risultare errata, oltre che pericolosa...

L'intransigenza del giovane non mi turbava, forse perché la sentivo come il miglior tipo di lettura per un libro che racchiude una storia di giovinezza tradita; storia alla quale ancora oggi esito ad apporre un'etichetta: Romanzo? Saggio storico? Diario? Documento?

Ciascuna di queste definizioni può trascinarsi dietro l'altra; basta scorrere queste pagine per avvertire come il racconto venga spesso sopraffatto dal saggio, quasi quanto quest'ultimo corre ad impigliarsi nella cronaca; a volta a volta fuorviata dalla memoria che mescola elementi metafisici ai reali; mentre la materia, nella sua polivalenza di significati, finisce per configurarsi in maniera sempre più "politica". Quindi potevo reputarmi già abbastanza fortunato se, nel restituirmi il dattiloscritto, il giovane si dichiarasse più convinto delle ragioni che opponevano i personaggi l'uno all'altro che delle loro storie particolari; quasi fosse possibile e naturale estrarre le une dalle altre.

Ancora una volta, anche se con diverse motivazioni, il mondo delle idee veniva separato da quello empirico. Così come un tempo s'era guardato con ironia all'intrusione, considerata surrettizia, della riflessione filosofica nei *Sei personaggi* oggi, dalla sponda dell'intelletto, si riguardava con insofferenza al modularsi della logica sui fatti empirici e ai suoi assalti per inverarsi nelle strutture narrative...

Per tornare al presente, provai a ripercorrere l'argomento cercando di dimostrare al giovane amico che la conflittualità d'ordine razionale che presiede alla vicenda da me narrata, "agisce" i personaggi con la stessa intensità con cui questi ultimi, promossi alla condizione di "agenti" – in grado cioè di accogliere o di respingere un messaggio emesso da un certo apparato di idee – "agiscono" sulle idee, "interagendo" fra loro. Alla stessa stregua il fenomeno si ripete nel campo delle passioni, dei sentimenti, nel mondo cioè della prassi: dove un certo apparato narrativo "agisce" i personaggi pragmaticamente, promuovendoli "agenti", capaci cioè di modificare il contenuto della loro storia, poiché fra le due sfere, ove mai fosse decente ancora tenerle separate, si determina un'interazione, e via discorrendo... Tanto per chiudere con un esempio, gli prospettavo l'episodio dell'amore di Bianca e di Eugenio, il narratore; l'una e l'altro risolvono il loro erotismo in un dubbio patto politico, disperdendo all'inverso le loro ragioni etico-politiche in erotismo...

Tutto considerato, la salute di un'opera letteraria, – voglio dire la sua verità e la sua durata – dipende dall'ibridazione dei due elementi; sempre più confusi l'uno all'altro a grado a grado che l'opera si distanzia da noi, nella fuga degli anni (o di secoli). L'impetuosità con cui talora il teoretico emerge sul pratico; o, all'opposto, la prepotenza con cui l'empiria sopraffà le idee, sono mistificazioni contingenti. La melanconia, entrata come malattia della bile nella letteratura del quattrocento, si naturalizza come « inquietudine del sapere » per diventare « dolore dell'anima, che aspira a un territorio più elevato » e a legittimarsi come: « esperienza patologica » nella letteratura rinascimentale; finché il romanticismo non la riduce a « presenza metafisica » abbassando la malinconia « a un vago stato d'animo ».[3]

Va pure considerato che l'opera letteraria è un sistema i cui elementi compositivi hanno comportamento dialettico; quindi, o vivono come messaggi antagonistici, o muoiono sul nascere, trascinando nella loro rovina l'intero apparato. Guai a separare crocianamente struttura da poesia, – come se quest'ultima non fosse essa stessa struttura di un certo linguaggio! – per buttare a mare la struttura e salvarne i germogli poetici. Ma guai anche l'opposto! Si continua a scavare così nel solco che il tempo vuole pazientemente colmare in quel lento processo di assimilazione del mondo delle idee a quello del sentimento, fra teoria ed empiria; grazie al quale oggi non riusciamo tanto facilmente a distinguere fino a che punto Amleto "ragiona" con l'intelletto e da quale punto in poi "sragiona" col cuore e con la fantasia.

Dietro queste sollecitazioni a disgiungere e contrapporre, vedo profilarsi una minaccia di dittatura culturale: si tende cioè a instaurare una sorta di "autorità" dell'opera letteraria fondata acriticamente su una delle sue componenti. Autorità che si fa tanto più terroristica e vessatoria, quanto più è consapevole che la sua stabilità si regge su una gamba sola.

Comunque, l'incitamento del mio giovane lettore a tentare un'analisi differenziata dei due mondi che si contendono una parte nel libro, potevo accettarlo solo nella prospettiva di una rinnovata esigenza di « ripartire sempre da ipotesi teoriche ». Per cui se l'esortazione valeva in sociologia, figurarsi quanto più in letteratura!

D'altronde non avevo forse mirato proprio a fondare un sistema di dubbi, di valori contraddittori, tali che fosse possibile ravvisarvi non solo il conflitto fra totalitarismo fascista e antifascismo; ma, in una gamma più ampia, gli aneliti di liberazione da ogni forma di autoritarismo anche all'interno dello stesso antifascismo?

La storia multiforme e contraddittoria di una disobbedienza veniva a configurarsi così, oltre che come minaccia della tirannia cattolico-fascista, anche come sfida a ogni forma di mitizzazione del potere che vuole avvalersi del ricatto "unitario", con cui si è sempre cercato di impedire la verifica sulla realtà empirica dell'apparato concettuale fossilizzato in "ideologia".

Cosa vuol essere dunque questo libro,[4] che non è romanzo e non è saggio, non documento e non evocazione, né infine elegia? Come seguirne il tracciato spigoloso, fra tante sacche e deviazioni nelle quali l'Io narrante sembra smarrirsi senza mai ritrovare il senso e lo scopo del suo procedere? Troppe sono le esperienze antagonistiche che questo Io non riesce a dominare e a disciplinare; troppe le forze tentatrici che lo dilacerano fra volere e disvolere, fra accettazione conformistica delle menzogne e delle perfide dissimulazioni del tempo, – in cui egli sembra ritrovare il suo essere, come negatività in una generale negatività – e la sfida rivoluzionaria agognata quasi come "salute", necessità di una – finalmente sincera! – libera affermazione della personalità! E se fra tante opposte spinte, un barlume emerge dalle tenebre a far luce a qualche sparsa verità, questa né si rivela esemplare; né sembra fatta per piacere... E allora, come sperare di conquistare lettori, se non mi assumevo il preciso compito di snidare la critica dalle sue assuefazioni letterarie? O, per ripetere le parole del mio giovane amico: se non provocavo i lettori a non nascondere la testa sotto la sabbia, dal momento che era proprio in quella sabbia che io stavo scavando? Ragion per cui, via quei titoli emblematici o ironici! *Tenebre, Giornate radiose! Viva Salvatore!* Così avrei dovuto gridare dalla copertina; oppure *Siamo tutti spie!*

Consigli estremistici, da ascoltare da un orecchio solo; ma che trovavano una loro sotterranea consonanza in questo itinerario di disobbedienze e di acquiescenze, che gira a serpentina attorno a un nucleo di rivolta umana prima che politica; finché scopre nella stessa trincea, tra le stesse forze che insorgono contro l'oppressione, riti giustificatori per nuovi tipi di sopraffazioni, di simulazioni e infamie, in nome di un astratto « unitarismo » pronto a prevalere servendosi di ogni mezzo autoritario...

Con tale spirale il giovane si avvicinava al problema da me appena sfiorato per uscire in quello più ampio e assai più provocatorio che mette radici nel clima spirituale oggi ribattezzato col nome di « contestazione ». In realtà se l'assimilazione è legittima, deve limitarsi ai climi oppositivi maturati in una stessa matrice storica, e che omologamente portano a concludere che « l'autenticità politica... viene "dopo"; dopo la giovinezza e la felicità ».[5]

Sul filo di questi ripensamenti, tutto ciò che nel *Prologo alle tenebre* risultava anticipazione di una storia che doveva ancora svolgersi – gioco di tempi futuri restituiti a un passato che allora era ancora di là da venire, – affidata a creature senza domani, microcosmi di una più vasta e discorde crisi della persona umana, mi ritorna ora come un violento presente che ha bruciato le sue radici illuministiche e s'impone come ripensamento di vecchi errori.

Ecco forse l'unica "attualità" su cui Andrea, non da protagonista ma da rivoluzionario, può fondare le sue ipotesi teoriche nel delineare la sua stessa azione pratica; mentre Eugenio, l'Io narrante, che non può aspirare, per opposte ragioni, al ruolo di protagonista, esaurisce le sue ipotesi teoriche nella estenuante rincorsa d'una ragione, – dagli scaffali della biblioteca circolante a quelli della sua moderna libreria – senza mai ritrovare il filo che lo conduca "fuori" dalle pure ipotesi. Entrambi – Andrea ed Eugenio – cresciuti ed educati "fra i libri" vedono proprio in ciò quel che separa i loro destini, avviando Andrea verso la ricerca di idee che daranno un contenuto alla sua rivolta contro la dissimulazione e l'autoritarismo; e avviando invece Eugenio verso la prassi, nella caparbia ricerca di nuove dissimulazioni nel labirinto onnipolitico gremito appunto di menzogne divoratrici di anime, divenendovi inconsapevolmente spia.

Vivendo di riflesso sentimenti di giustizia e di pietà, che si esauriscono nella sfera empirica di Eugenio, dove amore ed erotismo vogliono tesaurizzarsi e universalizzarsi come assoluti politici, neppure Bianca può assurgere a ruolo di protagonista. Se essa viene respinta dal mondo ideologico di Andrea, per essere calamitata da quello empirico di Eugenio, l'opposto avviene per Placido, attratto irresistibilmente nell'orbita rivoluzionaria di Andrea, ma sempre portandosi nella testa quell'ideale di verità e di giustizia del "figlio inventato": colossale menzogna, venerata con la passione di cui solo un "padre" è capace; ma destinata a porre in essere una serie di finzioni in cui ciascuno può diventare spia o spiato...

Il mio giovane lettore mi suggerisce inoltre che il figlio inventato da Placido può interpretarsi quale allegoria della rivoluzione fallita; così come la cecità cui perviene Salvatore – il vero protagonista, secondo lui! – andrebbe intesa come simbolo di una cecità collettiva, che ci avvolse tutti nelle stesse "tenebre", impedendoci di "vedere" ciò che invece già ci "vedeva"...

Nelle svolte di questo dialogo mi si rinnovavano dentro l'amore e l'odio che mi avevano dominato mentre ripercorrevo quelle pagine di *Prologo alle tenebre*, tentato non tanto di "rivederle" ma quanto di confutarvi le ragioni su cui esse pretendevano di fondare la loro "verità" con animo meno tollerante di un tempo e ancor meno propenso a perdonarsi, come a perdonare chi tradisce se stesso nel tradire gli altri.

Forse è questione di struttura e rappresentatività, considerata la struttura come continua ambiguità, rispecchiantesi di personaggio in personaggio e di situazione in situazione. Vale a dire, vi è un doppio libro, che viene determinandosi via via in fatti, luoghi, psicologie; dove la realtà non vi è mai assunta in una sua presunta verità "unica"; ma, se mi è concesso, hegelianamente, sempre sdoppiata, messa in dubbio. Da ogni "realtà", voglio dire, rampolla la sua esatta negazione. Chi narra si rivolge a un "tu" ipotetico, a un "tu", che trascende il singolo personaggio, cioè Bianca. Bianca interpreta la falsa coscienza della società italiana: essa per entrare nella lotta cospirativa ricorrerebbe a qualsiasi mezzo; mentre Eugenio, che si rivolge a lei rievocando quei fatti, la coinvolge continuamente negli avvenimenti, come la sua stessa falsa coscienza. Dal che dovrebbe dedursi che il mondo del libro è onnipolitico, e tale onnipoliticità non cede nemmeno all'erotismo, cui Bianca fa ricorso per insinuarsi nella lotta clandestina, pur di ritrovare lo scomparso Andrea. È lui difatti il vero protagonista, che ha combattuto menzogna e dissimulazione divenute le dimensioni stesse della lotta politica: e che tuttavia quando si trova costretto a ricorrere all'arma della sincerità rimane sconfitto. Lo stesso mondo politico che egli credeva di restaurare con le leggi della critica e dell'autenticità, lo annienta, poiché pretende da lui, ancora una volta, soltanto finzioni e cieca obbedienza.

Ogni libro offre una sua possibilità di dilatazione dei suoi significati. O almeno così dovrebbe sempre accadere. Se l'uomo è nato per creare, l'artista nasce per crearsi diverso, cioè a dire per trasgredire. La letteratura che fra le arti è quella che in modo precipuo si manifesta come trasgressione ad altre letterature non può sottrarsi a questa legge. Devo però avvertire che non mi sentirei davvero inorgoglito di scoprire, nel 1969, che disobbedire oltre che lecito è regola fondamentale in letteratura. In quelle vecchie pagine, scritte fra il '44 e il '45 e pubblicate nel '47, tali motivi erano già tutti espressi (se no sarebbe stato il "senno di poi") e tutto, bene o male, era già in quel racconto congegnato fra cinque segreti – "intercomunicanti", se mi è consentito di dir così – eppure incomunicabili tra loro. Perché, dunque, dopo venticinque anni ho avvertito il bisogno di tornare sullo stesso argomento? Devo ribadire che la nuova narrazione non si limita a una riscrittura "letteraria"; ma si tratta di un'operazione globale, che richiama di continuo lo stesso primitivo racconto a dare testimonianza "storica" e "privata" insieme; non solo dell'esattezza delle cose riferite, ma altresì dei falsi cui esse si prestarono. Cosicché il narratore può oggi richiamarsi a quelle stesse "ragioni" che presiedettero alla prima stesura e dialettizzarle: "accusarle" cioè di avere contribuito all'inganno, alla mistificazione, nonché al monolitismo accettato acriticamente. È qualcosa di diverso da una presa di coscienza di "tipo nuovo" o "attuale"; che si esaurirebbe tutt'al più nel giro di una "verità" ormai raggiunta come denuncia, o come "testimonianza". Mentre il mio sforzo voleva essere quello di far entrare i miei stessi errori dialetticamente nel racconto degli "errori" altrui. È in questo scavo che, credo, possano vedersi meglio le radici delle disobbedienze, le eversioni.

i contrasti, le ingiurie, le sopraffazioni; più che non nella tradizione ufficiale, dove tutto procede fluidificato dall'olio santo del potere. Detto con la maggiore franchezza: fra una cultura che pone sempre in crisi se stessa, che fa sue le alienazioni individuali, e una cultura che scorre invece nell'alveo della storia, come già arresa alle ragioni che essa mostra di sottoporre alla critica, ma seguendo sempre uno schema prevedibile, e che soprattutto si contenta di far scandalo, purché lo scandalo non laceri i tessuti connettivi che legano potere a potere, la scelta non dovrebbe essere difficile. Eppure tutto sembra congiurare sempre a favore della seconda; anche se poi si deve ogni volta constatare e con amarezza che in definitiva i risultati sono sempre fra i più vili e avvilenti.

Perché si scrivono libri
così poco esemplari

Si dice che i libri riusciti sono quelli nati d'impeto o di getto, che risulterebbero sempre più vivi e veritieri dei prodotti di lunghe applicazioni e laboriose ricerche. Cosa sarà dunque d'un libro mai "nato", nel senso che comunemente si dà al verbo da che mondo è mondo? A un libro cioè che, non potendo vantare atti di nascita, può dirsi solo "diventato" libro, un po' per caso?

In fin dei conti, poi, che cos'è un libro? Non voglio mettere le mani avanti o correre a nascondermi dietro l'autorità di Callimaco e farmi forte con la sua fatidica sentenza "gran libro gran male", né voglio lasciarmi intimidire dal racconto biblico di quel tal Geremia, profeta sì, quanto si vuole, ma ingordo al punto di divorare il libro consegnatogli dal Signore e, come non bastasse, di rimetterlo a comando, dettandolo a memoria da cima a fondo, ogni volta che il re crudele perfidamente glielo bruciava scoprendovi verità che minacciavano il suo potere. Diversamente da quegli ascoltatori che abbandonarono un povero cantastorie alla fame e al freddo non appena si accorsero che, divenuto cieco, per non perdere il pane, continuava a leggere nel libro che teneva aperto sulle ginocchia, ma solo per finzione; quel libro che invece per essi rappresentava l'unico autentico deposito e garanzia della verità delle storie che il lettore era venuto leggendo.

Se le cose stanno davvero così, è da chiedersi allora a che servono questi benedetti libri?

Le letterature di tutti i tempi e di ogni paese a questo si sono ingegnate di rispondere, col risultato però di confondere ancora più le acque; poiché nel lodevole intento di salvare il libro dal sospetto di essere un perdigiorno, ozioso, amante delle fanfaluche, e più indulgente ai sogni e alle mistificazioni che alle verità, lo mortificano al rango di oggetto; avvilendone persino l'impiego a un'indecorosa quotidianità.

Un'occhiata agli epistolari di gente qualificata, di quel rango che col libro ha avuto sempre a che fare, e ne spuntano di belle! Un esempio: il volume sulla Morale del Nicole, che Madame de Sevigné voleva ridurre sino a farne un "ristretto", non uno dei moderni condensati all'americana, per i digesti popolari, ma un vero e proprio brodo; per poterlo inviare in qualche recipiente a sua figlia perché se ne potesse cibare.

Al recipiente, ci pensò Goethe; quando in Italia lo raggiunse il libro sulle Idee dello Herder; – è come una scodella, lo definì, chi non ci mette niente, niente ci troverà da mangiare: – già, a patto però che non vi avesse versato dentro il "brodo" della Morale del Nicole.

In caso di indigestione poi provvederà Montaigne, che Flaubert raccomanda come un ottimo calmante – digestivo per le notti agitate.

Si può allora mai deplorare lo scalatore Timoteo Smiley che, rimasto sospeso a una fune su una parete di quinto grado, non potendo né proseguire verso la cima, né più calarsi a valle, per non morire assiderato e vincere la noia, cavò dallo zaino il libro che portava sempre con sé e, via via che lo leggeva, ne strappava le pagine e se le infilava sotto il maglione: e solo così sopravvisse alla tormenta in attesa dei soccorsi.

Cos'era dunque il libro per il rocciatore Smiley, un brodo, un consolatore, un passatempo, uno scaldino? Posso chiederlo a buon diritto, visto che anch'io ho la mia brava metafora da iscrivere nell'elenco delle definizioni del libro; è una scarpa. Aiuta a camminare. Se stretta, non ci si fa un passo; se larga, conviene aspettare che il piede cresca. E infine: dal consumo delle suole e dei tacchi puoi sempre stabilire se servì e fino a che punto, a camminare per il mondo. È inverecondo? Come se di scarpe, scarponi, scarpine e stivali non fosse piena la letteratura d'ogni tempo e contrada.

Il discorso naturalmente non vale per *Alberone eroe*, che non è un libro ma un deposito della mia pigrizia e della mia smemoratezza. Se mi si chiedesse a bruciapelo: allora perché lo hai scritto? Risponderei che difatti non l'ho scritto, semmai "si è scritto", ed io l'ho lasciato fare solo per carpire dal suo "farsi" il come e il perché possano nascere libri così. Tanto che collocandolo all'estremo del palchetto di un ideale scaffale, fra quei libri cui la mano non arriva mai, e se ci arriva è solo per farli cascare fuori del palchetto, lo definii "fuori corso". Difatti fu questo il titolo con il quale per qualche tempo mi trastullai in quelle immaginarie bibliografie che un autore si costituisce per passatempo: "Fuori corso". Mi accorsi però che sotto l'apparente umiltà, la locuzione poteva dissimulare chi sa quale insana pretesa di consegnare alla Storia una specie di salvadanaio di monetine "fuori corso", nella segreta certezza che un giorno sarebbe diventato un tesoro numismatico di valore inestimabile.

Lo stesso che dire, ve l'ho fatta, e voi sciocchi a non accorgervi che vi passava sotto il naso il meglio, la quintessenza del mio lavoro! Altro che monete fuori corso! Questo è uno scrigno prezioso!

Disegno pretenzioso di chi sogna un destino aureo al proprio libro, tanto più elevato quanto più si affatica a deprezzarlo. Mentre la mia mira era di quelle che si definiscono malamente "moralistiche" e possono compendiarsi nel monito: signori miei, andiamoci piano con la lettura di libri così inutili e tanto dannosi! È il grido del padre che si rivolge agli altri padri, non quello dell'autore che, cedendo all'andazzo dei tempi, in cui chiunque abbia per avventura scritto cento pagine le lacera in mille pezzi e se le sparge addosso in un tragico mea culpa. No, il padre che si ergeva in me contro questi scritti è un vero padre di tre figli; uno che, in quanto padre ha lasciato molto a desiderare. E le storie che pretende di raccontare ne sono la prova lampante.

Poiché a differenza di tutti i bravi papà di questo mondo, che hanno le cantine o i soppegni della memoria zeppi di tanti bei ricordi di scuola, di letture infantili e giovanili, di giochi di società, di indovinelli e di applicazioni tecniche varie, i ripostigli delle mie reminiscenze giovanili e scolastiche sono sempre state maledettamente vuoti. Laddove agli altri padri bastava frugare un poco nelle loro ricordanze per soccorrere un figlio in difficoltà col compito di scuola o per irrorarlo di nozioni di matematica o di latino o di botanica, o per raccontargli una favola gustosa, a me sono occorse fatiche da portuale per traslocare una cognizione dai libri al foglio, dal foglio al figlio, in un appetibile, e soprattutto digeribile, condensato da preferire a quello somministrato dalle cattedre. Non parliamo poi dei sudori freddi, se l'incarico era di puro trattenimento, quando la madre per liberarsi dei figli chiassosi li illudeva: Andate da papà, ché vi racconta una bella favola. Ero o non ero lo scrittore di famiglia? A quel punto tutte le fiabe lette o udite mi svanivano dalla mente. E allora, per non svelare ai ragazzi la mia scarsa vena narrativa, mi vedevo costretto a inventare ciò che ignoravo o che avevo dimenticato. In tal modo offrivo uno dei più odiosi rifugi al "cattivo esempio" della denarratività contemporanea a cui attingono molti genitori; e con quale proterva incoscienza si possa soggiogare la fantasia di un ragazzo ripetendogli una "storia" facile, e appunto per questo tanto più difficile da capire, perché in fondo non vi è nulla da capire, oltre il "fatto", se non la terrorizzata impotenza dell'uomo davanti ad un "potere" governato da forze occulte! Metodo questo ricattatorio, sostanzialmente diseducativo; che, sia pure inconsapevolmente, finisce per screditare la funzione stessa della letteratura.

Il detto che il diavolo fa pentole e non coperchi nasce probabilmente da una favola sbagliata, perché un coperchio lo si trova sempre; molto più improbabile, ammesso che il diavolo ti dia un coperchio, è trovare da metterci sotto la pentola giusta. E le mie favole, quelle che inventavo di volta in volta ai miei figli, erano tanti coperchi a cui mancava sempre la pentola. Il perché è presto detto; la mia mancanza di memoria per le cose scritte faceva il suo dovere anche per le cose orali; sicché tutti e tre i miei figli scoprirono assai per tempo che quelle mie storie non erano "vere" perché non rammentandole mai nei minimi particolari, finivo per modificarle e mortificarle nel loro stesso ricordo; che insorgeva passo passo a correggerle; bisticciando spesso fra loro, se qualche passaggio non coincideva con la versione che ciascuno considerava come l'unica, "autentica".

Quale dunque la versione "più autentica"? Quella che stavo reinventando o una di quelle che essi ormai sapevano a memoria? Ecco come nascono le tradizioni, le leggende, i miti; e, infine, le favole: dalle distrazioni altrui. Dovevo dire ai miei figli che tutte le mie storie erano "vere" perché recavano nel loro atto di nascita il marchio dell'invenzione, cioè della "modificazione"? E che sempre trionferà la sublime menzogna del narratore continuamente sollecitato a riadattare alla misura della propria fantasia il racconto udito?

Nel caso mio tutto ciò era agevolato, oltre che dalle intermittenze della mia memoria, direi anche da una prudenza, che talvolta diventava idiosincrasia per la fiaba intesa nel suo schema tradizionale. Schema costituito, come ognuno sa bene, da una certa atmosfera numinosa, in cui un prodigio dovrà pur sempre e ben presto avverarsi. Ecco l'inganno: "ben presto"! A dirla in termini fiabeschi è questa la riduzione temporale di un'attesa, che è tale in quanto possa continuare ad essere "attesa", non permettendo all'evento di avverarsi così "presto" come il narratore promette e l'ascoltatore agogna; non supponendo quest'ultimo che la sua parte è quella di lasciarsi ingannare dal moltiplicarsi di perfidie, incantesimi, ritardi, intoppi e malefici, attraverso una dilatazione dei tempi narrativi governati da esseri dotati di privilegi particolari, per non dire sovrannaturali, ma pronti a distribuire premi e castighi secondo un ordine e una disciplina che somigliano troppo all'ordine e alla disciplina cui siamo tutti i giorni sottomessi.

Pur ammirando i grandi favolisti del passato cercai così di non imitarli, se non nella misura consentitami dalla mia smemoratezza; e testimonieranno i miei figli che pur quando feci ricorso allo schema della fiaba tradizionale, non ne abusai, sembrandomi congegnata in modo che maghi, streghe, fate, animali saccenti e via discorrendo, dovessero uscirne sempre vittoriosi o almeno dimostrare che gli artifici cui ricorrono sono i mezzi più idonei a soggiogare la fantasia del lettore, quanto più giovane tanto più suggestionabile, per disporli ad accogliere poi il mondo così com'è, nelle sue bellezze e nelle sue brutture, e a non tentar mai di pensare come potrebbe essere una volta che fosse cambiato...

Se la fiaba di tutti i tempi è potuta passare fino ad oggi

come letteratura "esemplare" è perché non disdegnava di confondersi con l'enigma di cui i potenti si sono sempre serviti per confondere attesa e paura e rinviare all'infinito la soluzione finale, cioè la fine di ogni tirannia. Fu questa considerazione che m'indusse ad accogliere, fra tante avventure narrate ai ragazzi, quelle che, per quanto allucinanti, potessero ben reggere alla definizione di "non esemplari".

Un foro che non si vede

Non prendetemi alla lettera quando dico Io. Fra l'Io che racconta la sua delusione amorosa, e me che narro la strana avventura capitata al personaggio che parla in prima persona, c'è uno scarto, esattamente la distanza che corre fra giudizio e giudicato. Se mi è accaduto di sostenere che questo è il libro [1] che più mi somiglia non dovrebbe sfuggire che, ancor più di un processo assimilante fra narrante e narratore, ho cercato di indicare una "relazione" fra i due poli narrativi più diretta e immediata.

Voglio dire che non va trascurato che dietro l'Io narrante ci sono io che lo narra, se non si vuol perdere di vista colui che predispone le trappole, o se si preferisce, che tesse la ragnatela per catturare gl'insetti che dovranno fornirgli l'alimento indispensabile a filare altra bava per altre ragnatele. [2]

La domanda che spesso mi son posto è se è da considerare più autentica l'irrealtà quotidiana in cui appare incastonato il protagonista, oppure quel tentativo di costruzione di un'altra "irrealtà", vale a dire quel sistema reale-irreale che si sostituisce al primo, dentro il quale l'Io narrante aveva trovato, con la sua ragion d'essere, l'ideologia del suo comportamento. Difendendo il suo posto macchina come "territorio" di conquista, o come estrinsecazione oggettiva, e insieme simbolo, di un "prestigio", l'Io narrante si identifica a tal punto col sistema d'irrealtà quotidiana che condiziona e determina il suo contegno, da non avvedersi del rischio a cui sta per esporsi. Come la Storia, anche l'irrealtà quotidiana esercita le sue astuzie; e quando più sembra arrendersi servizievole, disposta ad assistere impotente alla propria demolizione, proprio allora tu che te ne stai estraniando per punirla e mortificarla, finisci per precipitare nel trabocchetto da lei predisposto; in fondo al quale la sua lacerazione, al pari della tua caduta, ricompongono l'unità alienata. In sostanza, la tua ribellione fa parte del suo gioco.

L'occupazione abusiva in un posteggio è lo strappo alle "regole"; la lite che ne consegue, gremita di un aberrante accumularsi di meschini rancori è la caduta nel baratro; l'amore, la scala per risalire dal pozzo della disperazione; mentre infine la fuga da casa e dal lavoro, è la fuga dal "contegno" borghese rifiutato per un altro che non ha nome né volto.

Forse l'Io narrante non aspettava che quella spinta per porsi in crisi, costruirsi, dai materiali esplosi dell'irrealtà quotidiana, un contegno diverso, erigere un'altra irrealtà che gli somigli di più e lo aiuti a legare i fili dei suoi ideali falliti.

Da qui la sua duplicità; divaricato fra due realtà entrambe irreali, o viceversa, fra due irrealtà ambedue reali egli si adopera a ravvivare un rapporto-conflitto come un narratore che voglia prolungare la sua avventura affinché non abbia mai termine; poiché soltanto narrativamente egli riesce a riconoscersi e a salvarsi nel suo giudizio. Così, via via, la vicenda amorosa, vero Eros liberatore covato in quell'auto dal colore emblematico – placenta e rifugio insieme – si distacca da lui, lo plasma e "lo vive", come un racconto può "vivere" colui che ne è il protagonista: sospingendolo cioè ad una serie di rinvii, attardandolo in un multiplo di ritardi;

è il racconto infine a governare chi sembra essere stato chiamato a regolarne lo svolgimento.

« Raccontando a Irma » osserva il protagonista « la storia di quello strano incontro che m'aveva lasciato così deluso, mi avvidi a un tratto che mentivo... Se già a quel punto avvertivo la necessità di mentire, ciò poteva significare
una sola cosa, che era il "racconto" a spingermici contro
la mia stessa volontà. Non accettando d'essere troncato,
m'imponeva una modificazione che ne assicurasse invece la
durata. E soltanto fingendo potevo procurargliela: per cui
la bugia mi si presentava come un "errore" indispensabile
a garantirne la prosecuzione... Però, quanto d'inconscio e
quanto di voluto alla radice di quella "distrazione"?... A
tale interrogativo potevo opporre ancora una ragione narrativa: "tu non l'hai osservata quella targa per ritardare
di un giorno, di un mese, di un anno, che importa, l'esito
della storia... Quale che possa essere tu hai respinto il "come va a finire", in quanto non è alla fine che tendi, ma a tutti i rinvii possibili purché evitino la soluzione. Non è forse
nel tendere a "una fine che non finisce" l'essenza di ogni
racconto? E non ti vedevi come il giocatore che succhiella
le carte per eludere il contatto fra la tensione al gioco e
il punto conseguito, che rappresenta la "fine del gioco"?
Ecco come puoi spiegare il tuo rifiuto di riconoscere una
verità che era sotto i tuoi occhi: un espediente "narrativo"
che ti assicuri la dilatazione dei tempi, attraverso una moltiplica di complicazioni, affinché la favola possa prolungarsi anche a tua insaputa e all'infuori della tua volontà
di definirla e conchiuderla. »[3]

L'Io narrante non è il prestigiatore che sa già tutto, e chi
non sa, s'arrangi: egli vuol dire invece: chi sa, insegni pure
il gioco, perché vuole il lettore "complice", lo chiama in
aiuto, si lascia persino ammonire da un morto che gli passa
le consegne: « tocca a te, ora; finiamola con le vertiginose

attese di un domani; con un morto tocca parlar chiaro; non volevi forse questo, che mi togliessi di mezzo? Meglio di così? Non ti ho servito a dovere? Una donna, un amore, una morte che libera; tutto ciò che serve a dar sostanza alle parole che hai o che ti hanno deluso... Hai per le mani un racconto straordinario, scrivilo e falla finita; non è forse questa la liberazione che cercavi?... Ricominciava il conflitto tra una tensione narrativa che mi definiva e struggeva nello stesso tempo, e il rifiuto con cui mi opponevo all'inganno che mi disumanava... ».[4] E ancora: « Ritrovai la menzogna come la via più sincera alla mia verità. Non è forse nel mentire la vera forza del narratore? Dirottare di continuo dal filo della vita, svolgerlo secondo un'altra logica, ingarbugliarlo, sbrogliarlo, complicare perché le cose non sono mai come sono e ogni "successo" deve sempre "ancora accadere"; e per questo occorre ritardarne la fine, rinviarla all'infinito ».[5]

Egli acquista consapevolezza della sua duplicità appena fuggito dall'ufficio-prigione: « Rallentai al primo incrocio, mi presi per una mano, e trattenendomi continuavo a chiedermi passo dopo passo: perché corri, dove, rifletti a quel che fai. Intanto proseguivo; e più mi specchiavo in quella assurda scalmana senza una mèta, più la mancanza di scopo dava un senso alla mia corsa affannosa ».[6]

Anche i riferimenti temporali, al pari di quelli ambientali, non danno affidamento: chi sapesse rispondere alla domanda: dove si svolge la vicenda? – sarebbe forse in grado di restituire alla storia anche una dimensione temporale attendibile. Ma l'Io narrante ha preso le sue precauzioni; e come ha composto di tessere prelevate da vari reperti i luoghi della vicenda, così ha confuso i tempi reali (irreali in quanto condizione temporale di "un'altra irrealtà" quotidiana) con quelli narrativi, del racconto cioè che si avvale di lui per realizzzarsi.

Vi è un punto in cui le tre modificazioni, (morale-temporale-narrativa) finiscono per fondersi in un unico dubbio: « Allora io stesso, » riflette il protagonista « non conoscevo sino in fondo i motivi di quelle rimozioni d'ordine narrativo, interessate a dilatare i tempi del racconto; e finii per mescolare finzione e sincerità nel modo più viscerale, associando l'informatore allo sdegno che mi suscitavano le cose che egli mi veniva rivelando... tutto si riduceva dunque a trovar le parole adatte al racconto? » si chiede il protagonista.[7] Sicché ben presto anche Elsa, la moglie, finirà per precipitare nel sistema inautentico che, istituitosi in racconto, tracima ogni argine fatto di avversione e di buon senso: « Nella sua voce [di Elsa] percepii un tono sdoppiato, di apprensione e di perplessità, quasi che, volendo sapere la verità, arretrasse poi intimidita dall'incalzare di una storia che si disponeva da sola a narrarsi, indipendentemente da me ».[8]

Questa "narratività" – che preesiste come fatale predisporsi di cose nel concatenarsi avventuroso di fatti che, d'altronde, sembrano rifiutarsi a un'autenticazione di verosimiglianza, in quanto la loro verifica è nell'accadere e non nell'accaduto – questa "narratività", insisto sull'astratto, regola anche i tentativi pittorici attraverso i quali il protagonista cerca di "costruire" con la matita il volto di Rossana: « ma dopo pochi tratti ecco che essa s'impigliava di nuovo nelle linee che emergevano in me dal ricordo di Elsa. E per quanto ne riducessi le proporzioni, o le dilatassi, risarcendo nella memoria le fattezze di Rossana, a un certo punto i segni dissolvevano per virare in Elsa ».[9]

« Appuntato un bristol sulla tavola, quasi già la vedessi sul biancore che mi abbacinava, pazienza, le dissi, fra poco uscirai da quest'assenza di colore, ti libererò dalla prigione bianca. E cominciando a stendere qualche pennellata sul foglio le dissi ancora: non ti ho dimenticata, ma è la tua bellezza che è fatta come di niente. Eppure sento che ci sei, sotto questo biancore; alla prima dissonanza di toni il colore stesso ti aiuterà ad emergere pian piano alla superficie della carta, e sarai tu a spronarmi ad insistere... ».[10]

L'impossibilità ad esistere, in quanto immagine (segno) e in quanto parola (significato), si ripropone come dubbio allucinante alla fine quando il protagonista crede di spegnere la sua "sete" interiore ricorrendo al caffè diluito nell'acqua, la bevanda preferita da Rossana: « osservo la trasparenza cristallina percorsa dapprima da un brivido di grasso della caffeina, che ben presto si stempera in un colore ambrato; bevo lei nell'aroma che si è diluito nell'acqua, è come un ricordo che stenti a fissarsi nella memoria. Ma sì, è lei, basta chiudere gli occhi per riconoscerla: niente di meglio per dissetarsi, davvero! Non è forse la sua voce? Ma perché devo ricorrere a questi impulsi esterni per rievocarla? Al caffè sciolto nell'acqua, a un incavo qualsiasi che mi riporti sotto le dita la fossetta d'invito del colpo nel parabrezza, al forellino nella persiana, allo scroscio d'acqua nel lavello che ricuce l'alluvione alla burrasca sul mare...? ».[11]

Definire le ragioni di un proprio scritto servendosi di materiali estratti da esso è metodo, lo ammetto, assai sconveniente, e anche censurabile sul piano critico. Ma ciò che mi premeva di porre in risalto non è tanto l'ideologia del libro, quanto l'unicità dell'ispirazione, riconducibile per vari fili narrativi a quella "narratività" che governa colui che incappa nelle sue reti e al "mistero" che incombe su tutto, non facilmente svelabile al di fuori delle strutture dello stesso racconto; e a cui tuttavia mi sembrava riferirsi Pavese in quella mirabile poesia *Incontro* laddove dice:

> Qualche volta la vedo, e mi viene dinanzi
> definita, immutabile, come un ricordo.
> Io non ho mai potuto afferrarla: la sua realtà
> ogni volta mi sfugge e mi porta lontano.

E conclude: « L'ho creata dal fondo di tutte le cose che mi sono più care, e non riesco a comprenderla ».[12]

Versi che, per trovarsi, tranne gli ultimi due, ad apertura di libro, devono pur assolvere una loro funzione epigrafica, cioè allusiva all'intero organismo cui sono stati imposti.

Forse feci male, per amore di concisione, ad escludere l'ultimo distico; ma fidavo nella sorpresa che il buon lettore avrebbe provato nel rileggersi da solo l'intera lirica pavesiana che rievoca "il prodigio" di una donna "che non sa che la vivo e non riesco a comprenderla".

NOTE

SILENZIO E FUTURO

La zanzara industriale, p. 13

Col titolo *Non gettate via la scala* lo scritto apparve in « Paragone » (n. 158, giugno 1962) inserendosi nella polemica promossa dal « Menabò » (nn. 4 e 5), su « Letteratura e industria ».

p. 15
[1] « Menabò », nn. 4 e 5.
[2] « Menabò », n. 5, p. 38.

p. 17
[3] « Questo e altro », n. 1, p. 63.
[4] « Questo e altro », n. 1, p. 69.

p. 18
[5] In *Avanguardia e neoavanguardia*, Milano 1966, p. 85; e vedi pure *Ideologia e linguaggio*, Milano 1965, p. 54 e sgg.

p. 19
[6] *Opera aperta*, Milano 1962, p. 191 e sgg.
[7] *Tractatus*, etc. 6.54, London 1961. La traduzione inglese di D.F. Pears e B.F. McGuinnes adotta l'inciso: "so to speak", come la versione italiana – p. 82 – di G.C.M. Colombo J.S. (Milano 1954) di cui mi servo.

p. 20
[8] *Il negro bianco* in *Narratori della generazione alienata*, trad. it. di L. Bianciardi, Parma 1961, p. 403.
[9] In *Una via per il romanzo futuro*, Milano 1961, pp. 116-117.

p. 21
[10] Vedi R. Cantoni, *La coscienza inquieta* e *Crisi dell'uomo*, entrambi Milano 1948 e 1949, *passim*.
[11] C. Levi, *Paura della libertà*, Torino 1949, pp. 77-78.

[12] Per taluni aspetti del problema vedi C. Wilson, *Lo straniero*, Milano 1958, p. 59 e sgg.

Arte androgina, p. 23

Contributo alla polemica sulle "due culture", che in Italia si accese fra il '64 e il '65, all'apparire della traduzione del libro di Ch.P. Snow. Lo scritto risale appunto a quegli anni, sia nella forma di conversazioni, in America e altrove, sia nella rielaborazione attuale.

p. 23
[1] R. Musil, *L'uomo senza qualità*; ma anche Goethe aveva osservato (J.P. Eckermann « Colloqui con... », sub 15 apr. 1829) che già ai suoi tempi la cultura era tanta e così diffusa che essa è venuta a far parte dell'atmosfera che respira un giovane.

p. 29
[2] E. Wilson, *Il Castello di Axel*, Milano 1965.

p. 31
[3] K. Fiedler, *Aforismi sull'arte*, a cura di A. Banfi, Milano 1945, p. 110. E per il riferimento a Goethe, vedi « Colloqui... », cit. sub 30 dic. 1823 e 14 marzo 1830.

p. 33
[4] K. Fiedler, *op. cit.*, pp. 111-117. Ma l'aforisma che risolve tautologicamente il problema è il 33: « La vita spirituale del nostro tempo, densa di serietà rivolta alla conoscenza esatta, non sa come comportarsi nei riguardi dell'arte, ed ha ragione, in quanto vede l'arte ancora da un punto di vista sorpassato, ed ha torto in quanto non si preoccupa di cercare un nuovo punto di vista ». Occorre aggiungere che, riscattando il pensiero estetico di Fiedler piuttosto "confinato" nella teorizzazione della "pura visibilità", Banfi gli riconosce (Prefazione, p. 10) che: « scienza e arte sono perciò (per F.) i due piani della spiritualità: ché spirito non è romanticamente slancio o irriflessa spontaneità, e costruzione... ».
[5] R. Queneau, *Les mathématiques et la classification des Sciences*; in *Bords*, Paris 1963, p. 127.

p. 34
[6] Vedi Sklovskij, *Una teoria della prosa*, Bari 1960, pp. 140-41.

p. 35
[7] A. Huxley, *Letteratura e scienza*, Milano 1965, pp. 60-68, *passim*.

p. 36
[8] A. Gide, *Incontri e pretesti*, Milano 1945, pp. 32-33.

p. 37
[9] E. Wilson, *op. cit.*, p, 124 e sgg.; p. 172 e sgg.
[10] G. Deleuze, *M. Proust e i segni*, Torino 1967. Mentre per altri (G. Pou-

let, Napoli 1972) la *ricerca* va intesa come ricerca di spazio e di collocazione.

p. 38
[11] In un'intervista a « La Rocca », a cura di Mariangela di Cagno.

p. 40
[12] *La vita e le opere* (di E.A. Poe) in *Pagine sull'arte e la letteratura*, trad. it. a cura di C. Pellegrini, Lanciano 1934, p. 106. Ma è da ricordare, oltre al Čechov e al Musil, il nostro Svevo quando nel *Soggiorno londinese* (in *Saggi e pagine sparse*, Milano 1954, p. 173) scriveva che il rapporto intimo tra filosofo e artista « assomiglia al matrimonio legale, perché non s'intendono... e tuttavia producono bellissimi figli ».

p. 41
[13] R. Barthes, *Saggi critici*, Torino 1966, p. 107; e per altri riferimenti, vedi *Il grado zero della scrittura*, Milano 1960.
[14] R. Queneau, *op. cit.*, p. 129.

p. 42
[15] In A. Vitelli, *La cultura dimezzata*, Milano 1965, p. 113 e sgg. E in merito all'oscurità dei linguaggi specifici, l'accusa è facilmente ritorcibile fra le due culture. Ed è antica. Ricordare l'invettiva (*Contra medicum*) in cui il Petrarca se la prende con Platone, Aristotele, « e prima di tutti Eraclito, ch'ebbe il soprannome dell'oscurità ». Adottiamo – per estrema semplificazione – il suggerimento di G. Preti (*Linguaggio comune e linguaggi scientifici*, Milano 1953, pp. 55-56): « Ogni universo del discorso ha i suoi peculiari criteri di verificazione »; e, integrandolo con quanto dice Carnap sul linguaggio letterario, aggiungerei che esso non è né vero né falso, ma *fattuale*.

p. 44
[16] Nel senso che R. Garaudy (*Strutturalismo e morte dell'uomo*, in « Critica marxista », a. V, n. 3, 1967, p. 22) attribuisce al termine "struttura" che, essendo sostantivo e non verbo, « finiamo per cercarvi dentro una sostanza, e allora [ne] facciamo una cosa, mentre essa è un atto, o piuttosto l'informazione di un atto ».

Silenzio e futuro, p. 45
Conferenza tenuta in Francia, negli USA e in Italia per il ciclo dell'A.C.I. fra il 1967 e il 1969; rielaborata in: « Les Lettres Nouvelles » (Jull.-Sept. 1967) e successivamente in: « Paragone » (n. 224, ottobre 1968).

p. 47
[1] Milano (postumo), 1967.

p. 48
[2] Al tempo in cui scrivevo non era ancora apparso il romanzo *Le città del mondo* (postumo), Torino 1969.

p. 50
³ E. Bloch, *Dialettica e speranza*, Firenze 1967.

p. 52
⁴ Vedi R. Barthes, *Il grado zero della scrittura*, cit. Vedi J.-P. Sartre, *Che cos'è la letteratura*, Milano 1960. Nell'*Ordine del discorso* (Torino 1972) M. Foucault ha mostrato gli aspetti « sociali di controllo e di esclusione della parola ». E vedi anche F. Fortini (*Verifica dei poteri*, Milano 1965, p. 118) laddove chiarisce i termini del rapporto fra la letteratura con "istituzione", con funzioni "sovrastrutturali", e la sovrastruttura politica del proletariato, che è il Partito.

p. 53
⁵ Quindi anche oltre le ammissioni degli stessi filosofi; e v. in proposito di E. Paci il capitolo su Mann in *Esistenza e immagine*, Milano 1947.

p. 56
⁶ E. Bloch, *op. cit.*, Introduzione, p. XLI.

p. 58
⁷ M. Butor, *Essai sur les modernes*, Paris 1964, p. 237.
⁸ J. Bergier, voce "Science-fiction" nell'*Encyclopédie de La Pléiade*, di R. Queneau. E vedi ancora i saggi in *Planète*, a. 1965-66; e l'introduzione all'antologia *Quattordici racconti di fantascienza russa*, Milano 1961.

p. 59
⁹ G. Spagnoletti, *Fantascienza e Religione*, nel « Messaggero », 23 maggio 1967.

p. 62
¹⁰ Si tenga presente la meravigliosa parabola della *Biblioteca di Babilonia* del Borges.

L'arte è paura, ovvero la realtà della realtà, p. 66
In « Ulisse », dicembre 1950; e, riveduto, in « Nuovi Argomenti », 27 n.s. 1972.

p. 68
¹ E.M. Forster, *Aspetti del romanzo*, Milano 1963.

p. 71
² In J.P. Eckermann, *Colloqui con Goethe*, cit. sub 21 luglio 1827.

Il male dei mali, p. 74

p. 76
¹ Nel significato che C. Wilson (nello *Straniero*, cit.) deriva dal protagonista dell'*Enfer* di Barbusse; ma che aveva già un progenitore romantico in quel personaggio che W. Benjamin (*Angelus Novus*, Torino 1962, p. 149 e sgg.) definisce dal suo sguardo di "estraniato" *flaneur*.

[2] U. Eco, « Menabò », n. 5, pp. 228-234.

p. 77

[3] Marcuse (*Uomo a una dimensione*, Torino 1947) fa dire al poeta: « comprendere la mia poesia presuppone il crollo proprio di quell'universo di discorso e di comportamento nel quale voi volete tradurlo ».

[4] « Bisogna riconoscergli [all'uomo] una maniera d'essere particolarissima, l'essere intenzionale, che consiste nel cogliere ogni cosa senza esaurirsi in nessuna » osserva Merleau-Ponty (*Senso e non senso*, Milano 1962) in polemica con l'esistenzialismo riferendo intorno all'*Essere e il nulla*. E vedi in proposito quanto dice Čechov a Suvorin, cit. a pp. 39-40.

[5] È da rammentare quanto scrive Sartre (*Che cos'è la letteratura*, cit., p. 158) a proposito dello scrittore impegnato, quale « mediatore per eccellenza » in quanto è « questa mediazione che costituisce il suo impegno ».

p. 78

[6] *Angelus Novus*, cit.

[7] E altrove (« Colloqui... », cit. sub 13 febbraio 1829) completa che essa natura « disdegna gl'incapaci, e solo ai ben preparati, ai sinceri, ai puri, si concede e manifesta i suoi segreti ».

Romanzo quale antiromanzo, p. 80

In una primitiva stesura apparve in « Bianco e Nero », a. IV, n. 10, ottobre 1942; successivamente, in margine alla polemica sul romanzo promossa da « Nuovi Argomenti » (nn. 38-39, 1959, pp. 1-72), in « Europa letteraria », marzo 1960, col titolo *Romanzo e fedeltà*.

p. 81

[1] « Nuovi Argomenti », cit.

p. 83

[2] *De l'usage des romans*, etc., Amsterdam 1734. Ma vedi pure gli *Entretiens sur les romans* dell'Abbé Jacquin, Paris 1755. E genericamente: D. Mornet, Prefazione a *La Nouvelle Héloïse*, Paris 1925, v. I, p. 8 e sgg.

p. 84

[3] Per questo, come per gli altri passi riprodotti dall'inchiesta, vedi « Nuovi Argomenti », cit.

[4] Va tenuto conto della differente posizione che riguardo al romanzo assume il Quadrio, rispetto al Giraldi-Cintio (*Della storia e della ragione di ogni poesia*, Milano 1744, p. 321) che già individua la causa della immoralità del romanzo nella "malizia dei tempi".

p. 87

[5] Su questi "rapporti" rinvio al mio scritto: *Cinema fra arte figurativa e letteratura*, in « Cinema Italiano », agosto 1953. Non so a quale periodo intenda riferirsi Fortini (*Verifica dei poteri*, cit. p. 29, n.) là dove parlando di « letteratura fascista di opposizione » vi include Pavese, a pro-

posito del quale parlerei chiaramente in termini di "letteratura antifascista".

p. 88

[6] G. Lukács, *Lettera a Leo Poppor*, in *L'anima e le forme*, Milano 1963, pp. 35-36.

p. 89

[7] A. De Gubernatis, *Storia del romanzo*, Milano 1883, p. 448 e sgg. Vedi all'opposto G. Pecchio, *Sino a qual punto le produzioni scientifiche e letterarie seguano le leggi economiche*, Lugano 1832. E a proposito di "malato", di "morto" e di "dottori" vedi lo sfogo del Capuana, *La crisi del romanzo*, in *Gli ismi contemporanei*, Catania 1898, p. 61 e sgg. Vedi pure I. Howe, *Politica e romanzo*, Milano 1962.

p. 90

[8] W. Benjamin, *L'opera d'arte nell'epoca della sua riproducibilità tecnica*, Torino 1966.

p. 92

[9] Per Barthes invece (*Saggi critici*, tr. it. Torino 1966) « c'è una circolarità infinita dei linguaggi » e nel « mutismo finale che forma la loro comune condizione si svela la vera identità del critico », con lo scrittore. (Prefazione p. XIII.)

II RISPONDITORIO

È il titolo che trovo sulla cartella da cui traggo – con gli opportuni ritocchi – alcuni degli scritti inviati come risposte all'incessante "interrogatorio" al quale, chi più chi meno, fummo sottoposti un po' tutti, negli ultimi decenni. Le date sono quindi facilmente desumibili dai riferimenti nel testo o dalle occasioni che li hanno provocati.

1. *Corno per corno*, p. 95

p. 96

[1] Vedi « Menabò », n. 4, p. 18.

[2] Vedi M. Merleau-Ponty, *Phénoménologie de la perception* (Paris 1945, pp. 201-217) dove ribadisce che « la parola *porta* [il corsivo è mio] il senso, e imponendolo all'oggetto, io ho coscienza di cogliere l'oggetto ». E ancora R. Barthes (*Saggi critici*, cit., Prefazione, p. XVIII) « la materia prima della letteratura non è l'innominabile, ma al contrario il nominato). E vedi pure: *Critique et vérité*, Paris 1966, p. 49: « ... la société classique bourgeoise a vu dans la parole un instrument ou une décoration; nous y voyons maintenant un signe et une vérité ».

p. 98

[3] Merleau-Ponty, *Phénoménologie de la perception*, cit., pp. 210-17.

p. 99

[4] Come se non fossimo già proiettati all'interno, quale coscienza del disordine – le cui leggi e le cui spiegazioni vanno ricercate « nel pro-

cesso dell'emozione stessa » – come ricorda Sartre con coerenza fenomenologica nell'*Esquisse d'une théorie des émotions*, Paris 1939.
[5] Non va dimenticato il contributo che in merito al problema ha dato Fortini (*Verifica dei poteri*, cit., p. 159).

2. *Con la lingua o col dialetto*, p. 100

p. 100
[1] Vedi « Nuovi Argomenti », cit., nn. 38-39. Vedi anche: *Atti del II Convegno Nazionale su Lingua e Letteratura dialettale*, in « Dimensione », XV, 5-6, 1971.

p. 101
[2] *Idem.* Da rammentare che all'inchiesta parteciparono, oltre a Moravia, Pasolini, Calvino, Solmi, Morante, Bassani, Piovene, Cassola, ed altri.
[3] Nel « Messaggero », 30 ottobre 1959. Ma anche il B. non sfugge a sua volta a una schematica classificazione dei dialetti letterari, il narrativo per il lombardo, per esempio, il drammatico per il romanesco; mentre il lirico sarebbe appannaggio del veneziano e del napoletano; dimenticando semplicemente il pavano del Ruzzante, il napoletano del Basile e via dicendo.
[4] *Letteratura e vita nazionale*, Torino 1950, p. 201; e p. 23 dove ribadisce: « occorre notare che tra la lingua popolare e quella delle classi colte c'è una continua aderenza e un continuo scambio ».

p. 102
[5] In « Nuovi Argomenti », cit.

p. 103
[6] Vedi L. Russo, *Verga*, Bari 1941, p. 335 e sgg.

p. 104
[7] In « Menabò », n. 1, 1959, p. 121.

3. *Questioni sul realismo*, p. 107

p. 107
[1] Al momento in cui scrivevo (« Tempo presente », luglio 1957) non era ancora apparso *Rivoluzione e letteratura* (a cura di G. Kraiski e con Introduzione di V. Strada, Bari 1967) ove, p. 180, Pasternak, davanti al I Congresso degli scrittori sovietici (1934) eleva un monito contro un'arte "professata da *dignitari della letteratura*".

p. 108
[2] Nella direzione cioè di un Lukács (dei *Saggi sul realismo*) o di un Auerbach (di *Mimesis*).

p. 109
[3] Vedi F. Fortini, *Verifica dei poteri*, cit., p. 61.

4. *La "pugnalata", o del gattopardismo*, p. 113

Sulla "pugnalata di Tomasi" – come in una sua poesia Pasolini definì *Il*

Gattopardo – quando apparve l'edizione "completa e meno levigata di quella di Bassani", a cura del nipote dello scrittore Gioacchino Tomasi, si sviluppò una discussione che iniziatasi su un quotidiano di Palermo finì assai lontano dalla Sicilia, in Svizzera, sulle pagine culturali del « Corriere del Ticino », 20 novembre 1970.

5. *Il Croce da commemorare*, p. 119

p. 119

[1] Ovviamente nel primo anniversario della morte del filosofo napoletano, cerimonia che fornì l'occasione a questo scritto e alla polemica che ne scaturì.

p. 120

[2] Nel « Mondo », 20 novembre 1952.

[3] Ma commemorandone la memoria a venti anni dalla scomparsa non ci si è discostati "criticamente" da quel modulo come invece la statura del personaggio e la parte svolta da lui nella cultura italiana imponevano.

p. 121

[4] Vedi B. Croce, *Conversazioni critiche*, II serie, p. 292 e sgg.; e il commento che Gramsci vi dedica (in *Materialismo storico e la filosofia di B. Croce*, Torino 1948, pp. 65-67).

p. 123

[5] A. Gramsci, *op. cit.*, pp. 199-200.

[6] Nel « Mondo », 24 novembre 1953.

6. *Aureo trattato sul saper morire*, p. 127

Apparsa in « Primato », 1942.

p. 128

[1] *Regola dei Frati d'Altopascio*, a cura di P. Fanfani, Bologna 1864, p. 17.

[2] Ne « Il Borghini », rivista letteraria diretta da P. Fanfani, Firenze, Anno II, 1864, p. 507.

p. 129

[3] *Lettera dei fraticelli a tutti i cristiani nella quale rendon ragione del loro scisma*, a cura di Vangolini, Bologna 1865, p. 8 e sgg.

p. 130

[4] *Dizionario di erudizione ecclesiastica*, t. 26°, Venezia 1840-1859.

[5] Anonimo Trecentista, *La storia di frate Michele*, a cura di F. Zambrini, Bologna 1864. E vedi dello stesso, *Le opere volgari a stampa dei secoli XIII e XIV*, Bologna 1878, col. 976.

p. 131

[6] Anonimo Trecentista, *La storia di frate Michele*, a cura di F. Flora,

collezione in 24° diretta da P. Pancrazi, 1942, anno a cui va riferito l'"ultimamente" del testo.

p. 132
[7] Ne « Il Borghini », cit.
[8] Va rammentato l'anno di questa ristampa: 1942.

7. *A che serve l'intellettuale*, p. 133

p. 134
[1] Nell'« Unità », 14 gennaio 1970.

p. 135
[2] Vedi *UDA* (Unione Distruttivisti Attivisti) – Napoli 1929 – a cura di Bernari, Peirce e Ricci.
[3] G.C. Ferretti, *Autocritica dell'intellettuale*, Interventi, Padova 1970.

8. *Lettera a un amico*, p. 136

Indirizzata a M. Pellicani, apparve in *Critica d'oggi*, (« Socialismo '62 »). nn. 12-13, Roma, settembre-novembre 1962.

9. *I naturali alleati*, p. 142

Apparve nel « Punto », novembre 1956.

10. *La parte degli intellettuali*, p. 146

Scritto in occasione del primo anniversario della insurrezione ungherese, per il « Bollettino » del Sindacato Nazionale Scrittori.

p. 147
[1] Nella trad. it.: *La Gazzetta letteraria ungherese del due Novembre.* Bari 1957.

p. 148
[2] Da un intervento di F. Balbo sugli avvenimenti di quei giorni e le discussioni che ne seguirono.

11. *Temerità e giudizio*, p. 150

Col titolo *No ai mondi chiusi*, in « Paese Sera », 26 settembre 1968, in occasione dell'occupazione della Cecoslovacchia.

12. *Chiesa e Chiese*, p. 156

Da una serie di interventi a una Tavola Rotonda svoltasi alla Cittadella Cristiana di Assisi nel maggio del '66, a cui parteciparono vari scrittori d'ogni tendenza.

p. 157
[1] Per questo, come gli altri interventi citati, vedi *Dinanzi al nuovo Umanesimo*, a cura di Mariangela di Cagno, Cittadella edit. 1967.

p. 160
[2] Come azione – oltre che liberatrice, in senso hegeliano – che riesce a oggettivare il suo stesso moto liberatore. Cosa che può ricordare da vicino talune ricerche di estetica di Alain.

13. *Disimpegno con servitù*, p. 168

Testo stenografico, variamente rimaneggiato, di un intervento al Convegno di Abbazia (1964) sul tema "Letteratura e impegno".

p. 168
[1] Devo ancora un pubblico ringraziamento all'illustre amico per l'attenzione attirata in quella circostanza al mio lavoro.

p. 170
[2] In tal senso va colto il significato antifascista della letteratura di quegli anni; alla quale associerei l'opera poetica di Pavese, diversamente dal Fortini (*Verifica dei poteri*, cit., p. 29) che lo allinea nella "letteratura fascista di opposizione" antiborghese.

p. 171
[3] Questo come altri interventi furono successivamente raccolti nella rivista « La Battana ».

III MANN E NOI

Mann e noi, p. 179

È sottinteso che il rapporto che si vuole istituire non riguarda lo scrittore nei confronti con la germanistica in Italia. A tal proposito, anzi, dirò, servendomi dello stesso Mann, (vi accenna parlando di Kleist) che non ammetterò di aver letto neppure quel poco che ho letto per non scoraggiarmi. Mi limito perciò ad accennare appena che le citazioni sono attinte dall'*Opera omnia* (Mondadori); che i passi di Kerény sono ripresi dal carteggio con Mann – diffuso in Italia prima in rivista (« Inventario », a. II, fascicolo II); che il passo di Cecchi è preso da un *Colloquio con Th. Mann* (« Corriere della Sera », 29 aprile 1953) e che ho tenuto nel debito conto sia i saggi di E. Paci (*Esistenza ed Immagine*, Milano 1947), sia quelli di G. Lukács (in *Th. Mann e la tragedia dell'arte moderna*, Milano 1956); sia infine lo studio di S. Checconi (*Thomas Mann*, Firenze 1966). Il primo nucleo di questo articolo fu redatto per un numero speciale del « Contemporaneo », in occasione degli 80 anni dello scrittore di Lubecca; poi, ampliato per « Sinn und Form », uscì in « Paragone » (n. 192, febbraio 1966); adesso vi ho aggiunto la Prefazione alla ristampa di

Morte a Venezia e *Tonio Kröger,* per le Ed. Orpheus Libri (Ginevra 1972).

IV IL PAESE DELLE ANIME

Il paese delle anime, p. 205

Relazione su « Letteratura e vita sociale » a un Convegno delle Arti (Milano, Palazzo reale, 1948); ripetuta a « Gli amici della Cultura » (Bari 1949); a « Ca' Foscari » (Venezia 1950) e alle « Quattro Arti » (Napoli 1951).

p. 207
[1] *Opere,* 1903, VII, p. 516. E vedi V.I. Lenin, *Mater et Empiriocrit...* Paris 1948, p. 1101; R. Poggioli, *Per una storiografia letteraria* (in « Inventario », autunno 1949, p. 27) a illustrazione del *Trattato* del Pareto. E infine: Alain, *Système des Beaux-Arts,* Paris 1926, p. 37; ed anche la trad. it. (Prefazione di D. Formaggio) delle *Venti lezioni sulle belle arti,* Roma 1953.

p. 209
[2] Va ricordato anche il fiasco di Chianti sturato il 2 dicembre 1942 col cui contenuto i trenta fisici nucleari brindarono alla prima liberazione di energia nucleare che inaugurava l'era atomica. In quel brindisi gli scienziati di mezzo mondo univano il più sublime succo della natura alla più atroce minaccia contro la natura. E, ancora in tema bacchico, la resistenza che all'astinenza dettata dalla "legge secca del Profeta" opponeva la poesia Arabo-Andalusa (vedi quanto ne scrive C.G. Gomez presentando quei poeti, Napoli 1953) non certo dediti al vino, ma contraddittoriamente disposti verso qualunque bevanda potesse celebrarne gli effetti.

p. 210
[3] Nel *Saggio sui poeti metafisici* (1921) secondo L. MacNeyce, in « Poesia », diretta da E. Falqui, quaderno II, maggio 1945, p. 384.
[4] *Terra desolata.* La trad. it. (in *Poesie* di T.S. Eliot, con testo a fronte) di L. Berti, Guanda, s. d. né luogo di stampa, adotta *La terra deserta.*
[5] Come ad esempio quella ai versi 210 e sgg. del *Sermone di fuoco* (mi servo della trad. it. già cit.). « Con una tasca piena di uva passa / C.I.F. London: documenti a vista » – così spiega: « L'uva passa era quotata a un prezzo Carriage and Insurance & Free to London, e la polizza di carico veniva rimessa al compratore contro pagamento della tratta a vista ». Ecco il "C.I.F. London" trascinarsi dietro non solo un'esperienza per così dire "doganale"; ma forse un intero microcosmo culturale, in cui possono convivere Mr. Eugenides "il mercante" con Tiresia e Tebe e il "marinaio fenicio"; e con lui « Ferdinando Principe di Napoli [n. 218] ... quel che vede Tiresia è, infatti, la parte essenziale del poema. L'intero brano di Ovidio è di grande interesse antropologico ».

p. 211
[6] « Il poeta di *The Waste Land* vive per metà nel mondo reale della Londra contemporanea, e per metà nella ossessionata solitudine della leggenda medievale. » Così E. Wilson nel *Castello di Axel*, cit., p. 101.
[7] Nel *Saggio sopra gli errori popolari degli antichi* (*Opere*, vol. II, Milano 1945) Leopardi commenta con ironia la considerazione in cui lo sternuto era tenuto ancora presso Aristotele, poiché « risiede nel capo e commuove il pensiero... è da noi reputato Dio... E perciò si salutava colui che sternutiva trattando lo sternuto a guisa di augurio ». Costume, è appena il caso di avvertire, tuttora vivo.

p. 212
[8] Vv. 124 e sgg., *op. cit.*

p. 215
[8] *L'anima e le forme*, cit., pp. 35-36.

Tre operai, p. 216

Col titolo *Nota 1965* seguiva il testo della IV edizione (Milano 1965) e delle ristampe successive.

p. 217
[1] Forse di Bontempelli?
[2] Ne ha tentato una ricostruzione attendibile, dai brani pubblicati sulla stampa dell'epoca: G. Amoroso, *Sulla elaborazione di romanzi contemporanei*, Milano 1970.

p. 218
[3] P. Bargellini, « Frontespizio », aprile 1936.

p. 219
[4] E.V. (Elio Vittorini) nel « Bargello », Firenze, 22 luglio 1934. In proposito vedi n. 2 a p. 170.

p. 220
[5] *Aspetti del romanzo*, cit.
[6] Destinata al « Corriere della Sera », che ne rifiutò la pubblicazione, apparve poi, postuma, a cura di P. Calamandrei (nel « Ponte », luglio 1956).

p. 221
[7] « Fiera letteraria », 23 settembre 1951.
[8] Febbraio 1934.
[9] Prefazione alla ristampa mondadoriana, 1951.
[10] In « Pan », aprile 1934.

p. 223
[11] Solo più tardi dovevo riconoscermi in quel passo dell'Adolescenza, in cui Tolstoj (in *Racconto autobiografico*, Torino 1930, p. 832) descrive « quei momenti quando, sotto l'influenza di quest'idea fissa [suggeritagli dallo Schelling, e in proposito vedi Gramsci, *Materialismo storico e la*

filosofia di B. Croce, cit., p. 140] arrivavo a rasentare la follia al punto che rapidamente mi voltavo dalla parte opposta, sperando di sorprendere il vuoto, là dove io non c'ero ».

p. 224
[12] In *Letteratura e Capitalismo*, Milano 1963.

p. 226
[13] In « Commune » (nn. 13-14, septembre-octobre 1934) col titolo: *L'art est une conquête*, p. 68. E *passim* vedi *Rivoluzione e letteratura*, cit. In proposito è da tener presente quanto avvenne l'anno dopo al congresso degli scrittori antifascisti (a Parigi, 1935) una sintesi del quale si legge in F. Fortini, *Verifica dei poteri*, cit., p. 131 e sgg.

p. 227
[14] *Inchiesta sul neorealismo*, a cura di C. Bo, ed. ERI, 1951, p. 34. Ma quel che aggiunsi poi (p. 56) spiega a sufficienza come fin d'allora mi fosse insopportabile quel neorealismo acritico tendente a ipostatizzare la realtà come un "aldilà" su cui l'artista si affaccia con questa o con quell'intenzione, mentre: « l'artista » dicevo a Bo « è parte integrante di "quella" realtà (che è sempre "questa") e da essa non può distinguersi se non pensandola quindi interpretandola nell'atto medesimo in cui interpreta se stesso. Quando l'artista "si affaccia" alla realtà l'ha già tradita, perché se ne è distinto prima di rappresentarla ».

p. 228
[15] Il cui manifesto, redatto da G. Peirce, P. Ricci, oltre che da me, apparve a Napoli nel 1929.

Perché sole quieto, p. 233

Prefazione, inedita, al romanzo omonimo, la cui lettura spero basterà a spiegare la ragione per cui mi decido solo oggi a pubblicarla.

p. 233
[1] L'avvertenza dice: « Persuaso che ogni romanzo è una menzogna alla ricerca della verità, l'A. ne ha raccolte dozzine e le ha disseminate in queste pagine, attribuendole a personaggi immaginari e a fatti e ambienti puramente fantastici. Vana risulterà quindi ogni ricerca mirante a stabilire la fondatezza di questo o quell'episodio narrato ». *Era l'anno del sole quieto*, Milano 1964, p. 10.

p. 243
[2] Adotto ovviamente i nomi come figurano nel racconto.

p. 245
[3] E. Paci, *Tempo e verità nella fenomenologia di Husserl*, Milano 1961, p. 18.

Ancora radiose giornate, p. 247

Spira aria d'interrogativo nel titolo di questa prefazione che fui sul punto di inserire nel romanzo, quando, su consiglio di Niccolò Gallo, mi
limitai ad una noterella che apposi alla fine del racconto; la quale, come sempre accade per volerla troppo scorciare finì col confondere qualche critico invece di chiarire le mie ragioni; sicché gli interrogativi che
speravo trovassero una naturale risposta nella lettura rimasero sepolti
insieme alla prefazione tuttora inedita.

p. 247
[1] Allora, con lo pseudonimo di Rosso di San Gae, non ancora ventenne, aveva già pubblicato due singolari romanzi d'avventura per Giordano Editore, 1966, 1967. Oggi, col suo vero nome, Gaetano Sansone,
ha al suo attivo due volumi d'inchiesta sui contenuti dei testi per la scuola: *Leggere inutile*, 1971; *La storia dannosa*, 1972; entrambi Milano; e
cura testi di letture per la scuola.

p. 248
[2] La cosiddetta "biro", che ci trovammo fra le dita negli anni Quaranta.

p. 252
[3] S. Battaglia, *Mitografia del personaggio*, Milano 1968.

p. 253
[4] Ovviamente sia *Prologo alle tenebre* (1947), sia *Le radiose giornate*
(1969) che ne è descrizione e la confutazione.

p. 254
[5] F. Fortini, *Il dissenso e l'autorità*, in « Quaderni Piacentini », n. 34,
maggio '68, p. 99.

Perché si scrivono libri così poco esemplari, p. 259

Prefazione alla raccolta di narrazioni fantastiche *Alberone eroe ed altre
storie non esemplari*, Milano 1969.

Un foro che non si vede, p. 266

p. 266
[1] Si tratta ovviamente di *Un foro nel parabrezza*.
[2] Nel senso che R. Barthes chiarisce (in *Saggi critici*, cit., Prefazione, p.
XX) là dove dice che l'*Io* dello scrittore, a differenza dell'*Io* del critico:
"non è altro che un *Egli* al secondo grado, un *Egli rovesciato*". Ora a me
pare di aver adoperato qui un duplice rovesciamento dall'*Io* (fantastico)
all'*Egli* (critico) e viceversa.

p. 268
[3] *Un foro nel parabrezza*, pp. 133-134.

Indice